困惑的心

Bewilderment

理察·鮑爾斯

Richard Powers

施清

007

困惑的心

思忖地球之美的人們尋獲了力量的源泉，終生受用，永不匱乏。

——瑞秋・卡森

因此，基於近似的理由，我們必須坦承地球、太陽、月球、海洋以及其他所有事物並非獨一無二，而只是難以計數的千秋萬象之一。

——盧克萊修，《物性論》

但我們說不定永遠找不到他們？一個清朗的秋夜，我們在露臺上架好望遠鏡。這裡是美東碩果僅存的漆黑淨土之一，如此漆黑的夜色已是不可多得，四下伸手不見五指，抬頭一望，夜空似乎暗得發亮。我們把望遠鏡指向我們小木屋上方的樹木，鏡頭朝向樹木之間的缺口。羅賓從望遠鏡移開目光——我那哀傷、獨一無二、剛滿九歲、跟這個世界處不來的兒子。

「一點都沒錯，」我說。「我們說不定永遠找不到他們。」

我始終試圖跟他實話實說，前提是我知曉實情，而且實情不具殺傷力。反正我若是說謊，他也看得出來。

但他們無所不在，對不對？你們已經證實了。

「嗯，說不上百分之百證實。」

說不定他們離得太遠。說不定隔了太多空曠的空間。

他狂亂地揮舞手臂，每當找不出話表達，他就會這樣。我們的就寢時間將至，而他毫無睡意。我一隻手擱到他那頭紅褐色的亂髮上。她的髮色——艾莉的髮色。

「就算我們永遠聽不到來自外太空的任何聲響，那又如何？聽不聽得到有什麼意義？」

他舉起一隻手。艾莉曾說當他專心想事情時，你可以聽到他的腦袋颼颼作響。他瞇起眼睛，低頭凝視下方如同河谷般深邃的林木，另一隻手搔弄下巴的凹溝——他深思的招牌動作。他搔得好用力，我甚至不得不叫他住手。

「喂，羅賓，夠了！回神囉。」

他手掌往外一攤，示意他沒事，請我不必擔心。他只想趁著還有機會，在漆黑之中繼續追問。

如果我們永遠都聽不到呢？永遠、永遠都聽不到？

我點點頭，試圖鼓舞我這位小科學家稍安勿躁。今晚的觀星已經告一段落。此處以多雨著稱，我們卻享有一個清朗至極的夜晚。圓月沉甸甸地低垂，地平線的盡頭紅光閃閃。透過樹間環狀的缺口，圓月是如此明晰，似乎一伸手就摸得到。銀河星光漫漫，難以計數的星光在漆黑的銀河中閃閃爍爍，若是靜靜站定，你幾乎看得到星星迴旋轉動。

什麼都說不準。就是這樣。

我大笑。狀況良好時，他每天都讓我大笑一回，有時甚至不止一回。這孩子眞是天不怕地不怕，好一個激進的懷疑論者。他眞像我。他眞像她。

「沒錯，」我贊同。「什麼都說不準。」

嗯，如果我們真的聽到半點聲響，意義可就重大囉！

「確實如此。」換作另一個晚上，我們說不定有時間探討意義究竟何在。但現在我們該睡了。他趨前湊近望遠鏡，最後再看一眼仙女座星系閃閃爍爍的核心。

爸，我們今晚可以睡在外面嗎？

我已經讓他一星期沒去上學，帶他到林間。最近他跟同學們之間出了更多狀況，我們都需要暫時喘口氣。既然大老遠把他帶到大煙山區，我怎能拒絕他今晚想要露宿？

我們走回小木屋，為我們的露宿打點裝備。木屋一樓全都鑲嵌著木板，聞起來像是松木，依稀夾雜著培根的氣味。廚房飄散著濃濃的泥石味和潮濕的毛巾味，聞起來像是一座溫帶的雨林。櫥櫃上貼著一張張便利貼：咖啡濾紙在冰箱上頭。拜託請用其他碗盤！陳舊的橡木桌上攤放著一個綠色的檔案夾，水管有哪些奇怪的小毛病、保險絲座在哪裡、緊急事故該打哪個電話，張張說明散置桌面，屋裡的每個電燈開關都貼上標籤：頂燈、樓梯燈、玄關燈、廚房燈。

落地窗與天花板齊高，明日清晨往外一看，即是起起伏伏、遼闊無盡的層層山巒。石板岩堆砌的壁爐兩側各有一張起了毛球的布沙發，布面繡滿一列列麋鹿、划艇、野熊，頗具田野風情。我們抓起幾個靠墊帶到屋外，擱在露臺上。

我們可以吃零食嗎？

「這可不行，小傢伙。記得美洲黑熊嗎？這附近每平方公里就有兩隻，牠們聞得到從這裡一路飄散到北卡羅萊納州的花生醬味道。」

怎麼可能！他舉起一隻手指。但這倒是提醒了我！

他又跑進屋裡，拿著一本袖珍的平裝書回來：《大煙山哺乳動物》。

「羅賓，你當眞？這裡一片漆黑。」

他高舉一支那種手搖式充電的緊急手電筒。早上剛到小木屋時，他對手電筒非常好奇，一直要我跟他解釋這個神奇的東西怎麼運作。這會兒他停不下手，興沖沖地忙著自行充電。

我們在七拼八湊的營地安頓下來。他似乎很開心，而這正是我帶著他上路的目的。老舊的露臺沉甸甸地下垂，我們躺在鋪設在木頭條板的床鋪上，一起大聲唸誦他媽媽以前常說的禱詞，在我們銀河系的四千億顆星辰下沉沉入睡。

我始終不相信醫生們對我兒子做出的各種診斷。當一種病症在三十年之間被冠上三種不同的名稱、當它需要兩個次類別來解釋截然不同的症狀、當它在短短一個世代由子虛烏有變成全國最常被診斷出的孩童病症、當兩位不同的醫生想要開給你三種不同的藥，你就知道事有蹊蹺。

我的羅賓始終睡得不好。他春夏秋冬都會尿幾次床，他也因此感到羞愧，耿耿於懷。噪音令他不安；他喜歡把電視機的音量調到最低，音量小到我聽不到。他的絨毛猴子若沒有好端端地擱在洗衣機的上頭，他就老大不高興。他把零用錢全都花在集換卡上——我全部都要！——但他把卡片原封不動地按照數字排列，放入塑膠封套，收進特製的檔案夾。

他隔著擠滿了人的電影院也聞得到另一頭有人放屁。他經常一連好幾個小時專注於《內華達州的礦物》和《英格蘭的國王與皇后》——但凡可以列成表格的一切都讓他大感興趣。他不停地畫畫，而且畫得極好，專注在一些我無法理解的細節。有一年他只畫精美繁複的樓房和機械，隔年卻只畫動物和植物。

他的行徑令人大惑不解，大家覺得他古怪，唯獨我不這麼認爲。他有辦法從頭到尾複述電影的場景，即使他只看過一遍。他不停回想細節，每複述一次都讓他更開心。當他讀完一本他喜歡的書，他會馬上翻到第一頁，從頭再讀一次。他會無緣無故地情緒失控，莫名其妙地大發雷霆。但他也很容易滿心歡喜。

在那些糟透了的夜晚，他會躲到我的床上，盡量縮在床鋪的一角，想要遠離窗外無止無盡的驚恐，正如他媽媽以前也始終想要一個安全的角落。他做白日夢，無法準時繳交作業，沒錯，他拒絕專注於他不感興趣的事情。但他從不畏畏縮縮、橫衝直撞，也不會講話講個不停。他可以一連好幾個小時靜靜做他喜歡的事。請跟我說這些算是什麼失調？怎樣的疾病名稱可以解釋這孩子的行徑？

醫生們提出五花八門的意見，諸如種種跟化學藥劑相關的症候群，而我們年年都在農作物上噴灑億萬磅這種有毒的藥劑。第二個幫他看病的小兒科醫生很想聲稱羅賓患了自閉症。我想跟他說，我們這個小行星上的每個人多少都有點自閉。自閉症的光譜量表不就是這麼一回事嗎？我想要告訴他，生命本身就是一張自閉症光譜量表，人人都在這個彩虹狀的量表中占有一席之地，各自以獨特的頻率發光震動。然後我想要揍他一拳。說不定我這種行徑也有個病名。

我們全都非得診斷別人患了什麼病，但說來奇怪，《精神疾病診斷與統計手冊》卻沒有爲這件事冠上病名。

當羅賓被學校停課兩天，而且自行指派醫生爲羅賓看診，我覺得這眞是終極挫敗，我簡直束手無策。還有什麼好解釋的？合成纖維的衣物害他長了難看的濕疹。他不了解同學們惡毒的閒話，因而受到大家的騷擾。他七歲的時候，他媽媽車禍身亡。幾個月之後，他心愛的小狗也在困惑中病逝。醫生們還需要哪些理由解釋他的異常行徑？

眼看現代醫學幫不了我的兒子，我自行發展出一套瘋狂的理論：生命不需要我們事事校正。我的兒子是一個我想都不敢想要看透的袖珍宇宙。我們每個人都是個實驗，而我們甚至不知道自己受到怎樣的測試。

我太太會曉得怎樣跟醫生們溝通。沒有人是完美的，她喜歡這麼說，但是，老天爺啊，我們全都不合格得令人難以置信。

他是個小男孩，所以當然想要瞧瞧蓋特林堡、鴿子谷、賽維爾維爾[1]。這三個山城緊緊相連，鄉土味十足，宛如俗麗的拉斯維加斯，還有上百個地方可以點鬆餅，怎能教人不愛？

我們從小木屋開車上路，沿著一條壯觀的溪流開了二十七公里，沿途山路蜿蜒，花了我們將近一小時。羅賓凝視溪流，從後座瀏覽湍急的河水。野生動物賓果。這是他最喜歡的遊戲。

高高的鳥！他大喊。

「哪一種鳥？」

他快速翻閱他的田野指南。我眞怕他會暈車。蒼鷺？他轉頭望著溪流。車子七彎八拐之後，他又扯著嗓門大喊。

狐狸！狐狸！爸，我看到牠了！

「灰色還是紅色？」

灰色。喔，天啊！

「灰狐會爬到柿子樹上吃果子。」

眞的嗎？他查一查他的《大煙山哺乳動物》。書裡證實我說的沒錯。他喃喃抱怨了一聲，重重捶打我的胳臂。你怎麼知道這種事情？

其實我趁他睡醒之前翻閱了他的田野指南，藉此搶先他一步。「我是個生物學家，不是嗎？」

是喔，你是個天空……深霧學家[2]。

他咧嘴一笑，試探一下這個玩笑是不是開得太過分。我張大嘴，既吃驚，也覺得有趣。他固然控制不了怒氣，但他幾乎從不刻薄。其實刻薄一點說不定也無妨，或許能讓他少受一點傷害。

「嘿，小傢伙，你差一點就會被我罰站到你九歲爲止。」

他笑得更開心，轉身繼續探看溪流。但沿著蜿蜒的山路開了一公里之後，他一隻手擱到我肩上。爸，我剛才只是開玩笑。

我盯著眼前的山路，輕聲跟他說：「我也是。」

我們站在「雷普利信不信由你博物館[3]」前面排隊。這地方令他焦躁不安。跟他同年齡的孩

---

1 蓋特林堡（Gatlinburg）、鴿子谷（Pigeon Forge）、賽維爾維爾（Sevierville）都是田納西州東部的山城，也是造訪大煙山國家公園的必經之地，鴿子谷最著名景點是鄉村樂壇天后桃莉・芭頓創建的主題公園Dollywood，年年吸引上百萬名觀光客。

2 羅賓的爸爸是天文生物學家，英文是astrobiologist，羅賓跟爸爸開玩笑，說他是「ass...trobiologist」。

3 Ripley's Believe It or Not!，亦稱「信不信由你博物館」，美國知名的遊樂景點，專門展示各種新奇事物，美國及世界各地都有分館。

子們東奔西跑，成群結隊地即興喧鬧。他們的尖叫聲讓羅賓畏懼退縮。三十分鐘後，他再也受不了這樣的驚恐，哀求我帶他離開。他比較適合逛水族館，即使他想要素描的魟魚不肯待在原處讓他作畫，他也不會生氣。

我們吃了薯條和洋蔥圈當午餐，然後搭乘纜車直上觀景平臺。他幾乎在玻璃步道上吐了一地。他指關節發白，下顎緊縮，但他宣稱一切都好棒。回到車裡之後，他看上去鬆了一口氣，彷彿慶幸終於把蓋特林堡拋在腦後。

開回小木屋的路上，他若有所思。**那裡不會是媽媽最喜歡的地方。**

「沒錯，說不定連前三名都排不上。」

他大笑。如果時機抓得準，我有辦法逗他開心。

那天晚上雲層太厚，無法觀星，但我們再度露宿，把那幾個繡了麋鹿和野熊的田野風情靠墊當作床鋪。羅賓啪地關掉他的手電筒，過了兩分鐘，我悄悄說：「明天是你的生日。」但他已經睡著了。我輕聲爲我們唸誦他媽媽的禱詞，這樣一來，如果他醒來、驚覺自己忘了唸誦，我才可以跟他保證我已經幫他唸了。

他夜裡把我叫醒。

你說那裡有多少顆星星？

我沒辦法跟他生氣。即使睡得好好地被他吵醒，我依然很高興他在觀星。

「地球上每一粒細沙的總和乘以每一株樹木的總和。十的二十七次方。」

我叫他連續說二十九個零。說到第十五個，他的笑聲就變成了抱怨。

「如果你是一位使用羅馬數字的古代天文學家，你甚至沒辦法寫出這個數字。你寫一輩子也寫不出來。」

其中多少有自己的行星？

這個數字改變得很快。「大部分最起碼有一顆。許多星星有好幾顆。光是銀河系說不定就有九十億顆類似地球的適居行星。再加上數十個其他星系……」

這麼說來，爸……？

這孩子向來無法應對失落。宇宙的大寂靜當然讓他傷神。浩瀚無垠的空曠讓他提出四分之三世紀之前恩里科．費米在洛斯阿拉莫斯實驗室提出的同樣問題：如果宇宙比任何人所知的更浩大、更古老，我們顯然面對一個難解的疑問。

爸？既然那些地方都可以居住，為什麼到處都看不到人？

晨間時分，我假裝忘了今天是什麼日子。我那個剛滿九歲的兒子一眼就看穿我。我用六種配料調製特級燕麥粥時，羅賓在原地動來動去、靠著流理臺左推右擠、興奮地跳上跳下。我們以破紀錄的速度狼吞虎嚥。

我們拆禮物吧。

「什麼禮物？你這個猜測未免太大膽，不是嗎？」

不是猜測，而是假設。

他知道他會得到什麼禮物。他已經跟我交涉了好幾個月；他要一副數位顯微鏡，他打算把顯微鏡接在我的平板電腦上，讓他可以在螢幕上顯示放大的影像。他花了整個早上試用顯微鏡，忙著觀測綠藻、他口腔裡的細胞、楓葉的葉背。如果接下來的假期他只是蒐集樣本、圖繪紀錄在自己的小本子裡，我想他也不介意。

我生怕害他太入迷，所以趕緊送上先前偷偷在山腳下那個五〇年代小雜貨店買來的蛋糕。他神情一亮，然後立刻佯裝無動於衷。

爸，蛋糕喔？

他直接走向裝蛋糕的紙盒，而我一時疏忽，來不及事先把盒子藏起來。他仔細研究成分與食材後，搖了搖頭。

爸，蛋糕不是全素的。

「羅賓，今天是你生日，這個日子一年……大概只有一回？」

他不肯笑。奶油，爸，奶製品。雞蛋。媽媽肯定不會吃。

「喔，我看過你媽媽吃蛋糕，而且不止一次！」

話一出口，我馬上後悔。他看起來像是一隻羞怯的松鼠，似乎不確定應該接納他想要接納的美意，或是轉身跑回林中。

什麼時候？

「她偶爾破例。」

羅賓盯著蛋糕，蛋糕是胡蘿蔔口味，怎麼說都只是一個蛋糕，無害無罪，美味可口，全世界沒有任何一個孩子會嫌棄它。但我的羅賓啊，他那宛若小小伊甸園的生日慶典，忽然之間遭到蛇群的蹂躪。

「沒關係，小傢伙，我們可以餵給小鳥吃。」

嗯，說不定我們可以先試吃一小塊？

我們確實先嚐了嚐。每當他覺得蛋糕的滋味還不賴，就會趕緊擺出無動於衷的模樣，表情若有所思。

她多高？

他知道她的身高。但今天他需要確切數字。

「一百五十八公分。再過不久你就會比她高。她喜歡跑步，記得嗎？」

他點點頭，比較像是在自我肯定，而不是回應我。嬌小但精悍。

她也是這麼形容自己，尤其是當她蓄勢待發、準備在議會力戰群雄的時候。「玲瓏的妳，但若行星」——我喜歡這麼形容她。這句詩詞借用自聶魯達的十四行詩，我曾在一個有若隆冬的秋夜爲她朗讀。當年的我憑藉著另一個男人的話語，說動她嫁給我。

你怎麼叫她？

每當他看穿我在想什麼，總讓我慌張失措。「喔，我對她有各種稱呼，你記得的。」

比方說？

「比方說『艾莉』，也就是『艾莉莎』的簡稱。我也叫她『小同黨』，因爲她跟我確實是同一國[4]。」

莉莎小姐。

「她始終不喜歡這個稱呼。」

---

4 英文 Ally，延伸自「Aly」（艾莉），中文意思是盟友、合夥人。

媽媽。你叫她「媽媽」！

「沒錯，我有時叫她『媽媽』。」

超古怪！我伸手亂揉他的頭髮，他猛然抽身，但他沒跟我計較。你們怎麼幫我取了這個名字？

他知道他的名字從何而來。他聽了好多次，次數多得幾乎不尋常。但他已經好幾個月沒問，我也不介意再說一次。

「我們第一次出去約會的時候，你媽媽和我去賞鳥。」

搬到麥迪遜之前，剛剛開始的時候。

「沒錯，剛剛開始的時候。你媽媽眞棒！她不停辨識出各種鳥類，隨便一瞧就叫得出名字。黃林鶯、鶇、霸鶲，每一隻都像是老朋友。她甚至不必看見牠們，光是聽叫聲就認得出來。當下，我卻東張西望、結結巴巴、被一隻隻我分辨不出異同的褐色小東西搞得頭昏腦脹……」

你八成希望自己約她去看電影？

「啊，看來你已經聽過這段故事。」

大概聽過吧。

「當我終於認出那隻亮晃晃、橘紅色的小東西，我覺得自己得救了。於是我扯著嗓門大喊：噢、噢、噢！」

然後媽媽說：「你看到什麼？你看到什麼？」

「她很興奮我發現了什麼。」

然後你罵了髒話。

「沒錯，我說不定罵了髒話。我覺得好丟人。『哎呀，抱歉，只是一隻旅鶇罷了。』當時我覺得今後恐怕再也見不到這個女孩了。」

他等我說出故事的高潮——不知何故，他非得聽我再說一次。

「但你媽媽拿起望遠鏡觀看，好像我找到了她從沒見過、最爲罕見的珍奇物種。她盯著那隻小鳥，看都沒看我，悄悄說了一句：『旅鶇是我最喜歡的鳥類[5]。』」

你就是在那一刻愛上了她。

「我就是在那一刻知道我想要無時無刻守在她身旁。跟她熟起來之後，我老實告訴她，之後就說個沒完。每次我們一起做些事情，比方說看報紙、刷牙、報稅，或是倒垃圾，不管這些我們視爲理所當然的事情多麼無趣，我們經常互看一眼，看穿彼此的心思，然後其中一人脫口而出：『旅鶇是我最喜歡的鳥類。』」

他站在原地，把他的餐盤疊到我的餐盤上，端到水槽邊打開水龍頭。

「哎喲，今天是你生日。我來洗碗吧。」

---

5 旅鶇的英文是「robin」，中文音譯為「羅賓」，日後席歐和艾莉莎就把他們的兒子取名為「羅賓」。

他在我對面坐下，一臉「你老實跟我說」的神情。

我可以問你一件事嗎？不可以騙我喔。誠實對我很重要，爸。旅鶇真的是她最喜歡的鳥類嗎？

我不知道如何爲人父母。我大多依循記憶中的她曾經怎麼做，只不過我天天都在犯錯，說不定甚至已經在羅賓心中留下永久的疤痕。我只希望種種錯誤不知怎麼地互相抵消，不至於對他造成終生的傷害。

「說眞的？你媽媽喜歡每一種出現在她眼前的鳥類。」

這個答案讓他氣炸。我們這個好奇的小男孩啊，他跟世間眾人一樣是個謎團，還沒學會說話就開始承負種種往昔，甚至爲之操煩。這孩子是個小大人，六歲就像六十歲似的，艾莉過世前的幾個月曾經這麼說。

「但對她和我而言，旅鶇是國鳥，牠讓一切變得更特別。我們只需要說出這兩個字，生活就會更美好。我們從沒想過幫你取別的名字。」

他咧齒苦笑。你知不知道名字唸起來跟「旅鶇」一樣是什麼感覺？

「你這話什麼意思？」

我的意思是，學校裡？公園裡？每一個地方？我天天都得面對這種狀況。

「羅賓？你告訴我，那些小孩又霸凌你了？」

他閉上一隻眼睛，從我身邊躲開。如果我說全三年級的小朋友都是混蛋，這樣算不算告訴你？

我雙手一攤，表示無奈與歉意。艾莉莎以前常說：這個世界會讓這孩子遍體鱗傷。

「這個名字很莊重，對男孩和女孩都一樣。你可以好好利用。」

說不定在另一個星球上可以。或是一千年前。謝啦，你們兩位。

他緊盯著顯微鏡的目鏡，迴避我的注視。他做筆記做得更出神。若是從屋外往裡看，你說不定以為他眞的在做研究。在一份加密的報告裡，他二年級的老師說他動作慢但不見得總是真確。她說得沒錯：羅賓確實有點動作慢；至於眞確，她可就錯了。若是給予充裕的時間，他做得到的眞確程度肯定超過他的老師所能想像。

我走到露臺上吸一吸樹木的氣息。放眼望去，盡是林木。五分鐘之後——對他而言，感覺肯定有如永恆般漫長——羅賓走了出來，悄悄挨到我身旁。

對不起，爸。羅賓是個好名字，我不介意有點……嗯，你知道的，搞不懂。

「每個人都有點搞不懂。每個人都難免困惑。」

他把一張紙塞到我手裡。你看一看。你覺得怎樣？

他在左上角用彩筆勾勒出一隻鳥的側影，鳥靜靜站立，望向紙張的中央。他畫得相當好，鳥眼四周的斑點和喉嚨上的條紋都栩栩如生。

「哇，好棒。你媽媽最喜歡的鳥類。」

這一隻呢？

另一隻鳥從右上角往後一望，也是一眼就認得出來：那是一隻大烏鴉，羽翼往裡彎折，好像一個穿著燕尾服、雙手扣在背後徐徐而行的男人。我的姓氏「拜恩」源自「Bran」，而在愛爾蘭語中，「Bran」的意思是「大烏鴉」。「還不賴。這是出自《羅賓．拜恩的異想世界》？」

他從我手裡把紙拿回去，審慎評析，已經開始構思做些小小的變更。回家之後，我們可不可以用這個圖樣印一些信紙？我非常、非常需要一些信紙。

「沒問題，我的小壽星。」

我帶他到杜瓦星。這個星球的大小和溫度跟地球差不多，地表可見山嶽、平原、河域，還有一圈凝積著雲朵和風雨的厚厚大氣層，岩層受到河流沖刷，形成一道道深長的河道，沉澱物順著河道而流，沒入波濤滾滾的大海。

我的孩子凝神觀看，試圖理解，似乎有點緊張。它看起來像這裡，對不對？爸，它看起來像地球？

「有點像。」

哪裡不一樣？

我們站在微紅多石的岸邊，從這裡望去，看不出有何不同。我們轉身一看，地平線綿延至遙遠的一端，整片大地寸草不生。

它死了嗎？

「它沒死。用你的顯微鏡看一看。」

他蹲下，從潮池裡撈出少許薄膜放到顯微鏡下。螺旋狀、圓柱狀、球體狀、細絲狀、條紋狀、孔洞狀、鞭毛狀，鏡頭裡到處都是生物，他可以花一輩子素描這些肉眼難以瞧見的微生物。

你的意思是說，它只是很年輕？它只是剛剛開始演化？

「它的年齡比地球大三倍。」

他環顧寸草不生的大地。那麼究竟怎麼回事？對我兒子而言，大型動物四處遊走乃是天經地義，生來就該如此。

我跟他說，杜瓦星幾乎是個完美的星球。它位居一個恰當的銀河星系，地點亦是恰當；它的金屬度恰當，不太可能因爲放射線或是其他致命干擾而遭到滅絕。它繞著一顆恰當的恆星公轉，距離亦是恰當。它跟地球一樣具有浮動的板塊、大大小小的火山、強勁的磁場，而正因爲這樣的磁場，碳循環和溫度才得以穩固。它也像地球一樣，因爲彗星而引來了水。

我的天啊！地球需要什麼才變成現在這樣？

「地球需要的太多。一個星球不該要的這麼多。」

他彈彈手指，但他的手指太滑太小，發不出任何聲音。我知道了！流星！

但杜瓦星跟地球一樣，遠方的軌道上有幾顆大型行星繞行，阻擋了流星的嚴重撞擊。

那麼究竟是怎麼回事？他看起來好像快哭了。

「杜瓦星沒有巨大的月亮，缺乏一股引力讓星球穩定自轉。」

我們升入空中，來到軌道附近，下方的世界搖搖晃動。我們看著白晝紊亂地更迭，四月瞬間變成十二月，一眨眼又變成八月、五月。

我們觀望了億萬年。微生物挑戰演化的極限，好像浮船撞上碼頭。每次生物試圖掙脫演化的枷鎖，星球就迴旋轉動，予以重擊，使之倒退爲嗜極端菌。

永遠都是這樣嗎？

「直到太陽的閃焰燒掉它的大氣層。」

他的神情讓我後悔太快跟他提到這些。嗯，很酷。他佯裝勇敢，嘟囔了一句。算是酷吧。杜瓦星荒涼貧瘠，一路延伸至地平線。他搖搖頭，試圖決定這個星球是個悲劇或是凱歌。他看著我，然後問了我一個問題。那是生命演化的頭一個問題，宇宙各處的生命初始，莫不如此提問：

還有什麼？爸，還有什麼？給我看看另一個！

隔天我們去森林健行。羅賓興高采烈。九歲，爸。我可以坐在前座了！他終於不必因爲法律而困坐在後座的安全座椅。他期待前座的視野，你可以說他已經期待了一輩子。哇，前座棒多了。

霧氣凝滯於山間，我們駛經一個小市鎮，兩排建築物沿著道路的兩側延展，沿途可見五金行、雜貨店、三家燒烤小館、內胎租用店、戶外運動用品店。然後我們開進一片廣達二十萬公頃的森林。

森林曾經遭劫，現正漸漸復原。我們眼前的山脈曾比喜馬拉雅山更加高聳，如今只是圓滾滾的丘陵。淺黃、澄黃、褐黃，層層悅目的顏彩漫向下方的河域。酸木和楓香樹爲山脈覆上一抹緋紅。我們轉個彎，開進公園，羅賓深深嘆了一口氣，至感驚奇。

我們把車停在步道入口。我扛著裝著我們帳篷的露營背包、睡袋和爐子，羅賓背著休閒背包，裡頭裝滿麵包、豆子湯、餐具和棉花糖，瘦小的他被沉甸甸的背包壓得身子往前傾。我們走向一個山頭，翻過山頭即是一處偏遠的營地，今晚只有我們父子在此紮營，營地在小溪畔，曾有一時，這裡是我唯一的戀棧，無需探索其他星系。

南阿帕拉契山脈處處可見豐盈的秋彩。杜鵑花叢直下深邃的峽谷，山崗覆滿濃密的花叢，繁花累累，層層交疊，幾乎讓羅賓的幽閉恐懼發作。山胡桃、鐵杉、鵝掌楸的樹冠挺立於怒放的花叢上方，與花叢一樣繁茂華美。

羅賓每隔一百米就停下來素描苔蘚或是繁忙的蟻窩，我也覺得無所謂。他看到一隻美東箱龜嚼食一團赭黃色的果肉，當我們趨身探看，牠伸長脖子，桀驁不遜地望著我們，顯然無意潛逃。只有當羅賓跪到牠旁邊，牠才縮回龜殼中。羅賓輕撫龜殼，渾圓的殼面布滿楔形文字般的花紋，拼寫出難以理解的訊息。

我們爬坡踏上山谷硬木自然步道，這條步道由平民保育團[6]鋪設，當年人們依然攜手合作，協力達成共同目標，而不是各自爲政，視彼此爲敵，而鋪設步道的那些失業少年說不定比羅賓大不了幾歲。我碾碎一片楓香樹的樹葉，星狀的樹葉半是八月的青綠、半是十月的磚黃，我拿給他聞一聞，他驚訝地大叫一聲，山胡桃的果實毛茸茸，摸起來有點扎手，更是令他震懾。我叫他嚼一嚼酒紅色樹葉的葉尖，這下他就曉得「酸木」之名從何而來。

6 平民保育團（Civilian Conservation Corps），簡稱CCC，是美國一九三三年至一九四二年間，針對十九至二十四歲的單身失業男性推行的以工代賑計畫，由羅伯特・費希納主持，提供人力勞動職缺，組織失業的年輕男性到聯邦政府、州政府與地方政府名下的農村地帶進行自然資源保育工作，是「羅斯福新政」的就業方案之一。

空氣中飄散著腐植土的異味。約莫一公里，步道陡峭，有如一道險峻的階梯。我們行經落葉紛飛的闊葉樹林，燦燦的光影緊緊相隨。我們繞過覆滿青苔的石層，眼前的景象忽然改觀，潮濕的山谷硬木自然步道轉變為比較乾燥的松杉小徑，那年是結實年，小徑堆滿了毬果，我們每踏一步，毬果就散落四處。

小徑一側有塊碗狀的空地，滿地的腐葉中冒出一朵我此生見過最精細的菌菇。菇傘呈乳白色，比我兩手手掌還大。菌絲環繞著菇柄而生，交纏旋繞，遠遠望去，有如繁複華美的拉夫領。

哇！這是……？

我回答不出來。

他繼續沿著小徑前進，走著走著幾乎踩到一隻黑黃色的千足蟲。這個小東西在我的手中扭縮成一團小球，我在牠上頭揮揮手，把牠的氣味揮向羅賓。

天啊！

「聞起來像什麼？」

像媽媽！

我大笑。「沒錯，杏仁油香精。媽媽烘焙時，有時聞起來就是這個味道。」

他把我的手掌貼在他的鼻上嗅聞。好奇怪！

「我也這麼覺得。」

他想要繼續觀察，但我把這個小東西放回一堆蓑衣草上，我們繼續沿著小徑前進。我沒有跟我兒子說，那股宜人的香氣是氰化物，分量一多，足以致命。我應該跟他說的。誠實對他非常重要。

我們走了一公里的下坡路，沿著小徑行至溪畔空地。河床多石，潺潺的溪流水勢漸緩，石間屢見深邃開闊的水塘，溪畔兩側盡是山月桂和斑斑點點的美國梧桐樹，四下比我記憶中更優美。

我們的帳篷比一公升的水還輕、比一捲餐巾紙大不了多少，可說是機械工程的奇蹟。羅賓自己動手搭帳篷。他組裝細長的營柱，插入金屬孔環，把帳篷布緊緊夾在外骨架，轉眼之間大功告成，我們今晚有了下榻之處。

我們需要天幕嗎？

「你覺得我們運氣如何？」

他覺得我們運氣不錯。我也這樣覺得。我們被六種不同的森林環繞，林間一千七百餘種開花植物，樹木種類繁多，比全歐洲的樹種還多，還有三十種不同的蠑螈，怎不令人稱奇？若是能夠暫且脫離自稱萬物之靈的人類，讓腦中一片淨空，你會發現浩瀚星空中的小小地球，其實優點多多。

一隻大烏鴉盤旋在我們頭頂上，烏鴉身形巨大，宛若「綠野仙蹤」的飛天猴，展翅衝入一棵白松。「牠來參加『拜恩營地』的開幕式。」

我們齊聲歡呼，烏鴉展翅飛去。今天氣溫再度破紀錄，比往年高三度，我們背著背包在高溫中攀爬山徑，這會兒決定去游個泳。

一座步橋劃穿粗圓的鵝掌楸，橫越瀑布間的急流。步橋兩側的圓石點點青綠，苔蘚、地衣、河藻在石上揮灑作畫。溪水清澈，連溪底的小石都看得一清二楚。我們用力推開灌木叢，奮力在林間行進，朝上游走去，在溪邊找到一塊平坦的圓石。我毅然決定下水，徐徐沒入湍急的溪流之中，我兒子一臉懷疑地看著我，想要相信我果真下水了。

溪水沖擊我的胸膛，把我沖向滾滾亂石之間。從溪畔望去，溪床似乎平坦，其實卻是水面之下一道陡峭起伏的迷你山脈。我被沖入亂流中，一腳踏上一塊石頭，石頭千百年來受到瀑布沖刷，平坦而濕滑，我不慎滑了一跤，眼看著就要滅頂，但我很快就記起應該怎麼做。我在急流中坐下，任憑冰冷的溪水沖刷著我。

溪流冷澈心骨，羅賓起先嚇得尖叫，但痛感只持續了半分鐘，尖叫聲也變成了笑聲。「放低身子，」我大聲說。「學學你喜歡的兩棲爬蟲，小心慢慢爬。」羅賓乖乖地投向滾滾翻騰的溪水。

我以前從來不准他做這麼危險的事。他匍匐力抗湍急的溪水，等到他終於站得穩，我才慢慢涉水而行，走到激流中央。波濤滾滾，浪花飛濺，我們在多石的溪床上躺下，擠進圓石之間，溪水打在身上，好像在做水療。我們往後一仰，時時調整全身上百條肌肉，試圖保持平衡。岩石蒙上薄薄的水霧，日光刻蝕起起伏伏的水面，我們躺在白浪滔滔的溪流中，身後傳來瀑布隆隆的聲響，感覺至爲奇特，讓羅賓深深著迷。

溪水永不歇止，再加上我們腎上腺素激增，過了一會兒，水打在身上，感覺幾乎微溫。但溪流滾滾翻騰，水勢始終生猛湍急，淙淙順流而下，沒入兩岸拱生的橘子樹下。日光燦燦，小溪承載著種種未知，流向瑩瑩的過往。

羅賓凝視自己沉浮於水中的手臂和雙腳，似乎想要抗拒迴旋打轉的溪水。我覺得我們好像在一個重力不停改變的星球上。

黑色條紋、跟我的小指一樣長的小魚游過來緊貼著我們的手腳。我花了一會兒才看出牠們在咬食我們脫落的皮屑。羅賓看得出神。他自己就像一座水族館，而館中的主展品也是他自己。我們雙腿大張，雙手拍打溪底，試圖抓個東西穩住身子，像隻螃蟹似地順著溪流上行。羅賓側著身子從一座瀑布跳到另一座瀑布，好像蝦蟹般戲耍。我擠進幾塊新發現的石頭之間，深深吸進滲漏到空氣中的負離子。周遭霧氣騰騰，空氣似乎起了泡沫，溪水冰冷湍急，瀑布急洩而下，我們父子趁著年底前最後再一起游個泳，我滿心歡騰，喜不自勝，那種心情就像是溪流中的一波巨浪，一時之間急急湧升，但瞬間化為碎浪。

上游九十公尺處，艾莉莎曾在這條溪流中失足，她雙腳一滑，沒入水中，身上那件潛水服有如肌膚般緊貼著她，我站穩腳步，試圖抓住她，但她依然被湍急的溪水沖向下游。她放聲尖叫，嬌小但精悍的身軀浮浮沉沉地朝我漂過來，我剛要伸手抓住她，她就從我身邊漂走。

羅賓放手，隨著急流漂浮。我伸長手臂，他一把抓住，緊緊靠向我，抬頭一望，雙眼迎上我的目光。爸，怎麼了？

我緊盯著他。「你開心就好，我不行，但只是有點難過啦。」

爸！他一手抓著我，一手指向四方，似乎想要用周遭的種種景物當作證據。你怎麼可能沮喪？你看看我們在哪裡！誰能夠看到這些？

沒有人。世間沒有人看得到這些。

他坐到瀑布下，一手依然抓住我，試圖想通這一切。不到半分鐘，他就明白了。等等，你跟媽媽來過這裡？你們來這裡度蜜月？

他確實擁有超能力。我驚訝地搖搖頭。「小福爾摩斯，你怎麼知道？」

他眉頭一皺，撐起身子從水中站起。他搖搖晃晃地矗立在原處，以全新的目光端詳整片河域。這樣一切就說得通了。

回到營地之後，我忽然渴望知曉時事。世界各地發生種種緊急事端，我卻一無所知。同事們傳來的電郵堆積在我離線的收件匣裡。五大洲的天文生物學家因爲最新發表的學術論文爭論不休。南極洲的冰棚消融崩脫。各國的元首政要忙於測試能夠欺瞞大眾到什麼程度。戰事頻傳，各處興起大大小小的戰火。

我極力抗拒戒斷資訊的焦躁與不安，強迫自己靜下心來跟羅賓一起削松枝當作柴火。我們已經把背包吊掛在兩棵梧桐樹之間的繩索上，這樣一來，再胖再壯的黑熊都搆不到。營火已經升起，我們在世間唯一的任務是煮我們的豆子、烤我們的棉花糖。

羅賓凝視營火。他自言自語，喃喃說了一句話，聽來不帶感情，單調而平板，足以讓他的小兒科醫生感到擔心。這裡真的不賴。過了一分鐘，他補了一句：我覺得我好像是這裡的人。

我們什麼都不做，只是盯著點點火光，這樣就夠了。夕陽漸漸西下，最後一縷澄紫的日光漫過西側的山脈。群山蒽鬱的林木吸氣吸了一整天，現在又開始吐氣。營火四周暗影閃爍。羅賓一聽到聲響就轉頭探看，眼睛睜得好大，讓人看不出是興奮或是懼怕。

太暗了，我沒辦法畫畫，他悄悄說。

「是啊。」我說，但即使四下漆黑，他說不定依然能夠作畫。

蓋特林堡以前就是這個樣子嗎？

這個問題令我愕然。「以前的樹比較高大，樹齡也古老多了。現在這些樹的樹齡多半不到一百年。」

一座森林在一百年之內可以做好多事情。

「沒錯。」

他瞇起眼睛，試圖想讓蓋特林堡、鴿子谷、芝加哥、麥迪遜等地回復荒野。艾莉莎過世之後，我心情沉到谷底的那些夜晚，我也曾經這麼想。但這個支撐我活下去的孩子居然興起這樣的念頭，似乎不太健康。世間任何一個稱職的父母都會說服他別這麼想。

羅賓省了我費功夫。他講話依然小聲，語調依然平板。但我看到他凝視著營火、雙眼閃閃發光。

媽媽以前晚上是不是會讀詩給契斯特聽？

誰曉得他怎麼從一個念頭跳接到另一個念頭？我好久以前就已放棄跟蹤他的思緒。

「沒錯。」早在我出現之前，這已經是她最喜歡的例行公事。兩杯紅酒下肚，她爲小狗朗讀她最心愛的詩節，而這隻全世界最溫馴的米格魯犬也乖乖聆聽。

詩耶，她讀詩給契斯特聽！

「我也在聽。」

我知道，他說。但我顯然不算數。

餘燼劈啪作響，漸漸又消褪爲微紅的粉塵。一時之間，我生怕他會問我她最喜歡哪一首詩。但他說：我們應該再養一隻契斯特。

契斯特之死令他傷心欲絕。當這隻瘸腿的老狗撒手西歸，他再也無法爲了保護我而壓抑喪母的悲傷。哀傷撕裂了他，他控制不了盛怒，有段時間我不得不讓醫生幫他開藥治療。他一心只想再養一隻狗。長久以來，我始終想要打消他這個念頭。不知怎麼地，一想到養狗，我就有如受到重創。

「我不知道，羅賓。」我用小木棍撥弄煤渣。「我覺得世界上沒有另一隻契斯特。」

世界上有很多好狗，爸，到處都有。

「養狗的責任重大。你得餵牠吃東西、帶牠出去散步、幫牠撿大便，每天晚上還得幫牠讀詩。多數的小狗甚至不喜歡詩，你知道的。」

我很負責。爸，我會比平常更負責。

「我們再想想，好嗎？」

他澆了好幾加侖的水滅火，藉此表示他是多麼負責。我們爬進雙人帳篷，並肩仰躺，帳篷沒有搭上天幕，我們和宇宙之間只隔一層輕薄的紗網。樹梢在秋分後的圓月中微微晃動。羅賓端詳著晃動的樹梢，臉上浮現出某種神情，似乎想到好點子。

如果我們把一個超大的通靈板倒掛在樹的上方呢？這樣一來，他們可以傳送信息給我們，我們也可以讀一讀！

一隻鳥在我們身後的林間引吭高歌，傳送著另一個人類始終無法解讀的信息。*Whip-poor-will*。*Whip-poor-will*。我想要猜牠是哪一種鳥，其實沒有必要，因爲牠叫個不停，一聽就知道是隻三聲夜鷹。*Whip-poor-will*。*Whip-poor-will*。*Whip-poor-will*。*Whip-poor-will*。

羅賓一把抓住我的手臂。牠好像瘋了！

三聲夜鷹嚶嚶鳴啼，聲聲迴盪在清涼的暗夜中。我們一起悄悄計數，但數到第一百聲就放棄，三聲夜鷹毫不疲累。羅賓快要闔眼，這隻鳥依然堅持不懈，我用手肘輕輕推了他一下。

「喂，小傢伙！我們可別忘了。『祈願眾生……』」

「離苦得樂。」這句話到底從哪裡來？我的意思是說，媽媽從哪裡聽來的。

我告訴他，這句話出自佛教的四無量心[7]。「佛教裡有四種無量心值得修持。慈悲對待芸芸眾生。幫助他人離苦得樂。與世間萬物隨喜隨樂。謹記世間萬物的苦難也是你的苦難。」

媽媽是佛教徒嗎？

我大笑，他隔著我們兩人的睡袋捶了一下我的胳臂。「你媽媽有她自己的信念。她講的話值得聽。她講話的時候，大家也都仔細聽，連我都是。」

他咿呀一聲，雙手環抱住自己。某隻覓食的野生動物遊走於我們帳篷上方的斜坡，啪地一聲

7 四無量心：慈無量心，悲無量心，喜無量心，捨無量心，佛教四大利他的修持。

踩斷細小的樹枝。體型較小的小動物穿梭於層層落葉之間。蝙蝠以我們聽力難及的聲頻勘測樹冠層。但這些對我的兒子並不造成困擾。當他心情好，羅賓確實齊備四無量心。

「她曾跟我說，不管她白天必須處理多少狗屁倒灶的事情，睡覺前若是唸誦那些詞語，她就可以面對隔天早上的任何事情。」

再問一個問題，他說。爸，你的工作究竟是什麼？

「喔，羅賓，現在很晚囉。」

我是說真的。如果有人在學校裡問我，我該怎麼回答？

一個月之前，他因爲這件事受到停課處分。一個銀行主管的小孩問羅賓我的工作是什麼。羅賓回答說：他在尋找外太空的生物。一個銀行分行經理的小孩聽了就問：羅賓小子的爸爸要不要來一張衛生紙啊？人家繞著天王星飛來飛去、看看克林貢人在哪裡。[8]羅賓抓狂，據稱威脅要殺了這兩個男孩。近來這種話足以讓你被學校退學，或是被迫接受精神治療，羅賓只被停課幾天，算是從輕發落。

「這說來複雜。」

---

8 原文是He circles Uranus, looking for Klingons。譯者不太明瞭，於是致函請教作者，鮑爾斯解釋，這句話的雙關語是He circles your anus, looking for cling-ons（羅賓小子的爸爸啊，他八成湊著屁眼看來看去、瞧瞧哪裡沒擦乾淨），羅賓的同學藉此嘲笑他、霸凌他。

他朝著我們頭頂上的樹木揮揮手。我們哪兒都不去，有的是時間。

「我寫程式，試著把我們對任何一種星球所知的種種體系寫進程式裡，比方說岩石、火山、海洋之類的理化體系，然後我用程式預測星球的大氣層裡有哪些氣體。」

為什麼？

「因爲大氣層是生命過程的一部分。氣體的成分可以告訴我們星球是不是活的。」

比方說這裡？

「一點都沒錯！我的程式甚至預估了歷史上不同時期的地球大氣層。」

爸，你不能預估過去。

「如果你還不知道過去是怎麼回事，你就能夠預估過去。」

那些星球距離我們上百光年，你甚至連看都看不到，你怎麼看得出來它們有哪些氣體？

我嘆了一口氣，帳篷裡的氛圍隨之改變。我好累，而他想要知道的事情必須上十年的課才能理解。但孩子的提問是一切的開端。「好吧。你記得原子？」

記得。原子非常小。

「電子呢？」

非常、非常小。

「只有在特定的能量狀態下，我們才看得到原子裡的各個電子。你可以把各個電子想像成它們在一座樓梯的階梯上，當它們從一個階梯移動到另一個階梯，它們就以特定的頻率吸收或是釋放能量，頻率則視它們在哪一種原子裡而定。」

太瘋狂了。他朝著帳篷上方的樹木咧嘴一笑。

「你覺得那樣叫做瘋狂？你繼續聽我說。當你觀測一顆星星的光譜，你可以看到一條條小小的黑線，也就是那些階梯上的頻率。我們稱之為『光譜學』，光譜學可以告訴我們星星裡有哪些原子。」

小小的黑線。幾千億、幾萬億公里之外的電子。誰想得通這種事情？

「我們人類是非常聰明的物種。」

他沒有回答。我以為他又恍恍惚惚地睡著了——美好的一天以此畫下句點，不是很棒嗎？就連三聲夜鷹都欣然同意。今晚到此為止。而後四下靜默，蚊蟲嗡嗡低鳴，河川淙淙急流，蟲鳴水聲盈滿周遭的寂靜。

我肯定也睡著了，因為這會兒契斯特磨蹭著我的腿、咿咿嗚嗚地抱怨、艾莉莎則在一旁為我們朗讀靈魂恢復了與生俱來的天真[9]。

爸、爸！我想到了。

我掙脫睡夢的網，緩緩起身。「小甜心，你想到什麼？」

---

9 原文「the soul recovering radical innocence」，語出葉慈的詩作〈為女兒祈禱〉（*A Prayer for My Daughter*）。

他太興奮，甚至沒有抗議我使用如此親暱的稱呼。我們為什麼聽不見他們。

我半睡半醒，不曉得他在說些什麼。

那些吃石頭的生物叫做什麼來著？

他依然試圖解開「費米悖論」的謎團，也就是說，宇宙如此浩瀚，時間如此恆久，但外太空爲什麼似乎沒半個人？從我們入住小木屋，拿著望遠鏡觀測銀河的頭一晚，他就緊抓著這個問題不放：大家都在哪裡？

「無機營養生物。」

他用力拍了一下額頭。無機營養生物！這還用說嗎！所以囉，假設有個星球到處都是岩石，星球上到處都是無機營養生物，居住在堅硬的岩石裡。你看得出來哪裡不對勁嗎？

「我還看不出來。」

爸，拜託喔！說不定它們居住在液態甲烷或是諸如此類的物質裡。它們的行動慢得不得了，幾乎像是固體。它們的一天就像是我們的一世紀。如果它們的訊息花了好久才傳到這裡，我們卻甚至不曉得那就是它們的訊息呢？說不定它們花了相當於地球五十年的時間才傳送了兩個音節。

我們身後那隻三聲夜鷹再度鳴叫，聲聲來自遠處。在我的腦海中，堅忍不拔、超級有耐性的契斯特還在力抗葉慈。

「羅賓，這個點子棒極了。」

說不定有個水世界，那裡有好多非常聰明、動作非常快、長得像是鳥類的魚游來游去，試圖引起我們的注意。

「但它們傳送訊息的速度非常快，快到我們看不懂。」

沒錯！我們應該試著用不同的速率聽一聽。

「你媽媽愛你，羅賓，你知道吧？」這是我們之間的暗語，他通常也會遵守，但這話卻無法讓他鎮定下來。

最起碼你得告訴搜尋外星文明計畫[10]的那些人，好嗎？

「我會的。」

他又開口，我又被吵醒。一分鐘、三秒鐘、半小時——誰曉得其間相隔多久？

你記不記得她以前說：小傢伙，你多有錢？

「我記得。」

他舉起他的雙手，指指月光下的群山。林木隨風飄搖，溪河淙淙急流，在這獨一無二的大氣層中，電子在它們的原子裡沿著能階滾動，在在皆是物證。黑暗之中，他的臉一皺，試圖明確地陳述。這麼有錢。我就是這麼有錢。

---

10 Search for extraterrestrial intelligence（SETI），一譯「搜尋地外文明計畫」，是個非營利團體，不限於特定單位或是機構，而是召集全球各地的天文愛好者一起探尋宇宙的其他文明。

當他終於可以讓我好好睡一覺時，我卻睡不著。我們兩人帶了幾罐豆子和一本素描簿在林中露營，過得倒也不賴，但一回到文明世界，我得埋頭工作，羅賓也得回到他厭惡的學校，身旁圍繞著一群禁不住會嚇到他的小朋友。回到麥迪遜之後，他又只能在皆伐林中尋求慰藉。

早在艾莉莎衝進我在史特林館的研究室，對著我大喊「不管你準備好了沒有，拜恩教授，我們要當爸媽囉」之前，關於育兒的一切就已讓我非常害怕。我在神情欣喜、鼓掌叫好的同事們面前給她一個擁抱，但那是我最後一次信心滿滿、百分之百確定自己能夠善盡親職。

我講不來非洲斯瓦希里語，對於養兒育女同樣無能爲力。艾莉莎也相當恐懼，但她以她那套歡天喜地的心態來應對。匯集親朋好友、醫生護士、相關網站的建言之後，我們竟也累積足夠的勇氣忽略各方指教，憑著我們自己最佳的猜測，懵懵懂懂地設法因應。成千上萬世代搞不清狀況的父母都已設法解開養兒育女的謎團，成果倒還不賴，足夠人類持續生養下一代。我想我們不會是最糟的父母。結果艾莉莎和我根本沒時間幫自己打分數，因爲從羅賓被抱出嬰兒保溫箱的那一刻起，我們的生活就成了永不停歇的消防演習。

結果孩子們對於過錯的承受度遠超乎我的想像。誰會相信一個四歲的孩子居然自個兒扯下一個擱滿火熱煤炭的烤肉架，結果竟無大恙，只在腰間留下一個蛤狀的粉紅色烙印？

但從另一個角度而言，凡事隨時隨地可能出錯，機率之高始終令我心驚膽顫。羅賓六歲那年，有次我爲他朗讀《絨毛兔》[11]，直到他八歲時，我才從他口中得知這個故事讓他做了好幾個月的惡夢。兩年以來夢魘連連，他卻羞於啓齒，甚至不好意思告訴我。這就是我的羅賓。天知道等到他十一歲時，他會跟我坦承我現在做的哪些事情有所閃失？但他熬過了他媽媽的驟逝。我想他也熬得過我出於善意而犯下的種種過錯。

那天晚上，我躺在帳篷裡，想著羅賓這兩天多麼擔心一個理應充斥著種種文明，但卻寂靜無聲的銀河。誰能保護一個像他這樣的男孩，讓他不要因爲自己的想像力而煩憂？更別提不要讓他受到幾個掠奪性極強的三年級學童的惡言欺辱？艾莉莎會以她無比的寬容心和堅強的意志力引導我們三人穩穩前進。少了她，我搖搖晃晃，窒礙難行。

我在睡袋裡微微抽動，試圖不要吵醒羅賓。無脊椎動物窸窸窣窣，音量忽大忽小。兩隻橫斑林鴞領唱應答：*Who cooks for you? Who cooks for you-all?* 我不禁心想，除了我之外，誰會幫這個小男孩做飯[12]？我無法想像羅賓強韌到熬過這個星球與日俱增的種種騙局。說不定我不想看到他變得如此強韌。我希望他保有些許空想。我希望我的兒子極度純眞率直，甚至嚇到他那群自命不

---

11 *The Velveteen Rabbit*，英國作家瑪潔莉・威廉斯（Margery Williams）於一九二二年出版的經典童話。

12 原文「who would ever cook for this boy, aside from me?」延伸自橫斑林鴞的叫聲「Who cooks for you」。

凡的同學。這個小男孩連續三年的最愛都是裸鰓類動物，而裸鰓類動物卻一向沒有受到應得的重視。有一個這樣的孩子，眞是爲人父母之幸。

唉，天文生物學家的深夜囈語。我嗅聞樹木吸氣吐氣，聆聽溪流的聲響，這條艾莉莎和我頭一次一起游泳的溪流，沖刷打磨著水中的圓石，即使是深夜，依然不曾歇止。我身旁的睡袋裡傳來聲響。羅賓在睡夢中苦苦哀求。住手！拜託住手！拜託！

費米悖論其中一個解決之道非常奇怪，我始終不敢告訴羅賓。他若知曉，肯定連做幾個月的惡夢。躺在我身旁那個充氣式露營枕上的小腦袋裡有著千億萬兆的神經元，數目之繁多，有如兩千五百個銀河系的星辰。任何因素都可能造成神經元負載過度。

但我從未告訴羅賓的是，如果生命之跡不難湧現、很容易就可以從無到有呢？假設早在地球出現的億萬年前，宇宙的各個角落就冒出生命之跡。畢竟以我們的星球為例，狀況一旦穩定，生命之跡立刻湧現，而宇宙各處不乏與地球相同的生存條件。

假設恆久以來，千千萬萬、難以計數的文明興起，許多文化持續得夠久，足使他們大膽探勘宇宙。這些宇宙的旅者尋獲彼此、攜手合作、互通有無，他們的科技也隨著每一次接觸快速進展。他們建造了採集能量的浩大星船，星船納入一個個完整的太陽，部部電腦有如整座太陽系一樣龐大。他們利用擷取自似星體和伽瑪射線暴的能量。他們暢行於各個銀河，有如我們曾經橫越各個洲陸。他們學會了架構現實，編織出他們臆想的真實。

當這個集結了種種文明的宇宙星團掌握了時間與空間的一切定律，他們卻陷入大功告成的哀傷。絕頂的智慧難敵懷舊的思緒，他們不時遙想露宿野營和不知有何功用的木刻藝品，於是他們創造難以計數的小星球，星球被密封起來，讓生命在原始狀態下開始演化，他們把這些小星球當作玩具，撫慰懷舊的哀傷。

假設其中一個宛若在盆栽玻璃瓶中的小星球演化出智慧生物，生物有著千億萬兆的神經元，數目之繁多，有如銀河系中的星辰。即使有著這樣的頭腦，這些生物依然得花上千百年才會發現自己永遠被困在虛擬的曠野中，遙望著虛擬的蒼天，受困於孩提的年代，孤單而寂寥。

在費米悖論的種種解決之道當中，這個解決之道被稱爲「動物園假說」。動物園令羅賓反胃。他受不了看著有知覺、有感情的生物受到侷限。

我的父母以路德會教義養育我，但我十六歲時就對所有宗教失去信心。我這輩子始終堅信，一個人辭世時，內省、洞見、願想等等儲存於千萬億兆神經元的美好特質將盡皆消散爲雜訊，所有的痛苦與驚駭也是如此。但那個大煙山的夜晚，在我們的雙人帳篷中，我卻忍不住向那個全世界最了解羅賓的人請願。「艾莉莎，」我跟我結縭十一年半的太太說，「艾莉，告訴我該怎麼做。我們現在很好，待在林中就沒事。但我好怕帶他回家。」

清晨三點，大雨如注。我急忙衝進雨中搭起天幕。羅賓起先被這樣的騷亂嚇壞了。他在傾盆大雨中東奔西跑，漸漸像隻烏鴉似地喋喋不休，而且咯咯輕笑，當我們跑回帳篷裡，渾身因爲先前傻呼呼的樂觀被淋得濕透，他依然笑個不停。

「我應該堅持搭天幕。」

沒搭也值得，爸。我以後照樣不會搭。

「喔，你當然不會。你和你的兩棲爬蟲都不會！」

我們在可攜式瓦斯爐上煮麥片粥，近午時拔營。從另一個方向望去，步道看起來不太一樣。我們往回走，一路爬過山脊。時值晚秋，萬物卻依然生長，羅賓看了非常訝異。我秀給他看看一月開花的金縷梅。我跟他說雪蠍蛉會在冰上滑行，整個冬天以苔蘚爲食。

我們太快回到步道入口。公路貫穿林中，看了令我心碎。車輛、柏油路、詳列種種規定的警告標誌——在林中待了一晚之後，步道入口的停車場讓人感覺糟透了。我盡量把這些念頭藏在心裡，不要在羅賓面前顯露。他說不定也在保護我。

我們開車回去小木屋，途中碰到大塞車。我把車停在一部速霸陸休旅車的後頭，車上載滿高性能的登山自行車。車陣在我們前頭無止無盡地延展，放眼望去都是動彈不得的休旅車，人人渴望一探美東最後一塊小小的自然曠野。

我轉頭看看乘客座裡的羅賓。「你知道這叫做什麼嗎？熊塞車！」我跟他說這裡是美洲大陸黑熊最密集之處，我們說不定也會看到一隻。「下車吧，你走過去瞧瞧，但不要離開公路。」

他仔細端詳我。你說真的？

「當然說眞的！我不會丟下你。等到車子開始移動，我會開過去停下來接你。」他動也不動。「快點，羅賓。那邊什麼人都有。熊不會傷害你。」

他的神情令我心酸：他擔心的不是四足行走的黑熊，而是二足直立的人類。但他依然打開車門下車，步履蹣跚地沿著停在路上的車輛往前走。我應該爲了這個小小的勝利感到開心。

車子龜速移動。大家開始按喇叭。有些人試圖在狹窄的山路上迴轉倒車。偶爾可見有些人把車子開上路肩，下車魚貫走入車陣。大家爭相盤問彼此。熊呢？熊在哪裡？一隻母熊帶著三隻小熊。那裡、那裡。不、這裡。一位國家公園的管理員試圖叫大家慢慢往前開。車陣裡的人們置之不理。

過了幾分鐘，我終於開到眾人群聚之處。大家朝著林中指指點點，有些人拿起望遠鏡湊到眼前，有些人架起腳架，調整榴彈砲似的鏡頭。一排遊客拿著手機拍照，渾然無視大自然，看起來像是一群人擠在辦公大樓外，抬頭觀望一個端站在十樓窗臺的傢伙。

然後我注意到黑熊一家四口慢慢走回灌木叢。母熊轉頭一看，盯著成群結隊的人們。我看到羅賓擠在人群中、頭低低的、望著跟大家不同的方向。他轉身看我，朝著車子小跑步。交通依然嚴重阻塞。我搖下車窗。「羅賓，留在那裡看一看。」

他跑向車子，坐進車裡，用力關上車門。

「你看到牠們了嗎？」

看到了。牠們真棒。他聽起來好像想要找人吵架，雙眼直視前方，緊盯依然堵在我們前方的速霸陸休旅車。我感覺大事不妙。

「羅賓，怎麼了？怎麼回事？」

他把頭轉開，斷聲大喊。你沒看到牠們嗎？

他盯著擱在大腿上的雙手。我對他夠了解，知道現在最好不要逼問。觀熊奇景告一段落，車陣終於開始移動。開了半公里之後，羅賓又開口。

牠們肯定非常恨我們。你會喜歡被人當成怪胎秀看嗎？

他望向車窗外蜿蜒的溪流。過了幾分鐘，他說：蒼鷺。他只是陳述事實，沒有其他意思。

我又開了三公里才說話。「牠們非常聰明，你知道的。美洲黑熊。有些科學家說牠們幾乎跟原始人類一樣聰明。」

牠們更聰明。

「你怎麼知道？」

我們已經駛離國家公園，現正開過一排排喧擾的商店街。羅賓高舉雙手，指向窗外以示例證。牠們不會這麼做！

我們開過巧克力軟糖店、漢堡攤、內胎租用店、平價雜貨店、碰碰車遊樂場，車子左轉開過遊客中心，再開一段上坡路就回到我們的小木屋。「他們只是寂寞，羅賓。」

他看著我，好像我已經放棄公民權，再也不屬於有智識的眾生。你在說什麼啊？牠們才不寂寞呢。牠們很氣憤。

「不要大喊大叫，好嗎？我說的不是黑熊。」

他一臉困惑；最起碼他的情緒稍微緩和。

人類很寂寞，因為我們是混蛋。爸，我們偷走了牠們的每一樣東西。

他手指僵硬、嘴唇抽搐、脖子冒出青筋，這些都是警訊，再過幾分鐘，最近幾天的溫順將化為烏有。我可沒精力應付兩小時的盛怒與嘶吼。我已經從這幾年的經驗當中學到，現在最好找些事情讓他分心。

「羅賓，你聽我說，假設『艾倫望遠鏡陣列[13]』明天召開記者會，提出不容爭辯的證據，宣布他們找到了外星人。」

爸！

「那會是地球上最令人興奮的一天。一個宣布就會改變一切。」

他不再動來動去，依然一臉嫌惡。但好奇心終究戰勝他心中的嫌惡，十次有九次都是如此。

「所以囉，假設他們召開記者會，宣告他們在大煙山各處發現了外星文明，而且——」

拜託喔……！他雙手朝著空中一揮。但我成功地轉移了他的注意力。我從他的眼神中看得出他正在盤算我剛才說的話。他嘴角一撇，既是輕蔑，也帶點嘲弄。那排沿著公路拿著手機拍照的遊客又變回他的同類。現在他看出來了：我們人類極度渴望有個伴。我們這個物種愈來愈想要跟陌生的物種接觸，甚至願意困在塞了幾公里的車陣裡，只爲了匆匆一窺任何一個聰慧的野生物種。

「沒有人願意孤孤單單，羅賓。」

同理心與正義感爭鬥，結果後者略勝一籌。牠們以前到處都是，爸。後來牠們碰上了我們。我們搶走了一切！我們活該孤孤單單。

13 Allen Telescope Array，由「搜尋外星文明計畫」和「無線電天文學實驗室」在加州大學柏克萊分校合力建造的電波望遠鏡，目的在於天文觀測和搜尋外星文明。

那天晚上我們前往造訪法拉莎星。這個行星極度幽暗，找到它算我們幸運。它遊蕩於空曠的太空，缺乏太陽的護佑，有如無父無母的孤兒。它曾有一顆自己的衛星，但衛星在星系多事的成長期被轟逐。「我在學校的時候，大家甚至提都不提這些流浪行星，」我跟他說。「現在我們甚至認為流浪行星的數目說不定多於一般行星。」

我們看著法拉莎星緩緩飄過星際之間無盡的空曠，四下永恆漆黑，溫度只比絕對零度高了幾度。

爸，我們幹嘛來這裡？這裡是全宇宙最沒有生氣的地方。

「我跟你一樣大的時候，科學家們也這麼想。」

每一個信念都會隨著時光更迭而不再適用。宇宙為我們上的第一堂課是，千萬不可依據單一事例進行推論。除非你只有這麼一個事例，倘若如此，你就得再找一個。

我請他注意濃厚的溫室大氣層和火熱的輻射狀核心，我為他展示一個超大月亮引發的潮汐摩擦如何影響星球自轉，造成星球的溫度愈來愈高。我們降落在法拉莎星的地表。哇，好棒！我兒子興高采烈地說。

「比水的沸點稍微高一點。」

而且是在空曠的太空裡！但是沒有太陽。沒有植物。沒有光合作用。什麼都沒有。

「生物可以倚賴各種東西維生，」我提醒他。「光只是其中之一。」

我們走向法拉莎星的海底，踏入火山縫中。我們把前照燈照向最深的壕溝，他頓時目瞪口呆。壕溝裡到處都是生物：白色的蟹類和貝類、紫色的管蟲和生氣勃勃的植物群，種種生物以深海熱泉散發出來的熱氣和化學物質維生。

他怎樣都看不夠。在他的觀察下，微生物、蟲類、甲殼類學習生存的新技能，它們吃食自己餵養自己，把養分散播到周圍的海水之中。演化年代從頭到尾走一遭，宙代紀世呈現在眼前。法拉莎星的海洋充滿奇形怪狀、匪夷所思的生物，各個潛浮漂游、躲藏閃避，試圖在演化的競爭中勝出。

「我們該走了。」我說。

但他想要繼續觀看。火山口煙霧騰騰，升溫降溫。海水滔滔，流向不定。地殼偶爾隆起，騷動隨之而生，區域性災難接踵而至，機警狡詐才有勝算。固著於岩石的藤壺變成自由自在的泳者，而泳者總能發展出預測能力。各個初抵探勝的冒險家開拓了各自的全新領域。

我兒子看得出神。再過十億年會怎樣？

「我們得再回來瞧瞧。」

我們從伸手不見五指的地表升到空中。法拉莎星在我們下方愈縮愈小，瞬間就又無影無形。

我們在地球上怎麼可能發現這個星球？

這實在是令人匪夷所思。在一個幸運多了的星球上，一代代行動遲緩、虛弱無力、赤身裸體、笨拙彆扭的生物熬過了數次瀕臨滅絕的大災禍，而且堅持得夠久，足夠發現宇宙各地的光線都會因爲重力而偏折。我們說不出一個好理由，但我們耗費巨資，建造了一個能夠觀測光線偏折的儀器，因而看到星光之中極盡微小的偏折，而星光的偏折正是來自這顆數十光年之外的小行星。

怎麼可能？我兒子說。你在瞎掰。

沒錯，我們就是在瞎掰。我們地球人啊，我們且戰且走，編造故事，然後向整個宇宙證明我們所言屬實。

我們在黎明前上路。羅賓在旭日東昇時狀況最佳。這點遺傳自他的媽媽——艾莉莎在早餐前就可以解決數十個非營利組織的危機。那天早上，他甚至願意把這趟車程視爲探險。

我們離家時，國內已經動盪不安，這幾天手機收訊一直中斷，一想到世間不曉得有哪些事故在等著我們，焦慮感油然而生。我等到離開田納西州才收聽新聞。果然才聽了兩則頭條新聞，我就後悔。崔特颶風時速一百六十公里的狂風把一大半長島南叉變成汪洋。美中兩國的核武戰艦在夏威夷群島海外玩起捉迷藏。一艘名爲「海洋之美」、十八層甲板的郵輪在加勒比海安地卡島的離島海域爆炸，數十名乘客罹難，傷者數以百計，已有幾個組織宣稱自己是幕後主腦。在費城，社群媒體煽動戰火，名爲「正統美國人」的民兵團體攻擊「嚎哮幫」的示威群眾，造成三人死亡。

我試圖換個頻道，但羅賓不讓我轉臺。我們必須知道，爸，這是好公民應盡的責任。

說不定他說得沒錯。說不定這甚至是適當的教養之道。但說不定讓他繼續收聽新聞是個天大的誤判。

聖費爾南多谷大火延燒，三千戶民宅付之一炬，總統隨即怪罪樹木。他下達行政命令，勒令砍伐國有森林多達八萬公頃的林地，而這塊林地甚至不全在加州。

我靠！我兒子大喊。我甚至懶得糾正他的用詞。他可以這麼做？

新聞播報員幫我做出回答。若以國家安全爲由，總統幾乎什麼都可以做。

這個總統跟糞金龜一樣吃大便。

「小傢伙，別這麼說。」

他就是！

「羅賓，你聽好，你不可以這樣說話。」

為什麼不可以？

「因爲他們會把你抓去關起來。你記不記得我們上個月討論過了？」

他往後一靠，這下他得重新思考什麼叫做好公民。

嗯，他是個混……他就是！他在搞破壞，一切都被他毀了。

「我知道。但我們不能大聲說出來。更何況你這麼說也不是百分之百公平。

他看著我，神情困惑。過了兩秒鐘，他嘴角一揚，咧嘴一笑。爸，你說得沒錯！糞金龜比他了不起。

「你知道糞金龜利用銀河的星星定位嗎？」

他看著我，嘴巴張得好大。這個事實似乎太怪異，連掰都掰不出來。他掏出他的隨身筆記本做個紀錄，提醒自己回家之後核對我所言是否屬實。

我們駛經肯塔基州漸趨低矮的山嶺，開過「遇見方舟主題公園」，途經各個不把科學當一回事的郡縣，沿路一直聽著《獻給阿爾吉儂的花束》[14]。我十一歲的時候讀了這本小說，家中兩千冊的科幻小說藏書中，《獻給阿爾吉儂的花束》是我最先購買的幾本之一。我在一家舊書店找到它，大眾平裝版，書封是一張介於人鼠之間的臉孔，看了心裡發毛。我用自己的錢買下它，感覺好像解開密碼、跨入大人的世界。我攤開小說，展卷閱讀，宛如鑽進蟲洞，進入一個不同的地球。這一個個輕巧袖珍、可隨身攜帶的平行宇宙，自此成為我畢生唯一的收藏。

其實《獻給阿爾吉儂的花束》並未開啓我的科學研究之路。「海猴」才是我的啓蒙。海猴是一種鹽水褐蝦，寄交到我手中時仍是隱生狀態，不可思議。到了羅賓這個年齡，我已經列出頭一組數據表，詳細記載海猴的孵化率。但《獻給阿爾吉儂的花束》加快我這個初級科學家的想像

14 *Flowers for Algernon*，美國作家丹尼爾・凱斯（Daniel Keyes）的科幻名著，原為短篇小說，一九五九年榮獲雨果獎，後來改寫為長篇小說，一九六六年榮獲星雲獎，曾經搬上大銀幕，也曾改編為電視劇，是全球最知名的科幻小說之一。凱斯的另一本小說《二十四個比利》，亦是紀實小說的經典。

力，讓我想要參與跟生命一樣宏大的實驗。我已經幾十年沒有重讀這本小說，十二小時的車程似乎是個最佳藉口，讓我跟羅賓一起重訪書中的世界。

他聽得入迷。他一直叫我按鍵暫停，好讓他問問題。他在改變，爸。你聽到他用的字愈來愈深奧？過了一會兒，他又問，真的假的？我的意思是，這些將來可能是真的嗎？

我跟他說任何事情在某一地、某一天都可能會是眞的。嗯，我或許不該這麼說。

等到我們開抵印第安納州南部綿延伸展的工業化農場，他已經聽得入迷，所有評論只剩下歡呼和嘲弄。我們一口氣開了幾十公里，羅賓前傾，一手搭在儀表板上，甚至忘了凝視窗外。他像查理．高登一樣迅速地擷取資訊——小說中，查理的智商已經晉升到危險的新高——當查理的同事們拒絕接受他，羅賓自始至終皺著眉頭。主持實驗的兩位科學家奈摩爾和史特勞斯遊走於道德邊緣，讓他非常難過，我甚至必須提醒他喘口氣。

當受試的白老鼠阿爾吉儂死了，他叫我按下停止鍵。真的假的？他無法接受這個事實。老鼠真的死了？他看起來似乎打算乾脆就此打住。但《獻給阿爾吉儂的花束》已經終結羅賓依然心存的純眞。心靈之眼因而面對雙重困惑：如何走出眞理之光的幻影，如何步入眞理之光[15]。

「你知道那代表什麼嗎？你知道接下來會怎樣嗎？」但羅賓看不出查理會有什麼結局。說眞的，他也不怎麼在乎。我繼續播放故事。過了一分鐘，他又叫我按鍵暫停。

但是，那隻老鼠，爸。那隻老、老、鼠！他假聲假氣地哀嘆，故意裝得像是一個年紀更輕的小小孩。但開了一小段路之後，他顯然眞的不開心。

我們在伊利諾州厄巴納—香檳市附近的汽車旅館過夜。他聽完故事才肯睡。他躺在他的床上，宛如人面獅身像般神情肅穆，板著臉孔聽完查理最終的衰退。故事播放完畢後，他點點頭，示意我關燈。我問他在想什麼，他只是聳聳肩。等到四下漆黑，他才開口。

媽媽有沒有讀過這個故事？

我沒想到他會問這個問題。「我不知道。我想她讀過。嗯，說不定讀過。這是一本經典小說。你爲什麼問這個問題？」

你覺得我為什麼問？他的口氣有點衝，說不定不是故意的。當他再度開口，他聽起來深感懊惱。至於他是步入眞理之光，或是走出眞理之光的幻影，我無從得知。你知道的。那隻老鼠，爸。那隻老鼠。

---

15 沿引自柏拉圖的「洞穴預言」（allegory of cave）。

我們在我承諾讓羅賓回去學校上課的那一天回到麥迪遜，才剛過中午到家，學校已經傳來自動發送的簡訊，詢問我是否知道羅賓無故缺席（請回答是或否）。我應該直接送他去上課。但再過幾個小時就放學，我也想要再獨佔他久一點——每當我得把他交給那些搞不懂他的成年人，滿腦子都這麼想。

我把他帶到研究室。我已經好一陣子沒上班，眞的不想進研究室。我們拿了我的信，跟我的研究助理金井說我回來了——我不在的時候，就是由她代授我在大學部的課程。金井對羅賓關懷備至，好像把他當成自己在深圳的小弟。她帶他參觀隕石展示櫃和卡西尼號傳送回來的照片。卡爾．史賽克趁此空檔狠狠教訓了我一頓，史賽克是我的同事，我們正在合寫一篇論文，探究系外行星的生物標記氣體，我卻遲遲沒有交稿。

「麻省理工學院會搶先我們一步，」史賽克說。這話沒錯；麻省理工學院、普林斯頓大學，或是「歐洲天文生物學會」始終搶先我們一步。光是做研究已經不夠看。近來事事都是競賽：誰的研究享有優先權、誰在學術界有所進展、誰在日漸萎縮的補助金裡分到一杯羹、誰有幸參加諾貝爾獎大摸彩。老實說，史賽克和我絕對不可能贏得大摸彩的頭獎，但若能持續拿到研究補助金，倒也不賴。現在我卻交不出論文所需要的數據，我們拿到補助金的機會岌岌可危。

「你兒子又惹事了？」史賽克問。

我想跟他說：混帳東西，我兒子有名有姓。但是沒錯，我兒子又惹事了，我說，藉此默默哀求我的研究夥伴稍加通融。但史賽克沒有通融的本錢。十五年前，眾人競相研究系外行星，核發補助金的單位對天文生物學非常慷慨，就像文藝復興時代的歐洲王室樂於資助備有一艘三桅帆船的探險家。但地球已不若昔日穩固，補助金的風向也大不如前。

「我們星期一之前必須看到你的稿子，席歐。我是說真的。」

我跟他說星期一之前交得出來。走出史賽克的研究室時，我不禁暗想，如果我始終未婚，我在這個剛剛起步的研究領域中，不知道前景如何。說不定我會幸運一點，但世間沒有任何事物比艾莉莎和羅賓更讓我感到幸運。

我的生命也曾歷經一段渺小的冥古宙。我小時候住在曼西[16]，沒有一個地方讓人看得順眼，我已經忘了細節，眞是萬幸。我成長得很快，因爲根據我粗略的估算，我媽媽深藏六種不同的人格，其中半數對於我和我的兩個姐姐造成眞正的傷害。等到我爸爸開始服用止痛藥，步上慢性自殺一途，我已經不再是個稚嫩的男童，取而代之的是個慣常六神無主地坐在房間裡乾著急的少年。

我十三歲時，爸爸叫我們幾個孩子梳洗乾淨，坐在他的後方，跟他一起在法院聽審，這個花招顯然奏效，因爲他的盜用公款罪只被判八個月的徒刑。但我們失去了房子，我爸的所得自此總是低於基本工資，若不是缸中之腦、戴森球、未來城市、移形換位、漫威黑豹、奇幻小說、超能力之類的動漫，我不可能熬過那段日子。自始至終，我生活在一個平行宇宙，這個宇宙衍生出千變萬化、無窮無盡的情境，相較之下，我所居之處不過是浩瀚星海中的一塊小石頭，無異是個笑柄。只要我所感知的現實有若汪洋中的微小環礁、無論如何都犯不著任何人，我就不會受到傷害。

到了十二年級，我已踏上酒鬼一途，眼看就要變成職業酒徒。我兩個最要好的朋友和電玩世界的夥伴們稱我爲「瘋狗」，而我居然一路念到畢業、沒有被抓去坐牢，想想眞是不可思議。要不是憑著我那多重人格的媽媽在一家電子琴公司當祕書，並且公司提供獎學金，我不可能上大學。雖說如此，我之所以願意繼續升學，純粹是因爲那年夏天我在一家公司打工，公司以「寧願一瀉千里，不願遍地黃金」當作廣告文案，我心想，上大學讀書一定比打掃化糞池強。

我前往南部就讀州立大學。爲了達到必修課程的學分數，我從課程目錄裡隨便選了生物學。生物學的老師是一位名叫凱塔佳．麥克米倫的細菌學家。她圓圓胖胖，好像上了歲數的艾瑟兒．馬格斯[17]。但每星期一、三、五，她站在四百名大學生面前，神采奕奕地授課。一週接著一週，她爲我們展示生命的面貌，而我們根本想不到它們有此能耐。

有些生物走到生命週期的中段就重新整裝，變得讓人認不出來。有些生物看得到紅外線，也感受得到磁場。有些生物順應周遭的走勢改變性別。有些單細胞會少數服從多數而集體行動。上了一堂又一堂的課之後，我漸漸理解到一點：《驚愕故事》[18]可嚇不倒麥克米倫博士。

上課上到第十二週、學期快要結束時，麥克米倫博士講到她喜愛的生物。一場革命正在進行，而麥克米倫博士站上前線。研究者在科學原理判定無法生存的地方發現了生命跡象。沸點之

16 Muncie，印地安納州東部的一個小鎮。
17 Ethel Muggs，美國暢銷漫畫《阿奇》（*Archie*）的一個人物。
18 *Astounding Stories*，創辦於一九三〇年代，專門刊登科幻作品，對其後的科幻文學影響甚鉅。

上，冰點之下，生命辛勤不懈，努力地活下去。那些被麥克米倫博士的師長們判定鹽分太濃、酸度太強、輻射性太高等任何生物都不可能生存之處，其實都存在著生命的跡象。生命在外太空的邊境找到了歸宿。生命在堅硬石塊的深處找到了住所。

我坐在大禮堂後頭，暗自思量：我終於找到了同類。

麥克米倫博士僱用我協助她進行田野調查，研究日前在休倫湖底的滲穴中偶然被人發現的奇異生物。它們是地球上最不尋常的生物之一，簡直有如外星物種。它們以硫磺爲食，當美味的硫磺耗盡，它們就從缺氧性生物變成產氧光合作用生物，有如化身博士般變換面貌。麥克米倫博士研究這些雙極嗜極生物的化學變化，種種令人匪夷所思的生化反應展現生命如何站穩腳步，把一個充滿敵意的星球捏塑得比較適居。對於一個不管天氣如何都喜歡待在戶外的人而言，爲她工作簡直像在做夢。

麥克米倫教授幫我寫了一封充滿溢美之詞的推薦函——推薦之語多半沒錯，她跟我說，即使目前多半仍是推測——憑著這封推薦函，我拿到華盛頓大學碩士班的獎學金。我別的不行，站著不動觀看事物可是一流，而且事物愈奇怪，我愈開心，就此而言，華盛頓大學是我最佳的落腳處。微生物學的課程相當紮實，研究嗜極生物的師生也把我當成自家人。

我加入一個跨領域的研究小組，該小組試圖推測，地球若是凍結成一個超大的雪球，有機生物要如何藉由冰山和海洋之間的含氧融雪水維繫生命。根據我們的研究模型，這些星點般微小的有機生物，歷經極度漫長的時日之後，將有助於雪球般的地球變回一座野豔的花園。

我潛心研究，在此同時，種種不可思議的事也在遠方登場。飛航於太陽系各處的儀器傳回數據。各個星球比任何人所能想像的更勁爆。土星和木星的衛星竟然有水，衛星的地殼平滑得令人難以置信，而且地殼下蘊藏著液態海洋，自認地球獨一無二的心態開始動搖。我們始終依據單一樣本進行推論。生命或許不需要地表水。生命或許甚至不需要水。生命或許甚至不需要地表。

我正經歷人類思潮的重大變革。幾年前，天文學家大多認爲，有生之年無法見證人類發現太陽系以外的任何星球，等到我研究所念到一半，存在於太陽系以外的星球已從現知的八、九顆增至數十顆，而後增至數百顆，起先大家以爲它們多半是氣態巨行星，然後「克卜勒太空望遠鏡」正式運作，地球似乎被形形色色的世界環繞，有些跟我們的世界大小相當。

每一個學期，宇宙都有所改觀。人們觀測光線微乎其微的變化——光線來自遙遠得難以想像的星辰，亦以百萬分率削減——然後計算傳輸路徑當中有多少促使光線變弱、我們卻難以瞧見的星光體。浩大的太陽極其輕微地搖晃，速度的變化幾乎令人難以察覺，但已足以洩露出一顆顆造成牽引力、我們卻難以瞧見的星球，我們甚至可以藉由精準得令人難以置信的運算，估量出星球的大小與輕重。那就像是你拿著直尺丈量距離，而你丈量的距離比直尺因爲你手心熱度而膨脹的微渺吋還要微小一百倍。

我們做到了。我們這些地球人做到了。

四處都是新發現的可棲之地：人人追趕莫及。人們發現熱木星和迷你海王星、鑽石行星和鎳鐵行星、氣態矮行星和冰巨行星。K型和 M型星系適居帶的超級地球似乎足以點燃生命的火花，正如生命曾在我們這個地球上瞬間湧現。再也沒有人確知何謂「古迪洛克帶[19]」。那些我們在地球最惡劣的環境中所發現的生物，說不定輕而易舉就可以在許多這些新發現的可棲之地茁壯生長。

有天早上醒來之際，我低頭看看自己這副躺臥在床的軀體，如同昔日良師麥克米倫教授打量一種新發現的古菌物種般審視自己。我估量自己來自何處、想些什麼、有何長處、有何短處，頓時明瞭自己在這個浩大的實驗之中只佔了極小部分，我也知道自己在實驗終結之前想做什麼。我要造訪土衛二、木衛二、比鄰星 b，最起碼藉由光譜學探究它們。我要學習如何解讀它們大氣層的成因和歷史。然後我要徹底搜尋那些遙遠的大氣雲層，探索種種微小跡象，追尋生命的蹤跡。

19 Goldilocks zone，亦稱適居帶、綠帶，或是生命帶，意指那些不太冷也不太熱，與地球的條件相當，適合類似地球生物生存的區域。

博士學位快要到手時，有一天我剛從爲期七天的野外採集回到校園，在電腦室裡的主機前坐下，當時旁邊坐著一位緊張慌亂，但和藹可親的女孩，她被學校的檔案系統搞得頭昏腦脹，而我剛好知道如何解決這幾個古怪的細節。她靠過來請我幫忙，後來我才知道那是她頭一次求助於人。她神情急切，一開口就結結巴巴——你知不知道怎、怎、怎……？——連她自己都嚇了一跳。

她總算把字擠出口，好好講完一句話。我施展數位魔法，耍了個小花招。她謝謝我讓她不至於當了動物保護法。講到第三句，她已不再結結巴巴。如果你需要知道什麼因素構成合法虐殺，找我準沒錯。

她這一切舉動都讓我感覺熟悉，好像有人事先爲我簡述她的習性。她的嘴巴始終微微一噘，半是被逗樂，半是搞不清，好像隨時準備插嘴。她赤褐的亂髮中分，挺直了身子也才到我的肩膀。嬌小的她始終像是起跑前的運動員，機警戒愼，蓄勢待發，準備面對來自各方的挑戰。她似乎應驗了預料，緩緩來到我的跟前。玲瓏的妳，但若行星。我最喜愛的詩人聶魯達似乎也跟我一樣一見面就愛上她。

她穿著軍用規格的靴子和青綠色的背心，看起來像個來自夏爾的哈比人。我立刻祭出我的開場白。「我在聖胡安島待了一星期，剛剛才回來。」她神情一亮。我正在琢磨如何鼓起勇氣問她想不想看一看我們田野調查的小島，她已經露出她那半是羞怯、半是嘲諷的招牌微笑。她淡褐色的雙眼盈滿笑意，開口說道：我幾天沒洗澡也活得下去。口吃早已消失無蹤。

我花了幾個月才承認自己眞是幸運。我碰到了另一個喜歡健行更勝於喜歡睡覺的同類。這麼迷人的女孩居然也會因爲拉丁學術名詞而春心大動，實在讓我吃驚。最令人訝異的是，她被我的笑話逗得大笑，即使我甚至不曉得自己講了笑話，我的運氣眞是好得出奇。

我們之間需要磨合，但這對我們都好。我提振她的耐力，滿足她的好奇心。她教導我活得樂觀、享受各種吃食，即使我得跟著她吃素。人生就是這麼回事：你賭賭運氣，赫然發現你的生命因爲另一個人起了變化，而那人若是晚了十分鐘現身，或是選了另一臺距離你三個座位的電腦主機，她說不定就會如同一個來自外太空深處的信號，始終不曾被你察覺。

艾莉莎念完她的ＪＤ學位[20]，我也即將拿到我的博士學位。我們的運勢持續扶搖直上。說來不太可能，但我們都在麥迪遜找到不錯的工作。我們從華盛頓大學遷往威斯康辛大學，以前從沒想過會在這裡生根落戶，但很快就把這裡當作家。我們非常喜歡這個號稱「起司之鄉」的大學城，唯一意見相左的是城東城西何者較佳。我們在莫諾納湖畔找到住處，走到學校有一段路，但步行有益健康。那棟屋子有點老舊，看上去有點寒酸，但還不賴。屋子是松木搭建，歷經多次翻修，天窗的防水板周圍滲水，跟一般中西部的房屋一樣有些小問題。屋子剛好夠我們兩個人住，日後一家三口同住，感覺更是溫暖舒適。孰知三口又成了兩口，感覺上格外空蕩。

艾莉爆發力十足，她每隔兩週就寫出一篇詳盡確實的行動方案，交由國內主要的非營利保護動物協會執行，在此同時，她還可以趁著空檔飛速撰寫無數措辭客氣的電郵和新聞稿。短短四年間，她從一個美其名是個募款專戶的基層幹部，逐步爬升到協調統籌中西部的運作。從俾斯麥[21]

20 Juris Doctor，中文譯為法律博士，是美國法律教育體系的專業博士，不同於一般博士學位（Ph.D.）。

到哥倫布[22]的州議員對她莫不又愛又恨。她時爆粗口，臉帶嘲諷的微笑，步步進逼。萬惡不赦的工業化養殖場激發她堅強的鬥志。她偶爾不免意氣消沉，喪失信心，但大多時候她白天打拼，晚上喝杯紅酒，爲契斯特讀詩。

威斯康辛州給了我第一個眞正的家。我找到一位一起做研究的夥伴。史賽克負責我無法理解的天文化學，我的貢獻在於生命科學，兩人協力研究遠方星球的大氣層，試圖從光譜表的吸收線琢磨出該星球的生態。我們把地面衛星數據套入我們的生物標誌模型，藉此讓模型變得更加精準，我們可以藉由模型觀測地球，像是從遙遠的外太空用四米口徑的望遠鏡窺視它。我們習知如何解讀各個晃動的影像。我們依據閃閃發光的數據偵測地球的結構、計算生態的循環、觀測燦爛的洲陸和迴旋的大海。荒蕪的撒哈拉、富饒的亞馬遜、明鏡般的冰層、改變中的溫帶森林，一一以搖搖晃動的光點呈現。我們得以窺視生氣盎然的地球，如同異星天文生物學家從億萬光年之外觀看地球，想了令我震撼不已。

那段日子眞是運勢高漲，天天鴻運當頭。然後華府政治風向改變，研究補助愈來愈難拿。我們需要巨型望遠鏡提供來自外太空的數據，以便我們的模型進行眞正的演算，但這些巨型望遠鏡卻一延再延，屢次錯過建造期限。但我照常支領薪水，等著探索我們究竟是孤單寂寥，或是被瘋狂的異星鄰居們所包圍。

艾莉和我都有忙不完的事情。但我們偏好的避孕方式約有百分之一點五的失敗率，我們的生活因而起了變化。我們不敢相信自己的運勢居然如此不順，兩個人都嚇壞了。長久以來，我們好運連連，如今似乎暫且中止。發生的時機糟到不能再糟，甚至不是出於我們自己的選擇。我們已將全副心力傾注於事業。我們欠缺爲人父母的知識，也沒有生養小孩的本錢。

然而十年過去，每天早上醒來我都更加清楚一個事實。如果凡事由我和艾莉作主，我生命中最幸運的事——當世間的好運全都縹渺無蹤，支撐我繼續走下去的那個小小孩——或許永遠不會存在，甚至在我最異想天開的模型裡也難以瞧見。

21 Bismarch，北達科塔州的首府。
22 Columbus，俄亥俄州的首府。

返家後的頭一晚，羅賓很難適應。我們的山林逍遙遊打亂了日常作息，而熱力學早已驗證，將物品恢復原狀，遠比拆解物品困難得多。他在家裡東奔西跑，精神亢奮，反覆無常。晚餐後，我覺得他的狀態不停倒退，八歲、七歲、六歲……我等著他倒退到零歲，準備承受情緒爆發。

我可以檢查一下我的農場嗎？

「你可以玩一小時。」

好耶！礦石？

「不可以買礦石。你上次搞出的那個花招，我到現在還沒付清。」

那是意外，爸。我不知道你的信用卡在帳號上。我以為我免費得到礦石。

他看起來的確有點難過。就算他說的不是百分百的眞話，闖禍之後幾個月，他一直都很懊惱，多少增加了可信度。他玩了四十分鐘，贏得獎品就大聲宣布，我批改學生作業，修訂跟史賽克合寫的論文。

他發狂似地按鍵，收成各種作物，然後轉頭看著我。爸？只見他肩膀前傾，露出懇求的表情。他終於開口了；自從我們到家之後，他就一直想著這件事。我們可不可以看一看媽媽？

最近幾個星期，他愈來愈常提出這個要求，口氣也愈來愈令人擔憂，聽起來幾近偏執。我們已經看了太多次她的影片，看到活蹦亂跳的艾莉，對羅賓不見得最好。但不管這些影片對他產生什麼影響，不准他看的後果肯定更嚴重。他必須好好看看他的媽媽，而且需要我跟他一起好好看看。

我讓羅賓搜尋影片網站。按兩次鍵之後，艾莉的名字就出現在檢索紀錄的最上方。我有一捲我媽媽的錄影帶，前後加起來不到十五分鐘。如今滔滔不絕、行走自如的逝者卻隨處可見，人人隨時可從口袋中掏出來瞧一瞧。我們這些難逃一死的生者不時多花幾分鐘瞧一瞧逝者，任憑自己對那些多得不知如何是好的封存檔案豎起白旗，時時日日都是如此，連我年少時最瘋狂的科幻小說都預料不到會有這種狀況。請你想像有個星球，星球上的過往永遠不會消逝，而是不斷再現，永不歇止，那就是我九歲大的兒子想要居住的星球。

「嗯，我們看一下。我們得找一段好看的。」我接下滑鼠，移動滾輪，搜尋一段不會讓我們太難過的影片。艾莉在我耳邊悄悄說，你到底在想些什麼？別讓他看到那些！

端出老爸的架子顯然不管用。羅賓坐在旋轉椅上猛然一轉，一把抓住滑鼠。我不要看這些，爸！我要看麥迪遜。點這裡。

魔法若想發揮功效，鬼魅就得近在身旁。他非得看到他媽媽在州議會遊說的影片，而州議會距離我們這棟兩間臥室的小平房步行大約一小時。他記得那段日子。一個又一個下午，他跟著媽媽在飯廳演練，陪他媽媽一再修改證詞，幫媽媽加油打氣；他看著他媽媽戴上貓頭鷹墜飾和灰狼耳環，穿上其中一套「戰士套裝」——艾莉有三套套裝，黑色、茶色，或是天藍色的西裝外套，搭配彈性伸縮，長度及膝的裙子和乳白色的罩衫——跳上她的腳踏車，肩上背著裝了高跟鞋的包包，踩著踏板直奔州議會作戰。

這個，爸。他指著一段艾莉在州議會作證的影片，影片中艾莉爲一個嚴禁獵殺競賽的法案辯護。

「這個我們暫時不看，羅賓，說不定等到你十歲的時候再看。我們從這兩段影片挑一段，好嗎？」其中一段是艾莉遊說反對拋擲負鼠競賽[23]，另外一段是艾莉力主保護豬群，讓牠們不會在「拓荒者日」遭到凌虐。這兩段影片看了都會讓人不舒服，但比起他想看的那一段，簡直是小巫見大巫。

爸！他大聲怒吼，音量大到我們兩人都嚇一跳。我直挺挺地坐著，確信他會情緒失控，難保接下來不會整晚扯嗓子對罵。我不是小孩了。我們看過「農場一」。我看了之後也還好。

其實當初他看了之後確實很不好。「農場一」是個重大錯誤。艾莉描述雞群被關在搖搖晃晃的鐵籠裡，籠子非常狹小，雞群擠得互啄，甚至把對方啄死，羅賓看了晚上瘋狂大叫，折騰了好幾星期。

我們父子對峙，眼看就像坐在雙人無舵雪橇上從山腹直墜而下。我深深吸口氣。「小傢伙，我們挑另一段影片，好嗎？每一段影片裡都有你媽媽，不是嗎？」

爸。這下他聽起來年邁哀傷。他指了指影片的日期：艾莉過世前兩個月。我看出了我兒子的盤算。鬼魅必須離得愈近愈好，不僅只是空間距離，就時間而言也是如此。

我點擊連結，眼前出現艾莉活生生的身影。我一驚，而那種震驚的感覺始終未曾消退。我手機的相機有項特別功能：我對焦的目標始終光彩飽和，周遭景物褪為灰影。那個答應嫁給我的女人也是如此。任何地方有了她就滿室生輝，就算是一屋子都是政客也不例外。

排練時，她飽受焦慮所苦，正式登場時，全都煙消雲散。她站在麥克風後，散發出無比的冷靜與沉著，不時露出嘲諷的微笑，彷彿我們這個物種令她困惑不解。她的聲音聽起來像是當眾宣讀柏拉圖的正義觀。她無需吹擂就有辦法把數據融入敘事之中。她同情各方的立場，無需背棄眞理也能做出妥協。她說的每一句話聽起來都合理得不像話。在場九十九位州議員絕對不會相信她小時候口吃非常嚴重、咬嘴唇咬到出血。

這支影片是她最後一次在攝影機前現身，她的兒子坐在我身旁的地上觀看，每個細節都讓他非常著迷，他目瞪口呆，甚至問不出想問的問題。他看著艾莉提及自己曾經見證一場蘇必略湖畔的狩獵競賽，競賽相當知名，那年州裡舉辦了二十場。他挺直身子，撫平衣領；我曾跟他說這樣讓他看起來像個大人。對於一個缺乏自制力的孩子而言，他倒是很會擺樣子，演技獨樹一格。

狩獵競賽為期四天，艾莉描述最後一天的評審臺：一部工業用起重機矗立在評審臺旁，等

---

23 possum tossing，二〇一〇年間，紐西蘭鄉間一所中學舉辦「拋擲負鼠競賽」，先以「人道方式」宰殺負鼠，然後比賽誰把屍體扔得最遠，引發軒然大波。

著參賽者把獵物拖拉過來。一部部小貨車緩緩停下，滿車動物屍體被卸載到磅秤上，四天當中獵殺磅數稱冠的參賽者即可獲獎，獎品包括槍枝、瞄準鏡、誘餌，每一樣都讓明年的競賽更強弱懸殊，動物更加毫無勝算。

她列舉各項數據：參賽者的人數。得獎者獵殺的磅數。狩獵競賽年年造成多少動物喪命。動物的傷亡對生態系統造成怎樣的浩劫。她神情肅穆，振振有詞，但當晚稍後，她卻窩在床上抽抽搭搭地哭了兩小時，我再怎樣也無法安撫。

羅賓怎麼可能應付得了這一切？我痛斥自己癡心妄想。但他想要看看他媽媽，說真的，他應付得還算可以。九歲是個重要的轉捩點。說不定人類這個物種正如九歲大的孩童，稱不上是個大人，但也不再是個小孩，看來可以掌控大局，其實就快要失控。

艾莉準備作結。她的結論精湛無比。她總是成功作結。她說這個法案將重振狩獵的傳統和尊嚴。她說世間現存動物中，人類或是人類以工業化量產的牲畜佔了總重量的百分之九十八，野生動物只占百分之二，這一小群僅存的野生動物難道不需要一點喘息空間嗎？

她的結論再次令我毛骨悚然。我記得她花了好幾個星期左思右想，構思出每一句證詞。這個州的動物不屬於我們。我們只是代為託管。最初在這裡住下的人們都知道，所有動物都是我們的親族。我們的祖先和子孫全都在看著我們做出什麼表現。讓他們以我們為傲吧。

影片就此結束。我取消播放下一段影片。羅賓沒有跟我爭執，且讓我鬆了一口氣。他三隻手指貼著嘴巴，那副模樣像是一百二十公分高的阿提克斯・芬奇[24]。

爸，法案通過了嗎？

「還沒有，小傢伙。但總有一天，類似的法案會通過。你看看影片有多少點擊數。大家還在聽她說話。」

我揉亂他的頭髮。他的頭髮亂蓬蓬。除了我之外，他不讓任何人幫他剪頭髮，這對於他的社交地位，顯然沒有幫助。

「準備上床吧。我們來挑燈夜戰。」這是我們的暗號，表示我們打算在他八點半的就寢時間之後，繼續共讀二十分鐘。

我可以先喝杯果汁嗎？

「睡覺之前喝果汁，嗯，說不定不太好。」我可不想半夜兩點起來處理危機。我已經換掉原先那種加裝鬆緊帶、可以包住整個床墊的塑膠床罩。那種床罩太讓他難堪。

你怎麼知道？說不定很好。說不定睡覺之前就該喝果汁。我們應該作個雙盲實驗。

我不該告訴他何謂雙盲實驗。「不必，我們大可以捏造數據。趕快去準備上床！」

---

24 Atticus Finch，經典名著《梅崗城故事》裡的律師。

我走進他房間時，他看起來若有所思。他躺在被毯下，身上穿著那件他不讓我捐給慈善機構的格子睡衣，黃褐色的睡衣袖口短了兩吋，腰部也太緊，把他的小肚腩擠出一圈贅肉。他媽媽幫他買這件睡衣時，還有點過大。照這樣看來，只怕他度蜜月時還會穿著它。

我拿著我那本《大氣與海洋之化學演化》，他拿著他那本《瘋狂麥基》，我一如往常在他身邊坐下，但他陷入深思，看不下書。他一隻手擱在我的胳臂上，艾莉以前也經常這樣。

她說我們的祖先在看著我們，這是什麼意思？

「還有我們的後代。這只是一種表達方式，就像是說歷史會評斷我們。」

會嗎？

「什麼會嗎？」

歷史會評斷我們嗎？

這我得想一想。「嗯，歷史就是這麼一回事吧。」

他們會嗎？

「我們的祖先會看著我們嗎？羅賓，這是個比喻。」

她這麼說的時候，我想像他們聚在一起，全都站在你說的TRAPPIST什麼星系的星球上，而且有個超大的望遠鏡，他們望著我們，看看我們是不是ＯＫ。

「這個比喻倒是滿酷的。」

但他們不是。

「我……嗯，我也覺得他們不是。」

他點點頭，翻開他的《瘋狂麥基》，假裝準備看書。我也翻開《大氣與海洋之化學演化》作勢閱讀。但我知道他只是等待適當時機，提出下一個問題。果不其然，過了兩分鐘，他發問了。

所以……爸，天主呢？

我的嘴巴噗噗顫動，好像蓋特林堡水族館的魚泵。「你知道的，當大家說到天主……我……我不確定他們是不是……我的意思是說，你沒辦法證明或是反駁天主的存在，但在我看來，演化就是最驚人的奇蹟。」

我轉頭面向他。他聳聳肩。哎喲，這還用說嗎？我們住的地球不就是太空裡的一塊大石頭嗎？太空裡還有億萬顆跟我們一樣的星球，星球上住滿我們根本無法想像的生物，最好是天主就該長得像我們？

我再度張口結舌。「那你幹嘛問我？」

我要確保你不會自欺欺人。

老天爺啊，這話讓我哈哈大笑。我們父子倆啊，旁人看來不算什麼，其實卻是彼此的一切。

我搔他癢，直到他尖叫地求我住手，前後不過三秒鐘。

然後，我們靜下心來看書。書本翻頁；我們悠然神遊，暢行無阻。然後羅賓頭也不抬地問道：你覺得媽媽怎麼了？

有那麼驚駭的一秒鐘，我以爲他問的是車禍那一晚。種種謊言晃過腦中，然後我才察覺他的問題其實單純多了。

「我不知道，羅賓。她回歸大自然。她變成其他生物。她的慈悲和良善全都留在我們心中。我們盡可能記得她，這樣就可以讓她活著。」

他的頭微微一偏，有點欲言又止。我兒子又漸漸疏遠。我覺得她像是蠑螈之類的生物。

我翻身面向他。「等等……你說什麼？你怎麼會有這種想法？」我明白了；大煙山裡三十種不同的蠑螈讓他這麼想。

嗯，你記不記得你跟我說，愛因斯坦已經證明任何東西都不可能被創造或摧毀？

「沒錯，但他說的是物質與能量。愛因斯坦說它們不停轉換。」

我就是這個意思！他喊得好激動，我不得不噓聲制止他。媽媽是能量，對不對？

我不知道該如何反應。「沒錯，如果媽媽是些什麼，你可以說她是能量。」

現在她變成另一種形態。

等到我說得出話時，我問他：「爲什麼是蠑螈？」

很簡單，因為她動作很快，而且她喜歡水。喔，因為就像你經常說的，她百分之百是她自己那個物種。

兩棲動物。嬌小但精悍。她靠她的皮膚呼吸。

有一種蠑螈可以活五十年。爸，你知道嗎？他聽起來絕望而迫切。我試著抱抱他，但他把我推開。說不定這只是比喻。說不定她什麼都不是。

這句話令我一寒。他的情緒瞬間變得很糟，而我說不出為什麼。

百分之二，爸？他像隻走投無路的獾鼠般怒吼。只有百分之二的動物是野生的？其他全是工廠養的雞、工廠養的牛、我們？

「拜託別對我大喊大叫，羅賓。」

真的假的？真的嗎？

我拿起被我們拋在一旁的書，擱到床頭小桌上。「如果你媽媽當著州政府議員們的面這麼說，就是真的。」

他的小臉皺成一團，好像挨了一拳。他的目光呆滯，嘴巴微張，似乎發出無聲的怒吼。過了一分鐘，他那無聲的控訴化為淚水。我面向他伸出手臂，但他搖搖頭。他似乎有點恨我讓他確認那個數字。他縮回他小床的一角，緊緊貼著牆壁，不可置信地猛搖頭。

他就這麼瞬間洩了氣。他躺下，背對著我，一隻耳朵貼著床墊，靜靜聆聽挫敗的聲響。然後他伸手摸索他身後的我，當他摸到我的身體，他朝著被毯悄聲說，真的，爸，我們需要一個新的星球。

帕拉哥斯星的地表面積比我們地球大了好多倍。地表多半被水淹沒，唯一的一個海洋讓太平洋看起來像個大湖，一列小小的火山島點綴其中，好像一個個標點符號散見於一本延展數百頁的空白書冊。

海洋綿延無盡，有些區域水淺，有些區域深達數公里。生命隨著緯度擴展，由酷熱延伸至酷寒。成群生物把海底變成水下森林。巨鯨遷徙於兩極之間，雙側大腦輪流休息，永不歇止地游來游去。聰慧的海帶長達數百公尺，葉片沿著莖桿漂搖，書寫出五顏六色的訊息。環節動物勤練農耕，甲殼類動物建造高樓櫛比的都市。各個演化支系的魚類發展出集體儀式，與宗教團體不相上下。但沒有一種生物懂得用火，或是聞得到礦石味，它們也都只會使用最簡單的工具。所以帕拉哥斯星的生物不斷演化分歧，一代比一代怪異。

億萬年來，零星分散的幾座島嶼出現生命的跡象，好像各自成了小小的星球。它們全都不夠大，不足以孕育出大型的掠食性動物。每座小小的島嶼都有如封閉式的玻璃迷你花房，只夠維繫各自的物種。

數十種零星散布的智慧生物講著數百萬種語言。連洋涇濱的方言都是數以百計。每個城市都跟小村莊差不多大小。我們每走幾公里就碰到一種活靈活現的生物，其色澤與形狀都是前所未見。似乎唯有虛心接受，你才有辦法周遊四方。

我們兩人沿著脈狀暗礁而游，潛入水下森林。我們爬上一座座小島，島與島之間串聯成繁複的社群，合力與遙遠的群島交易，集結爲龐大的商業網。旅隊往來，耗時經年，甚至歷經世世代代才完成一筆交易。

沒有望遠鏡，爸。沒有火箭艦。沒有電腦。沒有收音機。

「只有驚奇。」這樣的交易聽起來倒也不賴。

還有多少個像這樣的星球？

「說不定一個都沒有。說不定到處都是。」

嗯，全都永遠不會跟我們聯繫。

我正想爲我們憑空創造的星球增添幾個地層，然後就察覺沒有必要。我靠過去。羅賓的呼吸淺短緩慢。他的意識已經漫流成寬達數米的三角洲。我溜下床，悄悄走到門邊。但電燈開關喀噠一響，令他猛然驚醒。四下一片漆黑，他挺直身子，高聲尖叫。我趕緊再開燈。

我們忘了媽媽的禱告詞。他們全都沒命了。

我們一起禱告：祈願眾生離苦得樂。

但這個花了兩小時才又安心入睡的小男孩，似乎再也不確定他媽媽的禱告詞派得上任何用場。

天文學家和孩童其實有許多共通點。兩者都踏上旅程，跨越浩瀚的遠距。兩者都追求超乎他們理解的事實。兩者都做出異想天開的推論，任憑種種可能翻倍加乘，沒有極限。兩者都每隔幾星期就銳氣大挫。兩者都可說是憑著愚昧行事。兩者都對時光感到大惑不解。兩者都出發再出發，永不停歇。

十幾年來，我的工作讓我覺得自己像個孩子。我坐在研究室的電腦前，盯著來自太空望遠鏡的數據組，心不在焉地想著該用什麼方程式描述。我在系館的走廊上晃來晃去，看看哪些研究員想要探頭出來跟我閒扯。我躺在床上，身旁擱著鵝黃色的橫線方格記事本和黑色細線筆，要嘛再次造訪天鵝座A，或是穿越大麥哲倫星系，要嘛繞著蝌蚪星系走一圈。往昔閱讀科幻小說時，我曾踏上這樣的旅程，這回各個星系的在地居民卻都不講英文、不會心電感應、不像寄生蟲似地飄過嚴寒的虛無、不像蜜蜂一般透過集體意識統籌規劃，他們僅僅代謝變形、吸氣呼氣，但在我這個初具雛形的研究領域裡，那樣已經相當神奇。

我創造出數以百計的世界。我模擬它們的表面、核心、大氣層。我偵測它們凝聚出哪些氣體。我調整各個模擬實驗，使之符合看上去合理的代謝情境。我把參數丟到超級電腦裡，醞釀幾個鐘頭，而後大地女神開天闢地，生命的樂章隨著時光揚升，形形色色的生態系統和生物標記赫然呈現在眼前。當我期待已久的天文望遠鏡終於正式啓用，我們可能早已彙整出光譜指紋，以此比對我們想像得到的匿名生物，使之無所遁形。

我的一些同僚覺得我在浪費時間。模擬那麼多個世界，其中許多說不定根本不存在，到底有什麼用？聚焦於那些現有儀器探測不到的目標，到底有什麼用？對此，我始終如此答覆：童年到底有什麼用？我確信十年之內，我和數百位同僚極力爭取的「類地行星探索者」終將成眞，在我的模型裡播種眞正的數據，由此抽芽生長，衍生出最不可思議的結論。

生命大多以三種型態呈現：無影無形，單一形貌，形貌萬千。在演化的過程中，單一形貌處處可見。我們只知道一種生命型態，這種生命型態運用一種儲能形式和一種遺傳密碼、源生於一種液態介質、出現在一種世界，但我創造的各個世界沒有必要跟地球一樣。他們的生命型態不必仰賴地表水或是適居帶，說不定核心元素甚至不是氧氣。我試圖讓自己脫離偏見的枷鎖，切勿畫地自限，我想要讓自己以孩童的視角觀看世界，彷彿我們這個單一實例證明了事事皆有可能。

我創造高溫火熱的星球，星球籠罩在龐大潮濕的大氣層中，生物定居在氣膠噴泉的雲柱裡。我把流浪行星罩上一層層濃厚的溫室氣體，讓行星上住滿將氮和氫合成爲氨、藉此存活滋長的生物。我把以岩石爲家的內岩生微生物推進石縫裡，提供一氧化碳讓它們吸收消化。我創造液態甲烷的世界，在這些世界裡，菌膜以硫化氫爲生，而硫化氫從有毒的空中傾注而下，宛如盛宴。

我所模擬的大氣層全都等待那座醞釀多時、延誤多時的太空望遠鏡升空啓用，當那一天終於到來，我們的空想將被徹底推翻，自此不再認定小小的地球是獨一而罕見，人類也會像是我那虛榮的老婆頭一次戴上眼科醫生幫她配的眼鏡，那樣開心地高聲喊叫，因爲一戴上這副早該戴上的眼鏡，她終於清楚瞧見她在房間另一頭的兒子。

晚上睡不好，睡眠時間短，早上當然起得晚。我十點才送羅賓上學，對我們倆而言又是一次過失。當我終於把他送到學校，我長褲的金屬扣環觸動安全警鈴，我們還得到辦公室簽遲到單，等到羅賓跟那群總嘲笑他的同學碰面時，臉已經丟光了。

我從他的學校趕回校園，爲了節省時間，我違規停車，結果被開了一張高額罰單。我只有四十分鐘的時間備課，爲選修天文生物學的大學部學生講授自生論。我兩年前教過同一門課，但在那之後已有數十種新發現，讓我想要重新規劃課程。

我站在大禮堂的講臺上，感覺適任自在。只有跟學生們分享我的想法時，我才感受得到這樣的愉悅。我始終不明白我的同事們爲什麼抱怨教書。對我而言，教書有如光合作用，就像把空氣和陽光轉化爲養分，稍稍讓生命更茁壯。講課若是講得超棒，那種感覺幾乎就像倘佯在陽光下聆聽藍草音樂[25]，或是在山間的溪流裡游泳。

八十分鐘的課程中，我試圖跟這一群智力志趣不盡相同的二十一歲大學生傳達一個想法：生靈萬物從無到有，其實相當荒誕。分子若想自行聚合，種種有利的環節必須精準定位，機率似乎微乎其微。但冥古宙時期，當熾熱的地球開始冷卻，原始細胞幾乎馬上出現，暗示生命不過是尋常化學反應的副產品。

「這麼說來，宇宙要嘛處處蘊含生機，要嘛處處貧瘠不毛。如果我可以毫無疑問地告訴大家何者爲眞，諸位會不會因此改變閱讀習慣？」

臺下傳來稀稀落落的笑聲，幾個專心聽講的學生客氣地抿嘴一笑，但大部分學生已經心不在焉。他們對我說的話漸漸失去興趣。聆聽宇宙的樂章時，你必須懷抱某種程度的幻想，你才會察覺宇宙正在唱奏，同時也聆聽自我。

「地球上剛開始只有古菌和細菌，二十億年來，也只有古菌和細菌。然後不曉得怎麼回事，生命出現源頭。二十億年前的某一天，一個微生物非但沒有吞噬另一個微生物，反而將對方納入自己的細胞膜之中，一起開始演化。」

我低頭看看我的筆記，忽然與時間脫節。當年我未來的太太頭一次和我上床，事後她貼著我躺下，鼻子緊貼著我起伏的胸腔。**我愛你身上的味道**，她說。

我跟她說：「妳不愛我。妳愛的是我的微生物菌群。」

她哈哈大笑，我心想：讓我在這裡多待一會兒吧。就算待到翹辮子也行。我告訴她，一個人的微生物細胞是人體細胞的十倍，而我們需要比ＤＮＡ多出上百倍的微生物細胞維繫生命。

---

25 bluegrass，直譯為「藍草音樂」，美國鄉村音樂的一支，風格明快，和聲高昂密集，草根味十足。

她眼中波光一閃，充滿濃濃愛意。這麼說來，我們像是鷹架，是嗎？而微生物細胞是建築物？她哈哈大笑地爬到我身上，我們兩副鷹架緊緊相疊。

「若是沒有那種出乎尋常的合作關係，地球上不可能演化出複雜的細胞，也不可能出現多細胞生物，一切都沒戲唱。這種善意的接管花了好長一段時間才發生，但說來奇怪：這種狀況花了二十億年才發生，但在宇宙各處卻是屢見不鮮。」

我的課只上到這裡為止。我的口袋傳來嗶嗶聲——我只允許少數幾個人下午傳訊息給我，這會兒其中一個號碼傳來簡訊。傳訊者是羅賓的學校。我的兒子——我的親生骨肉——朝他朋友的臉上揮了一拳，把對方的頰骨打到骨折。現在他這位前好友在急診室候診，羅賓被叫進校長室，等著我過去。

我提早十分鐘下課。生命起源的其餘過程，只好有勞學生們自行推敲。

我非得坐在這裡聽自己該受到哪些懲處，否則他們不讓我跟兒子見面。莉普曼博士的牆上掛滿證書，她的桌子不大，但她善加利用，訴求發揮最大的恫嚇功效。前兩次她把我叫進辦公室時，尚懷抱同理心，試圖從我的角度來看事情。這次她完全公事公辦。她比我年輕，穿著相當體面，極度偏好教育心理學的專業術語，她關心我的兒子，但出發點卻過度拘泥於專業。她是個改革者，她把全副精力保留給受困惑所苦的人們，但在她眼中，我是個剛愎自用的科學人員，因爲不願依循既定的診療準則，所以傷害了一位特殊孩童。

她詳述始末。羅賓跟他唯一的朋友傑登．艾斯特雷一起吃午餐，他們面對面坐著，中間隔著一張長長的午餐桌，忽然之間，午休時間的嘈雜被羅賓的尖叫聲掩蓋。在場見證的眾人口徑一致：羅賓不肯安靜下來。說啊，說啊，你這個他媽的混蛋。學校餐廳的導護老師正要走到桌旁勸和，羅賓突然發飆，他一手抓起保溫鋼杯，朝著傑登的臉頰用力砸下去，鋼杯只砸碎了傑登的頰骨，眞是奇蹟。

「但到底是怎麼回事？他爲什麼突然發脾氣？」

吉兒．莉普曼瞪著我，好像我問的是生命如何起源。「兩個男孩都不肯說。」但她顯然已經認定這件事應該責怪誰。「我們必須談談為什麼你把他帶離開學校一星期，他就發生這種狀況。」

「我把他帶離開學校，因為我想給他機會鎮定下來。我不認為我兒子打傷他唯一的朋友的臉，是因為他在大煙山待了一星期。」

「他一星期沒上學，每科都缺了五天的課。他的生活需要重心，日常程序不可以中斷，而且必須跟社會融合。這些他都沒有做到，造成他緊張焦慮。」

當莉普曼博士罰他停課，他還不是沒去上學，那又怎麼說？但我只聽不講，靜靜坐定。

「羅賓需要指引，也必須為自己的行為負責。但自從他臨時被帶去度假，他已經遲到了兩次。」

「我是單親爸爸。當事情超出我的控制，我們——」

「我不是批評你教養小孩的方式。」但她當然是批評。「孩童需要一個安全、牢靠、穩定的學習環境，但眼前我們必須處理有個小孩遭到暴力攻擊。」

顴骨骨折。吃顆止痛藥，冰敷一下，傑登就會沒事。我的顴骨也骨折過，當時我七歲，從操場的單槓摔了下來——在那個年代，學校操場依然准許設置單槓。

我氣得悶聲不響。這是我根深蒂固的習慣，經常讓我少惹麻煩。莉普曼博士單薄的嘴唇動了動，冒出怪異的話語。「你的孩子是一個特殊兒，上次發生這種狀況的時候——」

「上次哪有發生什麼狀況？」

「我們以前就碰過類似問題，你卻寧願無視不止一位醫生的建議。這下你有另一個選擇。你可以讓你的小孩接受他所需要的治療，這樣才幫得了他，不然我們就得請州政府介入。」

我兒子學校的校長威脅我，如果我不讓我三年級的兒子服用精神科藥物，他們就要調查我。

「我們十二月之前必須看到一些進展。」

當我再度開口，口氣倒是異常沉著。「我可以跟我兒子說話嗎？」

莉普曼博士帶我走出她套房式的辦公室，我們走過行政區，我可以感覺職員們盯著我，好像看著罪犯遊街，他們八成心想：這傢伙寧願讓他兒子受苦，也不肯聽從醫生建議。

羅賓被留置在所謂的「靜心室」，也就是副校長辦公室旁邊的小隔間。我透過安全玻璃窗板看著他，他窩在一張過大的木椅上，大拇指伸到食指和中指之間，拚命地握緊拳頭，直到手指全都紅通通。每當傷心沮喪的時候，他總是如此。

門開了，羅賓抬頭一望。他看到我，心中的哀傷似乎加倍。他嘴裡冒出一句話，而那所學校的男孩們絕對都不會這麼說。爸，這都是我的錯。

我在他旁邊坐下，攬住他瘦弱的肩膀。「羅賓，怎麼回事？」

我生氣，管不住我自己。我試著跟你說的一樣，叫我心裡那些好的部分深呼吸，但我的兩隻手搞不清楚。

他不肯告訴我傑登．艾斯特雷說了什麼讓他發飆。我打電話給那個男孩的爸媽，多多少少以爲他們會在電話裡威脅提出告訴。但他們卻出奇地同情我們。他們的兒子跟他們說的顯然多於我的兒子跟我說的，但他們口風很緊，什麼都不講。涉及這件事的每個人都不願讓我受到傷害。我不曉得我會受到什麼傷害。

我沒有逼問羅賓，他很意外。他那晚竟然沒有尿床，我也很意外。隔天是星期六。我答應交給史賽克的論文依然未完成。羅賓和我到奧布里西植物園附近走了一大圈，我炒了豆腐鬆當午餐，營養酵母粉和黑鹽的比例恰如他所愛。我們玩了他最喜歡的桌遊。我假裝工作，他玩他的顯微鏡，檢視他收藏的集換卡。我們安安靜靜地一起看了半小時的書，然後他說他想造訪另一個星球。

我收藏兩千冊平裝本的科幻小說散置家中各處，我花了三十年閱讀這些小說，我可以從中取材。什麼時候是科幻小說的黃金年代？對我而言，黃金年代始於一個人九歲。

我跟他說起一個行星，行星上的各個智慧物種可以結合力量，凝聚爲一個複合生物體。

他頻頻發問，打斷故事。真的假的？怎麼可能？

「那是另一個星球，所以有可能。」

但是……我的意思是，結合起來的時候，它們是依然各自獨立，還是共用一個大腦？

「共用一個大腦也可能各自發展思想。」

你的意思是，比方說心電感應？

「比心電感應更強，它們變成一個超級生物。」

大型動物可以進入小型動物的頭腦裡嗎？它們需不需要很多小型動物才可以變成超級生物？如果有些小型動物不想加入呢？說不定它們原來就是某種生物的各部分？

他擔心善意的結合和惡意的接管只是一線之隔。我試圖把他入迷般的驚駭轉變成驚駭般的入迷。「它們都是自願，尤其當時局欠佳，它們需要一些額外的補給維繫生命時。等到日後情況好轉，它們就又分開。」

他往前一靠，一臉懷疑。等等，比方說黏菌？

我在實驗室裡讓他看過黏菌，那些各自獨立的微小單細胞會結合爲一個共同體，展現出獨特的行爲和基本的智慧。

哈！你從地球偷到這個點子！他輕輕捶了幾下我的胳臂，然後往後躺到枕頭上。我放膽輕撫垂落在他額頭的瀏海，他年紀還小的時候，很喜歡我這麼做。

「羅賓？你還在生氣，我看得出來。」

他猛然坐起。你怎麼知道？

我指指他兩手拳頭，他的大拇指又被捏成紫紅色。他凝神盯視，好像訝異自己的身體居然出賣他。他甩甩手，放開大拇指。然後又把頭靠回枕頭上。

爸？她怎麼了？這次他當眞。那天晚上在車子裡，媽媽怎麼了？

我低頭看自己雙手，而我那兩隻手正忙著揭我的底。「羅賓？傑登是不是說了什麼關於媽媽的事？」

幸好伸手搆得到的地方沒有重物可以用來打人。但他的口氣聽起來非常沉重，光是這樣就足夠打垮我了。告訴我、你告訴我！他身子一傾，前後搖晃。我九歲了，你……告訴我！

我緊緊抓住他的手腕，他痛得嚇了一跳。「馬上給我安靜下來。」我拿出所有裝得出來的權威感，沉穩地說。「控制好自己，然後跟我說傑登講了什麼。」

他用力甩開我的手，揉揉自己的手腕。你幹嘛這樣？

我靜待怦怦的心跳緩和下來。他揉著手腕，一臉憎恨，然後眼淚一滴滴迸出來。當我終於抱住他，他試著說話，紅通通的嘴唇卻擠不出半個字。我示意他慢慢來。他有的是時間。

他攤平手掌，穩住呼吸。我跟他提到媽媽的影片。他說他爸媽告訴他，媽媽的車禍還有一些大家所不知道的隱情。傑登說大家覺得媽媽——

我按住他嘴唇，彷彿這樣可以把他的念頭壓回去。「那是個意外，羅賓，沒有人覺得另有隱情。」

我就是跟他這麼說！但他一直講，好像他曉得真相。所以我才發飆。

「你知道嗎?說不定我也會痛扁他一拳。」

他嘟囔一聲,聽上去介於啜泣與笑聲之間。是喔。他心不在焉地拍拍我胳臂。然後我們兩個就都完蛋。

「你哪會完蛋?羅賓,拿張面紙擦擦臉。」

他伸手抹臉,五官被抹得有點髒。風暴已經平息,如今雨過天晴,稚嫩的他思緒漸見清朗,但依然有點不安。

所以傑登的爸媽是什麼意思?

他們明知道自己講了某些話,他們的兒子用這些話折磨我兒子,我打電話過去時,他們卻沒有警告我,怎樣的人會做出這種事?他們八成慌張又害怕,跟一般人沒什麼兩樣。

我九歲了,爸。我應付得來。

我四十五歲,但是我應付不來。「羅賓?當時有些人在場。大家的看法一致。有東西衝到她車子前面。」

這話什麼意思?你是說有人衝過去?

「一隻小動物。」他眉頭一皺,一臉困惑,像是卡通片裡的男孩。「你記得那天晚上很暗,路面很滑?」

他點點頭,似乎認可自己所構思的景象,那天晚上的一情一景彷彿出現在他眼前。一月十二日,晚上九點。

「牠跑到她車子前面。她肯定猛打方向盤，車子一滑，她就開過中線。」

他似乎緊盯著自己模擬出來的景象，然後問了我早該有所準備的問題。他顯然早晚會問。哪一種動物？

我驚慌失措。「大家都不太確定。」

說不定是貂鼠，或是某種非常稀有的動物？

「我不知道，小傢伙，沒有人知道。」

他在心中盤算：迎面而來的車子、附近的行人、我們兩人在家中等候。我撐了十秒鐘。坦承招認會讓我羞愧，不說實話會讓我作嘔。前者不可能比後者更糟。

「羅賓？他們覺得說不定是隻負鼠。沒錯，那是一隻負鼠。」

但是你說……

我眞想聽到他說：爸，負鼠是北美唯一的有袋類動物。我必須聽到他說說艾莉教過他的二三事，比方說寒冬對負鼠是個考驗、凍瘡會傷了牠們無毛的耳朵和尾巴。但他靜靜地怒目相視，顯然是在想著那種眾人鄙棄的小動物。

他朝著我猛搖頭，一臉驚愕。你騙我，爸。你說沒有人知道那是什麼。

「羅賓，那只是短短一分鐘。」但那不是；說眞的，那是天長地久。

他歪頭晃一晃腦袋，好像在清耳朵。他的聲音呆板，講得很小聲。大家都說謊。我聽不出來他是在原諒我或是譴責所有人類。

早就過了就寢時間，這會兒我們卻坐在他的床上，好像世代飛船上僅剩的兩位成員，尚未抵達新的家園，但種種可能性早已所剩無幾。

所以她決定不要撞到牠，即使……？

「沒有所謂的決定，她根本沒時間反應，只是反射動作。」

他想了一會兒，似乎終於對這個說法感到滿意，即使他多少依然想著「反射動作」和「決定」，這兩者之間的區別。

所以傑登的爸媽滿嘴屁話？媽媽不是試圖傷害自己？

他爆了粗口，我不覺得有必要因此斥責他。「有些時候，人們對某件事情知道得愈少，反而愈想講。」

他伸手拿他的筆記本，把本子拿得離我很遠，在本子裡塗塗寫寫。過了一會兒，他啪地蓋上本子，匆匆塞進床頭小桌的抽屜。他心中某個角落亮了起來。說不定他想到明天傑登或許又會跟他和好，覺得開心。

我站著，親親他的額頭。他沒有抗拒，注意力全集中在雙手，記起先前這雙手如何出賣了他。

這樣呢？爸，你覺得這樣是什麼意思？

他舉起細瘦的手臂，把手窩起來，前後左右地轉動。啊，一顆小小的星球繞著軸心轉動。

「你跟我說吧。」

世界正在轉動，我一切都ＯＫ。

我們交換一下信號，他點點頭。我跟他說，我很高興他誠實做自己。我也懸空轉動我的手，藉此表示晚安。然後我關燈，讓他在我另一個謊言的陪伴下安穩入睡。我始終擅長講善意的謊言，而那天晚上，我對他撒了一個瞞天大謊。我沒有跟他說，除了他媽媽之外，車裡還有他尚未出生的妹妹。

隔天是星期天，他興致高昂地起床。天還沒亮，他就爬到我身上，用力把我搖醒。我想到一個很棒的點子，爸，你聽聽看。

我半睡半醒，歪著頭看他。「羅賓，拜託喔！現在才六點！」

他衝出去，把自己關在他的小房間。我花了四十分鐘，外加藍莓鬆餅的香味，才把他哄騙出來。

我等到他被澱粉餵得懶洋洋才開口。「好，我們來聽聽這個很棒的點子。」

他衡量一下放我一馬的利弊得失，下巴翹得老高。我需要你的幫忙，所以才告訴你。

「了解。」

我要把美國每一種瀕臨絕種的動物畫出來，然後明年春天在農夫市集擺攤子賣畫。我們可以籌錢，捐給媽媽那些慈善團體。

我知道他絕對只畫得出極小部分。但我也知道我聽到一個好點子。我們清理早餐餐盤，一起去平尼市的圖書館分館。

我兒子愛極了圖書館。他喜歡先在網路上預約，等他過去拿書的時候，書冊都已登記在他名下，等著他借閱。他喜歡層層書架釋放出的親和開放，也喜歡本本書冊勾繪出的已知世界。任君挑選、任你吃到飽的紀錄，更是討他歡心。他喜歡查閱夾在每一本書最前頭的借閱卡，卡片上的印章標示出借閱的歷史，記下一個個在他之前曾經借閱此書的陌生人。圖書館是好得不能再好的迷宮冒險：你不必花錢就可以搜索寶物，而且可以盡享晉級的樂趣。

他通常遵循相同的路徑探索寶庫：先是圖像小說，然後是寶劍與魔法，接下來是益智遊戲與腦筋急轉彎，最後才是小說。那天他需要借閱藝術教科書。書架簡直像是糖果店。哇，你怎麼從來沒跟我提過這些書？我們找到一本圖繪植物和一本圖繪動物的簡易指南，然後我們走到自然生態區，專注於瀕臨絕種的物種。不一會兒，他已經挑了一疊幾乎與他腰部齊高的書冊，試著從中挑選。

我超過借書量的上限了，爸。他興奮的語氣有時令人難以招架。

「如果你借到你的上限，我也會借到我的上限。」

他在走道的地板上坐下，試圖縮小選擇範圍。他翻開一本比較厚重的書冊，唉聲嘆氣。

「怎麼了？」

他呆板地朗讀。美國魚類及野生動物管理局詳列北美兩千餘種物種，將之分類為可能絕種或是瀕臨絕種。

「沒關係，小傢伙。我們慢慢來。一次畫一種。」

他推倒整疊書冊，頹喪地把頭埋在雙手裡。

「喂，羅賓，」我幾乎想說，別那麼孩子氣。其實我但願他永遠是個孩子。「你媽媽會怎麼做？」

這話讓他又挺直身子坐好。

「我們把這些書借回家，還得買些美術用品。」

藝術合作社的女店員非常喜歡他。她自己是個美術系的學生，最近才畢業，她帶著羅賓在店裡逛了一圈，羅賓快樂似神仙。他們檢視粉蠟筆、彩色鉛筆、一管管色澤鮮豔的壓克力顏料。

「你想要畫什麼？」羅賓跟她說他的計畫。「太棒了，你棒透了！」她八成覺得羅賓只是三分鐘熱度。

羅賓愛極了調色水彩筆。他試繪的作品讓女店員大爲折服，即使那是他第一次試用水彩筆。

「這一組適合新手，四十八種顏色，你需要的顏色說不定全部都有。」

為什麼另外那一組那麼貴？

「那一組是給專業人士使用。」

他抓起那盒入門組，迴避我的目光。我當場否決，多花點錢幫他買了專業組。如果說這是個投資，這筆錢花得超級划算。我們還買了繪畫針管筆、一疊練習用的便宜繪圖紙、一疊作畫用的高級圖畫紙。女店員祝他好運，他走出店裡前抱了抱她。羅賓從不擁抱陌生人。

他整個下午都在畫畫。我那個脾氣火爆、難以駕馭的兒子一連好幾個小時跪在木製折疊椅上，小臉貼著畫紙，臨摹藝術書冊裡的範本，不時氣餒地嘶嘶呼氣，好像他小時候心愛圖畫書裡的卡通公牛。他把畫壞的作品揉成一團，但不是耍狠，反而比較像是藝術家擺架子。有時他把畫筆扔向牆壁，然後朝自己大吼，責怪自己不該這麼做。

我勸他休息一下。打打乒乓球，或是在家裡附近走一圈。他拒絕被別的事情分心。

爸，我應該從哪一種生物開始畫？

「生物」是他媽媽最喜歡的字眼。她用它來描述一切事物，甚至我那些嗜極端菌。我跟羅賓說，氣宇軒昂的大型動物絕對不愁沒有人關注。

不，我應該從最可能絕種的生物開始畫，那種生物最需要我們幫助。

「羅賓，慢慢來，明年春天的農夫市集還有好幾個月才開市。」

兩棲類生物大勢不妙。我先來畫一隻。

幾番掙扎、苦苦思索之後，他選了林蛙。這種褐灰色的蛙類奇異而神祕，碰到威脅時，牠會張開蹼指把臉遮住，保護自己的雙眼。驚慌恐懼時，牠的身體會膨脹，背上的腺體還會分泌出苦澀的奶狀汁液。近來由於濕地的開發，林蛙數目銳減，僅只生存在密西西比州的三個小池塘。

他滿臉懷疑地端詳自己的畫作。*你覺得大家會喜歡嗎？*

他筆下的生物繁複優美，色澤精細。我從林蛙的照片上只看到一坨坨灰黑，羅賓卻看出玄妙的渦紋，非得用上他那組專業畫材的半數顏料才畫得出來。原圖褐灰單調，他的臨摹卻是怪誕離奇，羅賓對兩者的差異不以爲意，想必我那離世的太太絕對也不在乎。

大功告成後，羅賓把他的畫作拿到客廳的大景窗前，朝著日光高高舉起，讓我瞧一瞧。畫面有點歪斜，質感略爲粗拙，線條過於稚氣，用色令人驚豔，但這幅圖畫百分百是個傑作，完美勾勒出一種本來即使絕種也不會有太多人哀悼的生物。

你覺得有人會買這幅畫嗎？我們在做好事。

「你畫得眞棒，羅賓。」

說不定太空裡有個星球，星球上的兩棲動物過得差不多就是這樣。

經過一番嚴苛的檢視後，他就不想再看了。他把圖畫收進一個文件夾，跟其他畫作擺在一起，回頭繼續翻閱藝術書冊。自從我們露宿在星空下的那一晚之後，我沒見過他如此開心。

星期一早上，他滾下床，換好衣服，吃了一碗熱騰騰的麥片粥、刷了牙，一如往常。但校車過來接他的五分鐘前，他大聲宣布：爸，我今天不去上學。

「你這句話什麼意思？你當然得去上學。動作快一點！」

我說真的，我今天不去上學。他朝著餐桌揮揮手。我先前讓他把昨天畫畫的工具留在桌上。太多事情要做。

「別傻了。你可以今天下午和晚上再畫。你快趕不上校車了。」

我今天不搭校車。爸，太多事情要做。

我想講道理，但時機過早。「羅賓，你聽好，我在你的學校已經是個麻煩人物。莉普曼博士說我今年已經讓你缺了太多堂課。」

她把我踢出學校的那些天又怎麼說？

「我也跟她提過這一點。她威脅我說，如果我們不好好表現，倒楣事就會上門。」

比方說什麼？

「喂，動作快一點。別再鬧著玩。我們今天晚上再討論。」

我不去上學，爸。

艾莉過世之後，我只有一次跟他來硬的，結果他在我的手腕上咬了一口，還因此摔斷了他的小腿。我看看我的手錶。校車已經行不通。我一隻手搭在他肩上。他把我的手推開。

「因爲傑登那件事，他們已經要你留校察看。我們已經上了黑名單。如果再惹麻煩，莉普曼博士……我們不能給他們任何藉口，讓他們找麻煩。」

爸，你聽我說，我求求你，媽媽說一切快要死光光，你相信她嗎？

「羅賓，別鬧了，我們走吧。我開車送你上學。」我自己都覺得我聽起來辯不過他。

如果她說得沒錯，上學有什麼意義？我還沒上十年級，一切就都死光光。

我愼重考慮要不要回答這個棘手的問題。

你相信她，還是不相信她？我只問你這一點。

我相信她嗎？她提出的事實不容置疑。對於各地的科學研究人員而言，她宣稱的每一件事都是普通常識。但我相信她嗎？哪一次大滅絕感覺像是眞的？

「你得去上學。你別無選擇。」

你說任何事情都有選擇。爸，比方說，你可以讓我在家自學。

我揉揉眼睛，直到眼前冒出金星。我又在腦海中跟一個已經辭世的人對談。艾莉耳提面命說過：聽他說話。從他的觀點著想。但我們不可以跟恐怖分子談條件！

「我相信你，羅賓。我相信你在做的事情。但是我們不能在學期中轉學。如果你明年春天還是覺得非得這樣做不可，我們再想辦法。」

這就是為什麼牠們全都絕種了。因為大家都想要等到以後再來解決。

我在桌旁坐下，他練習的畫作散置在我面前。他說得沒錯。「好吧，今天你盡量畫，把每一種有麻煩的生物都畫出來。」

他肯定察覺我認輸了，這個小小的勝利卻令他一臉挫敗。他看著我，似乎打算哀求我改變心意。爸？如果這些都沒有用呢？

事出倉促，我記事簿裡的每個保母都沒辦法在週間看顧他。幸好我那天不必教書，可以在家工作。九點差一刻，正忙著取消和重新安排約會，我接到自動發送的簡訊。您的小孩無故缺席。您是否知道？（請回答是或否）。我按下「是」，然後打電話到學校，跟一個粗率無禮、語帶懷疑的職員說羅賓得去看醫生，我忘了跟老師通報。

我專心回覆排山倒海般的電郵，然後匆匆搞定我早該交給史賽克的論文，論文當中探討當中大氣失衡模型的甲硫醇和二氧化硫，在一個以碳掛帥的星球上，硫基生命體會是什麼模樣？我一邊思索這個問題，一邊用大量煮融的洋蔥和一丁點番茄幫羅賓做了他最喜歡的扁豆湯。午後，他過來敲敲我書房的門，問了我幾個關於他畫作的小問題，其實他不在乎解答，我說什麼都行。他只是寂寞。我估計到了明天早上，他就會準備回學校上課。

我們又暫時放下工作，吃晚餐。羅賓想吃艾莉的拿手菜茄子煲。他堅持親手把茄子一層層鋪好。我們合作的成果不太成功，但他狼吞虎嚥，食慾甚佳，讓人覺得他好像辛勤工作了一整天。晚餐之後，我請他展示成果——他鬧脾氣撕毀多張畫作，只剩下幾張依然完好。他用一截截可以重複使用的膠帶，把今天的畫作貼在飯廳光禿禿的牆上。直到他說可以，我才可以進去飯廳。牆上貼了一隻象牙嘴啄木鳥、一隻紅狼、一隻富蘭克林大黃蜂、一隻超大的變色蜥、一團沙漠黃角花，畫作素質不一，但全都生動鮮活，每一種顏色似乎都在嘶喊：救救我們。

那是一隻鳥、一隻哺乳動物、一隻昆蟲、一隻爬蟲、一株植物，剛好可以跟前幾天那隻兩棲類動物作伴。

我依然琢磨不出一個九歲大的小孩哪來的耐性畫出這些生物。他肯定受到某位創作者的引導。「羅賓，它們眞棒！」

啄木鳥和變色蜥說不定已經絕種了。我應該標價多少錢？我希望儘量多捐點錢。

「你可以問問大家想出多少錢。」這套賣舊車的花招，倒是可以用來籌募善款。他把圖畫從牆上拿下來，收進他的文件夾。「小心！別弄皺了。」

還有好多事情要做，爸。

隔天早上吃完早餐之後，他宣布他要待在家裡繼續畫畫。

「不行。你現在就去準備上學。我們說好的。」

什麼時候？說好了什麼？你說你相信我！

情況變得棘手，他忽然從九歲的小孩變成十六歲的青少年。他受到阻攔，無法爲所欲爲，所以他狠狠瞪著我，眼中的怒氣幾近憎恨。他嘴一噘，朝我腳邊吐口水，然後轉身衝向走廊另一頭的臥房，砰地關上房門。二十秒鐘之後，讓人寒毛直豎的尖叫聲變成傢俱被推倒的巨響。我用力推開他的房門，門後堆了大批雜物，他已經推倒一個一．五公尺高的書櫃，書本、玩具、模型太空船、工藝美術的獎盃灑落一地，當我踏進房裡，他又開始尖叫，而且把艾莉的烏克麗麗用力揮向一扇多窗格的玻璃窗，玻璃和那把陳舊的烏克麗麗應聲破裂。

他嘶聲怒吼，猛然撲向我。我們纏鬥起來。他試著抓傷我的臉。我抓住他的胳臂往後一扭，力道稍微大了一點。羅賓尖叫，撲倒在地，低聲啜泣。我眞想一死了之。他的手背像半截被壓毀的蝴蝶。艾莉和我有個約定，那也是唯一一個她要我發誓遵守的承諾。席歐？不管發生什麼事，絕對不可以打小孩。我環顧房間，準備請求她的寬恕。但到處都看不到她。

在傑米納斯星上，我們被困在星球的兩側，中間隔了一圈駭人的子午線。這個星球的太陽又小又冷，色澤鮮紅。傑米納斯跟它的太陽距離好近，甚至追隨著太陽一同自轉。星球的一側永遠熾熱明亮，另一側始終是黑夜，永遠冷冰冰。

生命在永晝和永夜之間的薄暮地帶發芽萌生。在那個酷寒與酷熱之間的地帶，大風抽攪著空氣，激流驅動著溪河，生物們歷經演化，深諳如何利用能量的循環，移轉些許永晝為黑夜增溫，挪動些許永夜為無盡的熾熱降溫。

生命持續逼向兩個半球，深入疾風呼嘯的地域。生命的足跡有如觸鬚般滲入峽谷、漫過水域，從溫帶邊界悄悄潛入嚴寒與酷熱的兩個半球。傑米納斯星的物種一分為二，一方冷如寒冰，一方熱如焰火，雙方以各自的半球為家，試圖適應這個氣候兩極化的星球。對於那些率先探勘、勇氣過人的生物而言，這是一條無法回頭的路。即使在溫帶邊界亦是危機重重。

智慧生物兩度誕生，各自解決了所居半球的極端氣候。但永晝智慧生物無法理解永夜，永夜智慧生物也無法理解永晝，雙方唯一的共識是：生命絕對不可能越過邊界存在。

我和我兒子一起前往傑米納斯星。但我們各自抵達。我發現自己置身在大風勁揚的海峽，我遍尋適居地帶，但找不到他的蹤影。當地的居民幫不上忙。我原本以爲永晝的居民肯定開朗樂觀。但他們的天空永恆不變的日光，阻絕所有來自宇宙的訊息。在他們眼中，生命似乎只存在此地與此刻，而這樣的想法阻礙他們成長，於是他們的科學和藝術停滯在初期，甚至從未發明望遠鏡。

在傑米納斯星上，季節無關乎時間，而是地點。朝向邊界前進幾公里，我的周遭就從八月變成一月。我兒子肯定在永夜半球的某處。致命的嚴寒主宰永夜半球，他在那裡會碰到怎樣的人？狡詐機智的居民、挖鑿熱源的礦工、採集地下菌菇的農夫？還是冷酷野蠻、走投無路、競相爭取每一卡珍貴熱量的殺手？

他也一直在找我。行至溫帶邊界時，我看到他在遠遠的一方，從星球的另一邊急急走來。我拔腿飛奔，但他舉起雙手，阻止我前進。我停下腳步，望著永夜邊緣的他，赫然有所領悟：他已瞧見原始的夜空。他已凝視地球上的人們再也凝視不到的群星。他已目睹循環不已的週期和千變萬化的時序。前塵過往，古今情事，有如漆黑夜空中的星群一樣奧妙精微、形形色色、難以計數。

他站在永夜的邊緣，朝著我大喊：爸！爸！你絕對無法想像！但我受困在日光之中，無法跨越。

很多人深愛我太太。艾莉也深愛很多人，好像這是世間再自然不過的事。她認識我之前不乏性伴侶，而且跟其中大多數保持友好關係，甚至包括一位曾經傷透她的心的女子。調情是她工作的一部分。我曾目睹她遊走在滿是議員的走道和滿是金主的宴會廳，從容自在地遊說談笑，好像他們全都是她親愛的朋友。

她經常出差，奔波於中西部十州，主持非政府組織的各項事務。我們剛結婚的頭兩年，我曾因此備感消沉。她時常從某個廉價旅館打電話跟我說，我們剛去了市中心一家很棒的義大利小館，當我佯裝不在意，隨口一問誰是「我們」？她就說，喔，我沒跟你說嗎？麥克．麥斯威爾剛好也來這裡出差。你知道他是誰吧？我大學時代的男朋友？然後我就又胡思亂想八小時，徹夜浪費在無謂的雜念。

她足跡所至的十個州集結著一群來者不拒、兩性通吃、忠誠奉獻的男男女女。有些人我認識，有些人我在她的追悼會上才碰面，令我至感訝異。有次我問她可曾想過出軌，她張口結舌，一臉震驚。喔，我的天啊！我絕對不是那樣的人！如果哪天我真的出軌，我會崩潰成碎片。

我漸漸接受這種夾雜著嫉妒與快感的狀況。很多親切和善的大好人想要我的太太，而我的太太似乎想要我。誠如艾莉的老生常談，大自然別具巧思，能讓人們就這麼得過且過。

所以囉，一個星期六的早上，當她近午才從農夫市集回到家中，因爲眾人的關注而陶陶然，我並不感到驚奇。我在蘋果女士的攤位碰到馬提・柯瑞爾。我們一起喝了咖啡。他希望我們參與他的實驗！

馬提・柯瑞爾是威斯康辛州備受矚目的科學家。他是神經科學領域的資深教授、國家科學研究院的院士、休斯研究中心的研究員，種種成就都是我曾夢寐以求，卻永遠難以企及。他是少數艾莉可以隨同一起賞鳥、從中學習新知的朋友。他們春夏秋冬都一起出去賞鳥，令我抓狂。

「是嗎？我確定他只是想拿妳做實驗。」

她咧嘴一笑，擺出拳擊手的架式，小小的拳頭在她自己眼前揮來揮去，雙腳輕盈地彈跳，身子快速地搖晃。每次威脅說要揍我一拳，她的兩個拳頭總是貼得太近。我愛極了她那副模樣。

拜託喔，膽小鬼。我們應該試試看。他的研究可真瘋狂。

柯瑞爾的實驗室正在探索「解碼神經反饋」（DecNef）。這個研究類似昔日的生理反饋，但是藉由神經影像提供即時回饋，人工智慧亦從旁協助。第一組受試者——亦即所謂的「指標受試者」——針對特定的外在刺激做出情緒反應，研究人員第一時間利用磁振造影掃描他們腦中的相關區塊，然後研究人員觀測第二組受試者——亦即所謂的「培訓受試者」——即時掃描他們腦中的同樣區塊。人工智慧監測神經活動，同時傳送視覺和視覺線索，引導「培訓受試者」趨向「指標受試者」先前預錄的神經狀態。藉由這種方式，「培訓受試者」可以模擬「指標受試者」的腦波模式，進而體驗相似的情緒，實在令人稱奇。

這套研究方法追溯自二〇一一年，初期的成果令人折服。波士頓和日本的研究小組請「指標受試者」藉由嘗試錯誤解決視覺謎團，研究人員發現，光是訓練「培訓受試者」模擬「指標受試者」視覺皮質區的活動，「培訓受試者」就可以更快速地解謎。在其他實驗中，研究人員錄下「指標受試者」看到紅色的視覺反應，藉由反饋、模擬同樣神經活動的「培訓受試者」，據稱亦在腦海中看到了紅色。

近來這個研究領域已經從視覺學習轉移到情緒制約。相關單位核發大筆研究補助金，希冀藉由「解碼神經反饋」治療創傷後壓力症候群。「解碼神經反饋」和「連結反饋」廣受吹捧，皆被視為可以治癒各種精神疾病。馬提．柯瑞爾正在申請臨床應用。但他也想探索更多比較奇特的附加價值。

「有何不可？」我跟我太太說。於是我們志願參與她朋友的實驗。

在柯瑞爾實驗室的接待區，艾莉和我看著受試前必須塡寫的問卷咯咯笑。我們將是第二批「指標受試者」，但我們得先通過篩檢。問卷只是個幌子，其實是偷偷摸摸地進行測試。你多常想到過去？你寧願在擁擠的海灘上，或是空蕩的博物館裡？我太太看著這些不成熟的問題搖搖頭，伸手掩住自己的淺笑。我清楚讀懂了她的神情，就像我倆已被一起接上儀器。總而言之，只要不違法、不會被抓去關，實驗者在她內心探見的一切，全都可以任意應用。

我早就放棄了解我暗藏在心中的喜怒哀樂。許多魔獸蟄居在我內心陰暗的深處，但大多並不致命。我倒是很想看看我太太的答案，但一位實驗室技術員禁止我們比對問卷。

你使用菸草製品嗎？我好多年沒用囉。但我沒說我每一根鉛筆上都滿布齒痕。

你每星期喝多少杯酒？我一杯都沒喝，但我太太坦承每晚小酌，而且邊喝邊糾纏家裡的小狗，爲牠讀詩。

你對任何東西過敏嗎？倒是沒有，除非你把雞尾酒會包括在內。

你曾感到沮喪嗎？我不知道如何回答這個問題。

你會不會彈奏任何樂器？嗯，科學算不算是樂器？如果他們非得叫我試一試，我說不定找得出鋼琴鍵盤最中間的那個C音。

兩個博士後研究員把我們帶到磁振造影室。這些人的經費比全世界任何地方的天文生物小組都充裕，花錢毫不手軟。艾莉想到她那些經費短缺的非政府組織，顯然跟我都心有戚戚焉。我希望嫉妒心不會讓我們的腦部掃描蒙上陰影。

我率先接受掃描。艾莉跟柯瑞爾坐在控制室，兩人的面前擺著一排電腦。我有點起疑，但他畢竟拿了多項研究學術獎。我躺進磁振造影儀，耳機裡隨即傳來聲響，指示我放鬆、閉上眼睛、聆聽自己的呼吸。他們輸入一些刺激，當作計算的基準。我聽到幾小節《月光》和一小段刺耳的現代音樂。他們叫我張開眼睛。我臉部上方的螢幕依次顯現一隻停駐在枝頭的藍鳥、一個開心的嬰孩、一頓豐盛的節慶餐點、一張骨折的照片，照片中長長的前臂骨戳穿肌膚。然後他們又叫我閉上眼睛、聆聽自己的呼吸。

接下來進行眞正的實驗。他們參照「普拉奇克情緒色盤」，從恐懼、驚異、悲傷、嫌惡、憤怒、警覺、狂喜、仰慕八種核心情緒之中隨機挑選，交派給艾莉和我。我們有四分鐘的時間沉浸在特定的情緒之中。我們專注於實驗時，電腦軟體會繪製出我們大腦邊緣系統的3D立體圖像。

他們交派給我仰慕。我閉上眼睛，恍恍惚惚地想著愛因斯坦、金恩博士、西德尼・卡爾頓[26]。但在控制室，我太太正看著我情緒的起伏。一想到她，我立刻記起四年前的深冬，我們共同度過的那個夜晚。

當時艾莉剛接下中西部協調主任一職，接任她的那位男士顯然不適任。她前往馬里蘭州參加由非政府組織所舉辦半年一次、爲期三天的全國性會議，會議期間，她天天都得花好幾個小時在電話裡盯著她的接班人度過各種危機。她在馬里蘭州患了重感冒，班機因爲暴風雪延誤了十二個小時，我晚上九點帶著小羅賓到機場接她，她不在家的時候，小傢伙感染了中耳炎，他一直嚎哭，直到半夜才睡著，病懨懨、疲憊不堪的艾莉終於躺下來休息。

凌晨一點半，電話聲把她吵醒：她那個倒楣的接班人驚慌失措地來電。警方在威斯康辛州北部州界的小鎮發現一輛載滿狗的卡車，狗被關在十二個鐵籠裡，卡車被留置在一家大賣場的停車場，而戶外的氣溫已經降到零下十八度。警方循線追蹤，查出卡車隸屬一個已被勒令關閉的幼犬繁殖場。數以百計的狗湧進郡縣唯一一家動物收容所，因爲收容所無法應付，於是地方政府聯絡艾莉的非政府組織，即使這樣的問題遠遠超過非政府組織的權責。

她的接班人想要知道他可以把這個危機丟給誰。艾莉跟他說：*你這句話什麼意思？趕快過去幫忙*。那位男士說他才不管這種小事。他們談了二十分鐘，我那累斃了的太太從頭到尾沒說半句氣話，而是好聲好氣地跟他講道理，但他依然說不。於是艾莉天一亮就打包啓程、跳進車裡，一個人在冰滑的路上開了三個半小時。我不停問她：「妳**確定**妳要這麼做嗎？」雖然是爲她著想，但似乎愛莫能助。

26 Sydney Carton，文學名著《雙城記》的主角之一。

她四十八小時後才回到家裡。兩天之內，她護送兩百隻狗跑遍威斯康辛州北部。下車時，她看起來像是電影裡十九世紀患了肺結核的法國農婦。但她直接走向嚎啕大哭的羅賓，花了一小時安撫他，然後提筆撰寫一篇她隔天將在愛荷華州首府發表的演說。她忙到半夜，最後終於做個鬥雞眼，喜感十足地看著我，宣告她累斃了，上床休息五個小時之後，她又開車前往愛荷華州。

我太太令人仰慕，正如我人高馬大，兩者都是不可否認的事實。但「仰慕」二字不足以形容我的感受。流竄自我心中的情緒有如一道難解的幾何證明題。我崇敬我太太。她才應該活在人世間，也絕對不會懷疑活著有何意義。我根本不敢奢望模仿她。我只願她從控制室那一部部電腦的螢光幕上，看到了我腦海裡盈滿什麼思緒。

實驗告一段落，我也回過神來。技術員讓我看看先前的影像，叫我從十倒數到一，藉此重新校準電腦程式。然後他們再度隨機選擇，交派另一種情緒：悲傷。

我一聽到耳機裡傳來這兩個字，脈搏心率馬上飆高。老實說，我極度迷信——不至於左右我的想法，畢竟我已受過科學的訓練，但是身體卻不聽使喚。我常有似曾相似的感覺，往往不知不覺就陷入悲傷。我的肢體幾乎不費吹灰之力就接納我悲傷的念頭。先前我花了幾分鐘沉浸在對我太太的仰慕，現在的感受卻有如天翻地覆。我回到那個夜晚，事事栩栩如生，這一回卻想著各種災禍。我兒子的中耳炎惡化爲致命的敗血性休克，繁殖幼犬的歹徒們逮到我太太，對她施暴。她因爲睡眠不足、過分勞累，一不小心結果衝下冰滑的公路，在壕溝裡躺了好幾個小時。

什麼叫做悲傷？悲傷是世間奪走了你仰慕的人事物。那些在我心中滾滾翻騰的事情毫不理智，百分之百都是胡扯。但我深切感受到它們，好像一切在某個星球上果真已經發生。
當我走進控制室跟他們碰面，艾莉跳起來抱住我。「喔，我可憐的小傢伙！」

我們交換位置。我跟柯瑞爾坐在控制室，艾莉躺進磁振造影儀。當兩位技術員以影像和音樂爲艾莉校準時，我對柯瑞爾提出質疑。

「你的研究方法似乎不是非常嚴謹。實驗結果難道不會差異極大，取決於……？」

「取決於受試者是不是一個優秀的方法演技派演員？」他神情愉悅，但聽起來有點瞧不起人。我眞受不了這傢伙，而且不只是因爲艾莉非常欣賞他。

「沒錯。不是每個人都可以說做就做，馬上讓自己沉浸在情緒之中。」

「我們不需要他們這麼做。我們觀測他們大腦邊緣系統的特定區塊。有些『指標受試者』的反應會比其他受試者眞確。有些人果眞感受到情緒，有些人則只能思考著情緒。但人工智慧可以從數以百計的實驗裡萃取出共通的模式，爲共通而顯著的特質架構出立體圖像。我們正在測試這八種核心情緒的平均特質夠不夠顯著、試圖模擬的『培訓受試者』能不能辨識。」

「是喔？結果如何？」

他頭一歪，好像他和我太太一起窺視的鳥。「我們如果隨機挑選，將八種情緒交派給受試者，受試者八次之中只有一次能夠辨識指標情緒。但經過幾次反饋實驗，受試者八次之中多達

四、五次能夠正確辨識。」

「天啊，情緒心電感應。」

柯瑞爾揚起眉毛。「你可以這麼說。」

我依然心存懷疑。但如果我是審查委員，我八成會把研究補助金撥給他。不管結果如何，這個概念值得探索。同理心機器：我那兩千冊科幻小說之中的任何一本都可能提到這個概念。

我太太躺在另一頭的磁振造影儀裡，身形甚至更加瘦小。他們交派給她警覺。我認爲警覺根本稱不上是種情緒，更別說是八種核心情緒之一。但警覺之於艾莉，就像誦經之於中世紀的修女，可說是出於本能，所以當實驗進行了三分鐘，柯瑞爾一臉訝異地湊近螢幕，我可毫不驚訝。

「哇，她的情緒很激烈。」

「你絕對無法想像。」

但說不定他可以。我們看著艾莉的腦波迴旋移轉，彷彿一幅生動的手指畫。說不定她正重溫我剛才想到的那個夜晚。但幾十個其他夜晚對她也起得了作用。我看著螢幕，想通一件事。艾莉盡情擁抱生命的種種面向，卻卯足全力頌揚警覺。她自始至終謹守一個原則：不管你現在可以做些什麼，你馬上就得進行，因爲下一個目的地將不會有任何任務等著你。她這輩子的一切作爲，始終繞著這個原則打轉。

種種模式在艾莉的的腦中迴旋打轉。一位技術員請她深呼吸、好好放鬆。放鬆？她從磁振造影儀裡大喊。我剛開始熱身呢！

然後他們交派她狂喜。「等等，」我跟柯瑞爾說。「我拿到『悲傷』，而她拿到『狂喜』？」

柯瑞爾咧嘴一笑。他很迷人，這點絕對不容置疑。「我得查看一下隨機抽樣的程式。」

在普拉奇克情緒色盤上，警覺和狂喜左右並列，警覺減弱爲期待和興趣，朝著色盤邊緣漸漸褪色。狂喜也減弱爲歡欣和恬靜。樂觀夾在歡欣和期待之間。艾莉曾因日復一日的危機而沮喪失措。我記得她曾因一段在愛荷華州飼養場偷拍的影片失聲啜泣。有次她氣沖沖地把一份棲地遭到破壞的聯合國報告丟到客廳另一頭，破口大罵人類應該下地獄。但我太太的細胞正源源產製樂觀。她的心靈正跟著狂喜起舞，好像鐵屑模擬磁場的分布。

我跟一個我確定對艾莉心懷慾念的男人坐在一起，看著螢幕上所呈現出她腦中狂喜的影像。柯瑞爾瞪著逐漸現形的模式。「**她太棒了！**」我不知道他看到些什麼，但連我都看得出來這一波影像不同於幾分鐘前的那一波。

我自認爲相當了解我太太。但我完全不知道艾莉想起什麼激發如此強烈反應。她想起我嗎？她的喜悅是不是以她兒子爲中心？還有什麼事物足以激發她內心最深處的喜悅？我望著螢幕上不斷擴展的色彩，心中充滿普拉奇克情緒色盤列舉不出的情緒，一心只想知道什麼讓她如此狂喜。

柯瑞爾在螢幕上研究她的間腦。他長年從事令人敬佩的科學探索，只要社會大眾依然相信科學，這樣的探索就會持續下去。但即使他們那群科學家終於成功打開門鎖，讓我們一窺他人腦中的奧妙，我們依然永遠不可能知道進駐他人腦中是什麼感覺。不管我們前進到何處，我們始終只能從此處看望。

兩位技術員協助艾莉鑽出磁振造影儀。她高興得滿臉通紅，就像護士們把她剛生下來的小寶寶抱到她懷裡的那一天。她到控制室來找我們的時候，腳步依然有點搖晃。柯瑞爾吹了一聲口哨。「妳可眞會操控那個玩意。」

我太太走過來，兩手圈住我脖子，好像光是靠在我身上，她嬌小的身軀就可以漂浮在浩瀚的汪洋中。我們開車回家，付錢給保母，兩人依然緊緊黏在一起。我們餵了我們的小小孩，試圖用他最喜歡的星際大戰樂高積木轉移他的注意力。但羅賓知道我們另有盤算，偏要在這個時候變得黏人。我跟他講道理。

「你媽媽和我有些事情必須處理。你安安靜靜玩樂高，我們待會兒帶你去看帆船。」

這招倒是管用，最起碼艾莉和我逮到時間躲進臥室。我還來不及表現熱情，她就剝光了我半身的衣服。「妳剛才在磁振造影儀裡想些什麼？我要知道！」

她只聽著我的心跳，其他聲響都不理會。她的耳朵貼著我的胸膛，雙手在其下到處摸索。喔，我可憐的小傢伙。你躺在那個討人厭的儀器裡，看起來好像快要哭了。

然後她俯瞰著我，看起來好機敏、好龐大。她的激情逐漸高漲，輕聲嘶喊，好像某種夜行的小動物。我伸手摀住她的嘴巴，她的快感更加強烈了。不到幾秒鐘，門外傳來敲門聲。你們在裡面還好嗎？

我那位可以警覺，也可以狂喜的太太用盡全力才阻止自己笑出聲。還好，小寶貝！我們好得很！

十一月一個星期三的早晨，我走到柯瑞爾在校園另一頭的實驗室。這段路走起來有些距離，但我沒有事先知會他。我不想留下任何建檔紀錄。柯瑞爾看到我似乎有點困惑。若以情緒色盤來描述，他的情緒或許最近似擔憂。

「嗨，席歐，喔，近來好嗎？」他聽起來幾乎像是眞的想要知道我的近況，而這套本事顯然來自於他長年鑽研人類的情緒。「我錯過艾莉莎的葬禮，實在過意不去。」

我聳聳肩，表示無所謂。兩年前的舊事，早已事過境遷。「老實說？我沒辦法告訴你誰在場、誰缺席。我根本不太記得。」

「你有何貴幹？」

「我得請問你一件事，也得請你保密。」

他點點頭，帶著我沿著走廊走出去。我們在醫學院的餐廳找個位子坐下，兩人面前都擺著一杯碰也不想碰的熱飲。

「這件事不太容易開口。我知道你不是臨床醫生，但我眞的不知道應該問誰。羅賓的狀況不太好。他的學校揚言，如果我不讓他吃藥，他們就要把我告上公衛部門。」

他花了一秒鐘想起羅賓是誰。「他有沒有被診斷出什麼症狀？」

「到目前爲止，他兩次被診斷說是亞斯伯格症，一次說他可能是強迫症，一次說他可能是過動兒。」

他苦笑，望似憐憫。「這就是我當初放棄臨床心理學的原因。」

「國內半數的三年級學童都可能被歸類在這些類別之中。」

「這正是問題所在。」他環顧一下餐廳，看看附近有沒有同事可能無意中聽到我們講話。

「他們想讓他吃什麼藥？」

「我不確定他的校長關不關心他，我覺得校長只在乎大藥廠分不分得到一杯羹。」

「大部分的一般藥物都已經標準化，你知道的。」

「**他才九歲！**」我察覺自己失態，趕緊冷靜下來。「他的腦部還在發育。」

馬提雙手一舉，以示贊同。「沒錯，九歲就吃精神科藥物，的確早了一點。我也不願意讓我九歲大的小孩當作實驗品。」

他是個聰明人。我看得出我太太爲什麼欣賞他。他等我開口。我終於坦承。「他把保溫鋼杯砸到朋友臉上。」

「喔。我也打斷過我朋友的鼻子。但他活該挨揍。」

「利他能錠說不定有用？」

「我爸爸覺得皮帶體罰最有用，所以我成年後蛻變成你眼前的這位模範菁英。」

我大笑，心情稍感舒坦。他這招可眞管用。「我們當中有誰知道自己怎麼熬到成年？」

我太太的朋友努力回想往昔，試圖記起她的兒子。「你覺得他的脾氣會暴躁到什麼程度？」

「我不知道該如何回答這個問題。」

「他確實扔東西打傷了那個男孩。」

「但這不完全是他的錯，他不必負全責。」沒有一件事情可以完全歸咎於任何人。他的兩隻手搞不清楚。

「你擔不擔心他會傷到別人？他弄傷過你嗎？」

「不、不，從來沒有。他當然不會。」

他知道我在說謊。「我不是醫生，更何況你知道的，如果沒有帶他去看病，連醫生都沒辦法給你可靠的意見。」

「我比任何醫生都清楚我兒子的狀況。我只是需要某些非藥物的療法讓他鎮定下來，以免他的校長一直煩我。」

他凝神專注，當年他看著我太太的腦部掃描圖時，也曾露出同樣的神情。他往後一傾，靠向他椅子的塑膠椅背。「如果你對非藥物的療法感興趣，我們可以讓他參與我們的實驗。我們正在測試『解碼神經反饋』會不會是一種有效的行爲介入療法。你兒子這個年齡的受試者能夠提供珍貴的數據。他甚至可以賺些零用錢。」

而且我可以跟莉普曼博士說，我兒子參與威斯康辛大學行爲矯正的臨床試驗。「受試者的年紀那麼小，不會引起研究倫理委員的關切嗎？」

「實驗的過程沒什麼侵害性。我們訓練他如何聚焦於自己的情緒，適時加以管控，就像是行爲治療，只不過多了一個即時、看得見的分數板。何況審查委員會早就核可過比我們這個實驗更冒險的研究計畫。」

我們走回他的研究室。樹木光禿禿，雪花自空中斜斜飄落，聞起來好像寒冬將至，今年也快要畫下句點。但閒閒晃過我們身邊的大學部的學生依然穿著短褲。

馬提解說自從艾莉和我志願擔任指標受試者之後，這個領域起了多大變化。「解碼神經反饋」的相關研究日趨成熟。美國和亞洲各地大學正在探索「解碼神經反饋」的臨床應用上的潛力。「解碼神經反饋」在疼痛管理和強迫症的治療方面都顯示出成效。實驗結果也證明「連結反饋」有助於診療憂鬱症、思覺失調症，甚至自閉症。

「一位表現極佳的『培訓受試者』，或說一位善於利用反饋的受試者，症狀不但改善，而且可以持續數星期。」

他描述實驗程序。他們將掃描羅賓腦部的自發性神經活動，人工智慧將比對神經活動的模式和預錄的範本。「接下來我們藉由視覺和聽覺提示調整自發性神經活動，我們會先讓他試一套組合模式的範本，這套範本的各個受試者全都禪修多年，心性非常穩定，然後人工智慧會利用反饋誘導他，無論他是愈來愈趨近範本，或是愈來愈遠離範本，人工智慧都會告訴他。」

「實驗的效果持續多久？」

「有時我們做了幾次實驗之後，效果就非常顯著。」

「風險呢？」

「嗯，說不定比在學校餐廳裡低。」

我壓下自己的憤怒。但他看出來了。

「席歐，抱歉，我不該耍嘴皮子。神經反饋是一種輔助性的程序。他腦部的任何反應都是他經由反射回饋、專注學習而來。」

「就像是閱讀。或是修課。」

「沒錯，只不過更快速、更有效率。說不定也更有趣。」

「有趣」二字，再加上閃過他臉部的神情，讓我感覺他正想著艾莉，這幾乎是種直覺，我也說不出爲什麼。他們兩人以前經常並肩坐在荒郊野外，一坐就是幾小時，什麼都不做，只是觀看。就算你拿著一本特定的賞鳥指南，始終不見得認得出牠們，在我因爲乏味而放棄跟她一起賞鳥之前，艾莉教過我。你從牠們的形狀、大小、外表認出牠們。你必須感覺牠們，套句我們賞鳥人的話，你必須理解鳥類的氣質和神韻。

「馬提，謝謝你。你幫了我大忙。」

他揮揮手，表示沒什麼。「我們看看結果如何再說。」

他站在研究室門口跟我說再見。當我朝著他伸出一隻手，他從旁攬住我，尷尬地摟了我一下。他後面的牆上掛了一張海報，海報上的沙灘邊植滿林木，沙灘上寫道：

地面輕軟，人類的雙腳很容易在上面留下印記；心靈行經的道路也是如此。

我把我受創的兒子交付給一個野心勃勃的神經學家，這人對我的亡妻依舊念念不忘，還掛著引用梭羅話語的俗氣海報裝飾研究室。

你的意思是說，像是打電玩？我兒子非常喜歡電玩，但電玩也嚇壞他。狙擊手瘋狂快打，移動的畫面必須完美操控，莫不讓他抓狂。他瘋狂地進擊、氣餒地退守、憤怒地潰敗，電玩象徵等級順序，同儕團體中，誰的電玩打得好，誰就得以統御他們的小王國。當一套賽車電玩讓他氣得把我的筆電摔到房間另一頭之後，我禁止他繼續再打，他似乎鬆了一口氣。但他非常喜歡他的虛擬農場。他可以點擊田野收割小麥、點擊磨坊輾磨麵粉、點擊烤箱烘焙麵包，從早到晚玩不厭。

「是的，」我說。「有點像是打電玩。你得試著把一個圓點在螢幕上移來移去，或是設法讓一個音符變得小聲大聲，或是尖銳低沉。練習幾次之後就比較容易上手。」

用我的腦力控制？爸，這太瘋狂了。

「沒錯，相當瘋狂。」

等等，這就像是……這讓我想到其他事情。他一手在空中揮動、一手輕撫下巴，意思是別吵他，讓他好好想一想。然後他手指一彈。比方說你那些世界。「請你想像一個星球，星球上的眾人把他們的腦部連結到彼此的腦部。」

「嗯，有點不一樣。」

你覺得那個掃描器會教我畫得更好嗎？

這聽起來像是柯瑞爾想要嘗試的目標。「你已經畫得很好了。他們可以用你的腦部訓練其他人，讓其他人畫得更好。」

他眉開眼笑，跑去拿他的文件夾，讓我看看他的最新力作。那是一個鳥翼珍珠貝。既然他已經畫了鳥類、魚類、菌類，這會兒他致力於螺貝和雙殼貝。

爸，我們在農夫市集需要一張大桌子喔。

我雙手拿著他的圖畫，心中暗想：世上沒有一套心理治療比得上這個。但是我的兒子低頭凝視，一臉愧疚地撫平畫紙，我這才看出畫紙上一道道皺痕，顯然曾因盛怒而被揉成一團。他伸出手指輕輕撫摸畫紙，神情懊惱。我真希望我可以看看這種貝類。我的意思是，真正看一看。

我把柯瑞爾的小冊子交給莉普曼博士，同時附上三篇報導，報導中大肆宣揚這項研究的治療潛能。她似乎滿意。羅賓殷殷期盼用他的腦力畫手指畫，兩星期都沒鬧事，眞是謝天謝地。我安靜工作了兩星期，重拾先前被擱置不顧的責任，處理氾濫成災的電郵收件匣。

感恩節將至，我們開車前往芝加哥西郊跟艾莉的爸媽過節。那棟都鐸式的郊區大宅擁擠吵鬧，一屋子都是吃多了糖品、情緒過度亢奮、隨時可能失控的表哥表姐，跟牆面一樣大的電視無時無刻播放大家都懶得看的球賽，人人因爲政治立場叫囂對罵。艾莉的家族半數支持在野黨一位積極準備參加初選的候選人，另外半數支持我們這位打算讓世界倒退五十年的現任總統。感恩節中午，白宮頒布新法令，規定全國每一位民眾都必須隨身攜帶身分證或是簽證，羅賓的親戚們更是隔著無形的戰壕朝著彼此開火。

他的外婆默唸感恩節大餐的禱詞。整桌的人們說聲「阿門」，然後朝著前後左右傳遞餐盤。羅賓說：外婆，妳知道的，沒有人在聽妳祈禱。我們生活在太空裡的一塊岩石上，太空裡還有幾十億塊跟我們一樣的岩石。

我的岳母大驚失色。她張口結舌地看著我。「你就是這樣教養小孩嗎？他媽媽會怎麼說？」

我沒跟她說我太太會怎麼說。羅賓已經替我發言。我媽媽死了，上帝沒有幫她。爭執不休的整桌人全都安靜下來。大家都等著我訓斥我兒子。我還來不及說半句話，我岳母已經盯上他了。「小夥子，你得跟我道歉。」她轉頭看著我。我轉頭看著羅賓。

對不起，外婆，他說。整桌人繼續吵嘴。我靜靜坐在他身邊，他最喜歡的一個阿姨坐在他的另一邊，只有我們兩人聽到他喃喃抱怨，但是妳錯了。

用餐時，羅賓自始至終意興闌珊、小口小口地吃著青豆、小紅莓和沒有淋醬汁的馬鈴薯泥。他外公不停隔著餐桌跟他碎念。「拜託你吃一點火雞，今天是感恩節！」

直到羅賓終於失控，簡直像是火山爆發。他開始尖叫，我不吃動物！我不吃動物！不要叫我吃動物！

我不得不把他帶到屋外。我們在街上走了三圈。他一直說，我們回家吧，爸，我們回家吧。在家裡比較容易感恩。

我們開車回去麥迪遜，過完屬於我們的感恩節假期。隔週星期一下午，他開始接受治療。他滑入那座他媽媽曾經隱沒於其中的磁振造影儀。技術員請他躺直、閉上眼睛、不要講話。但當他們為他播放《月光》時，我兒子哈哈大笑，高聲喊道，我知道那首曲子！

「看著螢幕中央那個圓點。」羅賓躺在磁振造影儀裡，看起來好瘦小。他盯著上方的螢幕，軟墊包覆他的頭部，幫他固定位置。馬提．柯瑞爾坐在控制室的平臺前，我坐在他旁邊，他透過耳機指導羅賓。「現在讓圓點移到右邊。」

我兒子不安地動了動。他想要點擊滑鼠，或是伸手滑螢幕。怎麼讓圓點移動？

「別講話，羅賓，記得嗎？放鬆就好，躺直，不要亂動。當你的情緒對了，圓點就會知道，也會開始移動。你只要盯著它，讓它自己移動。盡量讓它保持在中間地帶，不要讓它跑得過高或是過低。」

羅賓躺直。我們從螢幕上觀看結果。圓點輕快滑動，好像一隻池面上的水黽。

柯瑞爾再次跟我詳細解釋。「基本上他在練習正念認知，有點像是禪修，但借助於即時、效力強勁的反饋，把他導向我們希望他達到的情緒狀態。他學得愈上手，愈容易達到。等到他經常達到理想中的狀態，我們就可以卸除這些輔助工具。他靠自己就辦得到。」

我看著我兒子用他的腦力玩起矇眼抓人的遊戲：太遠了、太遠了、慢慢接近了……

柯瑞爾指一指螢幕上的圓點，圓點急急跳動，衝向螢幕左上方四分之一的區域。「你看？他很挫折。嗯，現在他開始生氣，說不定混雜著一點哀傷。」

我指一指右上方中央，也就是羅賓正想達到的區域。「那個區域代表什麼？」

柯瑞爾帶著俏皮的神情瞄了我一眼，有夠討人厭。「啓蒙的第一步。」過了三十秒。再過三十秒。圓點穩定下來，慢慢移回螢幕中央。「他漸漸摸熟了，」馬提輕聲說。「他會沒事的。」這句話聽得我直發毛，天馬行空地左思右想，忐忑不安。

我始終不知道我兒子那個小腦袋在想些什麼。他向來每隔幾天就讓我吃驚。他好像住在一個陌生的星球上，而我對那個星球的了解，甚至比不上我對格利澤667Cc[27]的認知。但我的確知道羅賓一旦上手，很少事情能夠讓他分心。圓點緩慢謹慎地繞圈子，即使望似在跟他角力，它依然在他的推動下慢慢移向右上方。圓點一閃一閃、忽前忽後、愛動不動，好像飛蚊症的小黑點，你不想看都不行。它徐徐蠕動、猛然倒退，然後又徐徐蠕動，好像車子被人從雪坑裡推出來。

羅賓眼看就要旗開得勝，爲此興奮不已。測試告一段落，他開懷大笑，圓點斜斜移向螢幕左下方四分之一的區域。羅賓在磁振造影儀裡悄悄地說，我靠，圓點隨即繞著螢幕亂轉。他馬上爲他的行爲致歉。對不起，爸，我不該講髒話。我會洗一個禮拜的盤子。

---

27 格利澤667Cc（Gliese 667Cc）是一顆圍繞恆星格利澤667Cc公轉的系外行星，距離地球約二十三光年。

柯瑞爾和我聽了都大笑。技術員們也哈哈大笑。大家花了一分鐘才回神，繼續進行下一項測試。但羅賓已經找到竅門，即使一開始犯了幾次錯誤，他依然很快就重振旗鼓，我兒子和他的圓點順利達到共同的目標。

一位名叫琴妮的技術員調整一下羅賓在磁振造影儀裡的位置。「哇，」琴妮說。「你天生就會這一套。」

柯瑞爾修改一下程式，開始另一項測試。「這次你得把圓點變得跟背景上的陰影一樣大，然後讓它固定在那裡。」

這個新的圓點停駐在螢幕中央，圓點後方有個顏色比較蒼白的圓盤，也就是柯瑞爾請他對準的目標。圓點隨著羅賓腦中另一個區域的律動變大變小，忽而擴張，忽而收縮。「我們現在訓練強度。」柯瑞爾說。圓點上下跳動，好像舊式收音機的示波器或是音量燈。羅賓陷入恍神。波動的圓點漸趨穩定，慢慢從十分錢大小變得像個五十分錢的銅板。他試圖將圓點移入圓盤，但圓點不一會兒就衝到圓盤之外，這讓他很不高興，圓點馬上墜落消失。他重新再來，只憑著搖擺不定的情緒張力升高圓點。

每當圓點與圓盤齊大，圓點立刻變成帶點淺灰的粉紅色。圓點若在圓盤裡停留得夠久，圓盤就會發光，勝利的鈴聲噹噹作響，迴盪在磁振造影儀裡，圓點隨之重新設定。

「好，我們看看你可不可以把圓點變成綠色。」啊，另一組情緒參數，另一組反饋。我以為羅賓說不定會抗拒，畢竟他已經在磁振造影儀裡躺了將近一小時。但他反而開心地咯咯笑，再度展開神遊。不到一會兒，他已經學會如何爲圓點變換顏色，讓它接連呈現出五顏六色。柯瑞爾露出他那奸狡、挖苦的微笑。

「好，我們現在做個統合。你試試看把圓點變成綠色，讓它跟背景上的陰影一樣大，把它一路移到中央偏右，儘量讓它停留在那裡，好嗎？」

羅賓輕而易舉地搞定當天最後一項測試，而且速度快到讓大家折服。琴妮幫他鑽出磁振造影儀，他滿臉通紅，洋溢著成功的喜悅。他跑跑跳跳衝進控制室，一隻手在頭頂上揮來揮去，等著跟我擊掌。我在他臉上看到了那個特有的神情；每晚當我爲他塑造出一個想像中的星球時，他都會流露出同樣的神情，彷彿在銀河中找到了歸屬。

這是全世界最酷的事情。爸，你應該試試看。

「你講給我聽聽看。」

那種感覺就像你必須學會看出圓點的心思。你學習它要你想什麼。

我們約好時間，下星期繼續參與實驗。我等到我們走出研究大樓才盤問他。柯瑞爾大可收下他的掃描圖、數據組、ＡＩ分析表，但我要聽一聽羅賓親口說出的字字句句。這些是我自己想要的。

「那是怎樣的感覺？」我眞想遞給他一張「普拉奇克情緒色盤」，叫他點出色盤上確切的區塊。

我的小兒子依然陶醉在成功的喜悅中，挨過來用他的頭輕輕撞了一下我的肋骨。很古怪。

很棒。好像我可以學會做任何事情。

這話讓我寒毛直豎。「你剛才怎麼讓圓點做出那些事情？」

他停了下來，不再用他的頭撞我，一臉嚴肅地轉身。我假裝我在畫它。不，等等，好像是它在畫我。

第二次實驗，他們希望羅賓單獨進行。柯瑞爾認爲我或許會讓他分心。爲人父母其實就是最辛苦的反饋訓練，仍在受訓的我，不情不願地把羅賓交由其他人做主。

當我到實驗室接他，我看得出來一切進行得相當順利。柯瑞爾似乎很滿意，但他行事始終謹愼，祕而不宣。羅賓整個人輕飄飄，但不失一貫的焦躁。他心中充滿全新的驚嘆，被這種奇怪的感覺迷住了。

這次他們讓我聽音樂。爸，真的瘋狂極了！我可以讓音調升升降降，也可以讓音調變快變慢，只要我喜歡，我還可以把豎笛變成小提琴。

我眉毛一揚，瞄了柯瑞爾一眼。他的微笑是如此溫順，看了讓人反胃。「他跟音樂反饋合作無間，羅賓，對不對？我們想要誘導他腦部兩個相關的區塊做出關聯，把同時受到刺激的神經元連結起來。」

羅賓居然准許柯瑞爾撩撥他心智中最敏感的環節，眞是不可思議。柯瑞爾說：「因爲習慣可以改變一個人的本性[28]。」

這句話是什麼意思？羅賓說。是不是像在作詩？

「你眞是不得了。」柯瑞爾說。然後他幫我們排定第三次實驗。

羅賓和我從神經科學大樓走到停車場。他抓住我的胳臂，嘰嘰喳喳講個不停。他從八歲之後就沒有在大庭廣眾跟我講這麼多話。「解碼神經反饋」正在改變他，就像利他能錠肯定也會改變他。但話又說回來，地球上的一切事物都在改變他。午餐時同學們挑釁他的每一句話語，他虛擬農場的每一次點擊，他手繪的每一個物種，網路影片的每一個片段，他晚間閱讀的每一本書冊，我說給他聽的每一個故事，說眞的，世間沒有所謂的「羅賓」，在人生的旅途中，他的各個自我相繼出現，面貌萬千，各有不同，浩浩蕩蕩地列隊前進，大搖大擺地行經時間與空間，不曾定型，變換不已。

羅賓拉拉我的手臂。你覺得那個傢伙是誰？

「哪個傢伙？」

那個我拷貝他腦袋的傢伙。

「那不是一個傢伙，而是幾個不同傢伙的平均模式。」

他向上拍擊我的手，好像在把皮球拍向空中。他抬頭挺胸，蹦跳了好幾步，就像他年紀還小的時候一樣。然後他停下來等我趕上他。我兒子看起好開心，我的心情跟著放鬆。

「羅賓，你爲什麼問這個問題？」

我覺得他們好像過來家裡跟我玩。我們好像一起做些事情，只不過是在我的腦子裡。

---

28 語出莎士比亞名劇《哈姆雷特》第三幕第四景一六五行：「For use almost can change the stamp of nature」。

今晚書寫時，螢火蟲在家中後院閃閃發光，螢火蟲散發的光，跟十億光年之外行星爆炸散發的光，其實都是基於同樣定律，不因處所，也不因時間而改變。遊戲照著一套固定的規則走，任何時間、任何處所都一樣。我們地球人短暫的一生中，至多也只能發現這個眞理。

但我試圖跟我的兒子解釋，我們所在的處所實在是浩大無垠。「你無法想像我們這個宇宙多麼龐大，你來想一個最超現實的星球……」

鐵做的星球？

「比方說？」

鑽鑽石？

「確實有這種星球。」

海洋幾百公里深的星球？有四個太陽的星球？

「這兩種星球都存在。地球和宇宙邊緣之間存在著更奇怪的星球，等著被我們發現。」

好吧。但我在想我們這個完美的地球，一百萬顆星球裡才有一個耶。

「一百萬顆星球裡才有一個？照這樣估算，光是我們銀河系大概就有一千萬個地球。」

我們的日子似乎有所改善，這可不只是因爲我拼湊各種證據自圓其說。他十二月的學習評鑑是有史以來的次優表現。他的老師凱拉．畢夏在他的成績單裡寫道：羅賓愈來愈有創意，自制力也愈來愈強。午後時分，他輕快地跳下校車，嘴裡還哼著歌。某個星期六，他甚至跟附近一群他幾乎不認識的小朋友出去滑雪橇。我根本不記得上回他跟著除了我以外的人一起出門是什麼時候的事情。

放寒假前的星期五，他放學回家，褲腰的皮帶繫了一截麻繩，軟趴趴地垂在他背後。我拉起麻繩，讓麻繩從指間滑落。「這是什麼？」

他聳聳肩，把他那杯薑汁榛果牛奶放進微波爐。我的尾巴。

「你們自然課最近在做基因工程的實驗嗎？」

他的笑容足以令十二月天也似春日一樣溫煦。幾個小朋友把繩子夾在我的皮帶上，他們想要惡搞我，你知道的，嘲笑我喜歡動物等等。我把尾巴留著，隨便他們怎麼搞。

他把他的熱牛奶端到桌邊，最近幾個星期，桌上始終散置著他的畫具顏料，這會兒他仔細思量，試圖決定接下來要畫哪一個動物。

「喔，羅賓，他們真是混蛋。凱拉老師知道嗎？」

他又聳聳肩。沒什麼大不了的，他們哈哈大笑，挺好玩的。他抬頭看我，若有所思地盯著我後面的牆壁。他的眼神清澈，一臉好奇，以前他媽媽在世時，他狀況最好的時候就是這副模樣。你覺得那是什麼感覺？我的意思是，如果有條尾巴，不曉得感覺如何？

他自個兒笑了笑，悄悄發出叢林野獸的叫聲。在他的腦海中，他正倒掛在樹枝上，在半空中揮揮手。

我為他們感到難過，爸，我是說真的。他們被困在自己的心裡，對不對？就跟每個人一樣。他想了一分鐘。除了我之外，我還有我那些傢伙。

他的口氣讓我不寒而慄。「羅賓，哪些傢伙？」

你知道的。他皺了皺眉頭。我的小隊。我腦子裡的那些傢伙。

耶誕節期間，我們開車去芝加哥跟艾莉的爸媽過節。我岳父岳母冷淡相迎，神情有點生硬，顯然還沒忘記感恩節時，我家這位小無神論者如何抨擊他們的堅定信念。但羅賓逐個把耳朵貼上他們的肚子，二老神情一緩，欣然接受他的擁抱。他接著抱了抱每一個表哥表姐，大家也都默默承受。不到幾分鐘，他已經成功地嚇壞了艾莉整個家族。

其後兩天，他乖乖看完每一場足球賽，跟著大家到教堂打乒乓球，表哥表姐們隱忍不語，或多或少帶著譏諷收下他手繪的絕種動物，他也沒說什麼，只是靜靜地看著大家收下禮物。這些他全都辦到，而且沒有失控。當他終於露出快要崩潰的跡象時，我們準備告辭。我把他拉進車裡，趕緊開車上路，以免破壞這個艾莉過世之後第一個相安無事的節慶家聚。

「還可以吧？」開車回去麥迪遜的途中，我問了他。

他聳聳肩。還不賴。但大家都太敏感了，不是嗎？

史黛西斯星看起來眞像地球。我們降落的地方水聲潺潺、山巒鬱鬱，結實挺拔的林木，繁花錦簇的植物，蝸牛、蠕蟲、飛翔的金龜子，就連骨骼粗大的生物都一如我們所知物種的近親。

這怎麼可能？他問。

我告訴他現今有些太空人認爲，光是我們銀河系就有十幾億顆跟地球一樣幸運的星球。在一個九百三十億光年之外的宇宙，我們認爲獨一無二的地球有如雨後春筍般地出現。

但在史黛西斯星待了幾天之後，我們發現這裡跟其他星球一樣奇異。星球的軸心幾乎沒有偏斜，這表示每個緯度都自成一個季節。濃厚的大氣層撫平溫度的波動，龐大的地殼板塊分分合合，鮮少發生大災禍，鄰近巨星環繞，連隕石都難以穿越。因此星球的氣溫相當穩定，自從形成之後幾乎不曾改變。

我們走向赤道，穿越一個個地殼疊層。各帶物種繁多，處處可見特有的生物。一種捕食者追捕一種被食者。每種花卉都有專屬的授粉者。生物族群皆不遷徙。許多植物噬食動物。植物和動物以各種方式共生。體型較大的生命體根本不是單一的有機體，而是合縱連橫、協議共生的複合體。

我們繼續走向星球的極圈之一。生物群系之間的界線有如地界線，季節既無更迭，界線也就不會模糊。你從這一步走到下一步，可口的果樹消失無蹤，針葉樹開始露臉。史黛西斯星的每一種生物都是爲了因應獨特的環境而生；它們都只有一個領悟，對此，它們無所不知，但除此之外，它們一無所知；它們所知的世界存在於它們所屬的緯度。任何生物都無法在他處生長，即使往南或往北挪動幾公里，結果都可能致命。

它們有沒有智慧？我兒子問。它們有沒有知覺？

我跟他說沒有。史黛西斯星的生物無需記取過往，也不必預測未來，只要知道當下就夠了。在如此穩定的環境中，它們何必適應改進或是質疑仿效？

他想了想。災禍引發智慧？

我說沒錯。危機、變革、動亂也是。

他的聲調變得哀傷訝異。這麼說來，我們絕對找不到比我們更聰明的生物。

技術員們非常喜歡羅賓。他們喜歡逗弄他，令人訝異地，他也喜歡被逗弄。他樂於被大家逗著玩，幾乎就像他樂於譜寫專屬於他的反饋交響曲、主導專屬於他的訓練動畫片。琴妮跟他說：「天才小子，你眞的很特別。」

「他絕對是個高能的解碼者。」柯瑞爾同意。我們兩人坐在他的研究室，置身在玩具、拼圖、錯視圖形、勵志海報之間。

「是不是因爲他年紀很輕？就像孩童不費力氣就能學會一種新的語言？」

馬提．柯瑞爾把頭歪向一側。「實證顯示各個年齡層都有可塑性。但隨著年歲的增長，慣性對我們所造成的阻礙，不下於天賦能力的退化。近來人們常說，『成熟』只是『懶惰』的另一個說詞。」

「這麼說來，他爲什麼表現得超好？」

「他是一個特別的小男孩，不然我們就不會找他來參與我們的實驗。」他從桌上拿起一個魔術方塊，動手把玩。他看上去心不在焉，但我知道他在做什麼白日夢。他悠悠開口，比較像是自言自語，而不像是在跟我說話。「艾莉是個絕佳的賞鳥人，我從沒見過哪個人像她一樣那麼專注。她眞的很不尋常。」

我回過神來，既憎惡，也氣憤。我還來不及說他是個噁心的怪咖、根本不了解我太太，研究室的門就被推開，羅賓蹦蹦跳跳走進來。

這個遊戲帥斃了！

「天才小子今天超高分！」琴妮說，她站在他後面捏捏他的肩膀，好像拳擊教練幫旗下最得意的選手按摩。

如果每個人都試一試，那就太酷了。

「我們就是這麼想。」馬提．柯瑞爾放下他的魔術方塊，高高舉起雙手。羅賓快步走到他的桌邊，跳起來跟他擊掌。我帶我兒子回家，感覺自己守護著人類的未來。

我看得出每週的變化。如今他比較容易開懷大笑，也比較不會亂發脾氣。事情若是不順心，他也比較不會鬧彆扭。薄暮時分，他乖乖坐著聽小鳥唱歌。我不確定哪些特性屬於他、哪些屬於他的隊友。但每天發生的小小的變化綜合成他天生的個性。

有天晚上，我爲他編造一個星球，星球上幾個智慧物種輕易互換記憶、經驗、特性、舉止，就像地球上的細菌互換基因。我還沒加上細節，他就微笑地抓住我的胳臂。我知道你從哪裡偷到這個點子。

「喔，是嗎？誰跟你說的？」

他攤開手掌，五個指頭貼在我的頭蓋骨上，嘴裡發出吸吮的聲響，好像我們人格中的一點一滴在彼此之間轉移萃取。如果每個人都做這個訓練，不是很酷嗎？

我也把五根指頭貼在他頭蓋骨上，作勢將他私密的情緒從我的指尖吸吮到我的內心，當然也不忘附加適當的聲效。我們哈哈大笑。然後他拍拍我的肩膀，好像安撫我、叫我放心上床睡覺。這個舉動非常小大人，一個星期前，他絕對想不到這麼做。

「所以你覺得呢？」我故意輕描淡寫。「你覺得老鼠有沒有改變？」

他眼睛一亮，顯然知道我在說什麼。他想了想，眼睛灼灼發光，顯然也知道如何回答。老鼠沒變，爸，還是同一隻。只不過現在有人幫我。

「跟我說一說他們怎麼幫你，羅賓。」

如果你跟一個笨蛋講話，你也會變笨，爸，你知道吧？

「沒錯，我非常了解那種感覺。」

但是如果你跟一個非常聰明的人打電玩，你就會愈打愈好？

我試圖回想他一個月前可曾這樣說話。

嗯，就像那樣。比方說你走進操場，但你身邊有三個非常聰明、有趣、強壯的傢伙陪著你。

「他們……他們有名字嗎？」

誰有名字嗎？

「那三個傢伙？」

他像個年紀更輕的小小孩似地大笑。他們不是真人。他們只是……我的同夥。

「但是……他們有三個？」

他聳聳肩，看起來想要辯解，這下比較像我兒子。三個、四個，誰管那麼多？這不是重點。重點是他們在幫我划船。他們是我的小隊。

我跟他說，他是我老鼠中的老鼠。我跟他說，他媽媽愛他。我跟他說，行船途中若是發現什麼有趣的事，他隨時可以告訴我。

走出房門前，我抱了抱他，或許是我抱得緊了點，他從我懷裡脫身，拉著我的胳臂搖一搖。

爸！沒什麼大不了的。這些就像是……他左手右手各伸出兩隻手指，交叉重疊，比劃出一個「#」。加了主題標籤的貼文，比方說生活小技巧、生活小常識，方便上網搜尋，看過就忘了，不是嗎？

羅賓等待春天的農夫市集正式登場，昔日的焦躁有如狂風，陣陣襲向他，於是他想出了一個點子，打算把圖畫拿到學校尋找買主。他一手夾著紙筒、一腳也已踏出家門準備搭校車，這才忽然跟我提起此事。

「喔，羅賓，這樣不太好吧。」

為什麼？他的聲音顫抖，好像快要發火。你覺得我畫得很差？

最近他給了我一些喘息空間，我被慣壞了，以爲我們已經不會再鬧彆扭。我以爲他的小隊已把我們兩人划到安全地帶。

「你畫得太好。你的同學買不起這麼有價值的作品。」

他頹然地拱起身子。每一分錢都幫得上忙。每年都有好幾千種生物絕種，目前為止我卻籌不到半毛錢幫它們。

從各方面而言，他說的都沒錯。他高舉紙筒，一臉挑釁。我下巴一揚，低頭看他，但他已跑出門外。

我整個早上提心吊膽，無法專心。下午一點半，我已經極度焦躁，甚至打電話到學校請他們轉告羅賓我放學會去接他。我在停車場等候，反覆練習不在乎的模樣，準備面對最糟的狀況，不一會兒，他自己開門上車。

「進展如何？」

他舉起紙筒，好像想要秀給我看每一張圖畫依然捲在紙筒裡。還是沒籌到半毛錢。

「說說細節吧。」

他不肯說。他沉默了一公里，只是拿著紙筒慢慢地、穩穩地敲打儀表板，我不得不按住他的肩膀叫他停手。他咻咻喘喘，好像戴著呼吸器吸氣吐氣。

他們覺得我在搞怪，開始圍攻我，叫我「怪異博士」，然後他們把目標轉向圖畫，一陣鬼扯。

「鬼扯些什麼？」

如果沒有別人在場，喬賽特·瓦卡洛說不定會買一張。最後我說他們要買哪一張都可以、他們要付多少錢也都可以。傑登說他願意給我二十五分錢買那張遠東豹，所以我就賣給他。

「喔，羅賓。」

伊森·魏德覺得這樣很好笑，所以他給我五分錢、說要買那張東部大猩猩。他說等到我絕種，他看到圖畫就會想到我。其他同學也開始遞給我銅板，我心想：有總比沒有好，對不對？最起碼我有些小錢可以捐。後來凱拉叫我把錢還給大家，把圖畫收回去。

我還是不習慣學生們對老師直呼名諱。「她在試著幫你解圍。」

她記我一個小過。她說在校內賣東西違反校規，我應該曉得課堂手冊裡提過這一點。我問她知不知道等到我們跟她一樣歲數的時候，地球上半數的大型動物都會絕種，她說我們上的是社會課，不是生物課，她還說我如果頂嘴，就會被再記一個小過。

我繼續開車。我不確定自己說得出什麼有用的話。我對人類已經絕望。我緩緩駛進我們的車道。他把手擱在我的胳臂上。

爸，我們真的有問題。

他又說對了。我們兩個人有問題。全球七十億人都有問題。世間非得有個比「解碼神經反饋」更迅速、更有力、更有效的方式，我們才能得救。

三月初，總統援引一九七六年的國家緊急法，逮捕一名記者。她刊登白宮一位洩密者的告白，而且拒絕透露新聞來源，所以總統命令司法部授權財政部，公布種種關於她「可疑行爲」的報導。根據這些報導和總統所謂「可靠的國外權威消息來源」，總統把她交由軍方拘禁。

媒體一片譁然，嚴厲聲討，最起碼半數媒體皆如此。在野黨明年即將投入總統選戰的前三強候選人發表聲明，總統卻譴責他們是在「協助與教唆美國的敵人」。參議院少數黨聲稱此舉是我們這個世代最嚴重的憲政危機。但憲政危機已是稀鬆平常。

大家都等著國會採取行動。國會卻是靜悄悄。參議員們大多是總統的黨內同仁，這些藉由民意撐腰的老議員堅稱一切合法，所謂的「違反憲法第一修正案」純屬無稽之談。西雅圖、波士頓、奧克蘭爲此爆發嚴重衝突，一般民眾的反應卻再度證明，不管是什麼事情，人們終究習以爲常，這是人腦的特性，我也不例外。

這一切都在光天化日下發生，沒有所謂的羞恥，憤怒亦無濟於事。過了兩天，危機就又被另一樁匪夷所思的事件所取代。但我盯了足足兩天的新聞。傍晚，我坐著滑手機，點擊一個個壞消息，羅賓則坐在餐桌旁畫他的瀕危物種。

有時我擔心「解碼神經反饋」讓他變得太鎮定。他這個年紀的小男孩似乎不該只專注於一件事。倒是我自己沉溺於憲政危機和國難，成天只知道緊盯新聞，哪有資格說他？

有天晚上，我勉強信任的那個新聞臺暫且擱棄漸漸被人淡忘的憲政危機，轉而訪問那位全世界最出名的十四歲少女。環保鬥士英佳．艾爾德發起一項新的運動，她從她在蘇黎世近郊的家騎單車前往布魯塞爾，沿途招募青少年騎士加入她，希冀藉此讓歐盟議會感到羞愧，進而召開會議商討早已承諾過的減碳協定。

記者問她多少位單車騎士已經加入她的陣容。艾爾德小姐眉頭一皺，想要說出一個確切數字，卻又無從確知。「人數天天在改變，但今天我們超過一萬人。」

記者問：「他們不都是學生嗎？他們不必上課嗎？」

這個鵝蛋臉、緊紮馬尾辮的女孩咂咂舌頭，以示輕蔑。她看起來不像十四歲，甚至好像連十一歲都不到。但她的英文講得比羅賓大部分同學都好。「我家已經起了大火。你要我等到學校下課再衝回家救火嗎？」

記者趁機追問。「說到學校嘛，美國總統說妳應該先修經濟學，然後再告訴世界領袖們怎麼做，請問妳會怎麼回答他？」

「經濟學會教你在你的巢裡拉屎，把蛋全都扔到巢外嗎？」

我那蒼白、古怪的兒子從飯廳晃過來，站到我旁邊。她是誰？他聽起來好像著了迷。

記者問：「妳認為這場抗爭到底有沒有機會成功？」

她像我一樣，爸。

我頭皮一熱。我想起來英佳．艾爾德爲什麼看上去有點不食人間煙火。她曾經說過她的自閉症是她獨特的資產——「好比我把顯微鏡、望遠鏡、雷射鏡，合爲一體。」她曾爲嚴重的憂鬱症所苦，甚至試圖自殺。然後她在這個生氣蓬勃的地球找到了意義。

她眉毛一揚，饒富趣味地看著神情困惑的記者。「我只知道如果我們什麼都不做，肯定沒有勝算。」

我也這麼說！一點都沒錯！

羅賓猛烈抽搐，我甚至必須伸手安撫他。他躲開。他不需要被安撫。我坐在離我兒子九十公分處，看著他頭一次愛上一個女孩，但我不明白這一刻的感覺爲何如此哀傷、如此凝重。

他說他要看英佳・艾爾德，就像他先前吵著要看艾莉的影片。我們看著她高舉旗幟遊行。我們追蹤她的貼文。我們看完一部部紀錄片，片中一些平凡的老生常談，經她誠摯述說，卻有刻不容緩的領悟。我們看著她如何佔領七大工業國集會的托斯卡山城。我們看著她如何告訴聯合國的代表們，如果人類還有所謂的未來，他們會在歷史中留下什麼紀錄。

羅賓一頭栽入情網——只有一個愛上了大姐姐的九歲男孩，才會如此情不自禁。但他對她的情意是純粹的感恩，絲毫不受慾望或是需求的撩撥，著實罕見。英佳・艾爾德一口氣打開羅賓的心扉，讓他瞧見一個我始終無法完全理解的眞理：世間一切皆是實驗，人人試圖琢磨效果，唯一信得過的證據是信念。

四月下旬，農夫市集正式登場。我們開車到州議會對面的大廣場，他媽媽似乎也與我們同行，人就在馬路對面的州政廳裡。攤位稀稀落落，現採的農產品也不多，但市集裡販售帶著檸檬果香的羊乳起司和去年秋天最後一批蘋果和馬鈴薯，還有胡蘿蔔、菠菜、羽衣甘藍、青蒜，人們樂見大地又恢復生氣，阿米希人擺上五顏六色的蛋糕餅乾，手作食物車供應各大洲陸的料理。市集裡可見手工陶器、廢五金首飾、橡木壓紋淺碗、紋彩烈酒杯、鋸柄雕著本地風光的手鋸、曼陀鈴和薩克斯風雙人樂團，還有垂懸的常春藤、豔麗的火焰花、奇巧的垂盆草。募款專員、社區電臺記者、公益團體人士群聚於市集的最外圍，當中有個付費租用的小攤位，攤位上陳列著一百三十六幅用色大膽的水彩畫供顧客們選購，畫中的種種生物日後恐怕都將只剩回憶。

在那五個小時裡，羅賓像是變了個人。或許年年耗資千萬億的廣告發揮功效，令孩童們對於物質世界早已習以爲常，每個九歲的小孩似乎都是天生的推銷員，但我絕對想不到羅賓居然如此伶俐、如此狡猾、如此高明，在星期六那一天，你甚至會以爲他跟大家一樣是個不折不扣的地球人。

他改良推銷員的種種花招，幾乎可說是奸詐。你覺得這一張賣多少錢算是合理？我花了好久才畫了那一幅！金冠跳狐猴跟你眼睛的顏色好配！唉，沒有人喜歡厚唇的比目魚，我真的不知道為什麼。他跟一位二十公尺之外的灰髮女士搭訕。這位太太，幫幫這個漂亮的生物活下去，好嗎？妳這幾塊錢花得絕對值得。

人們買了畫，因爲他逗得他們大笑。有些人覺得他那些推銷員的花招很逗趣，有些人想要獎勵這位初出茅廬的小小創業家。有些人可憐他；有些人只想減輕自己的罪惡感。買畫的一百人當中，說不定果眞有一、兩個人非常喜歡，甚至把畫掛在牆上。但止步買畫的人們，大多只是光顧一個花了大把時間畫了些沒什麼價值的圖畫、懷抱種種虛幻願望的孩子。

六小時之內，他賺了九百八十八美元。來我們攤位收租金的傢伙買了那張黑刺尾鬣蜥，老實說，那幅畫並不是羅賓的最佳傑作，但無論如何，他付了十二美元，把總數湊足一千美元整。最終戰果輝煌。任何一筆尾數這麼多個零的款項，絕對稱得上是一筆財富。誰知道這樣一筆錢可以發揮什麼影響？

爸、爸、爸，我們可以今天就去寄錢嗎？

他已經辛苦了好久，我怎麼可能潑他冷水、勸他不要急著達陣？我們去了一趟銀行。我開張支票捐給一個他苦思數小時才選定的保育團體。那天晚上，吃了純素漢堡、看了幾段英佳的影片之後，我們各自躺在沙發的一側看書，雙腳踢來踢去，在兩人之間小小的空間裡搶位置。他闔上書本，仰頭看著原木鑲嵌的天花板。

我感覺棒極了，爸，就算我現在就死翹翹，這一切已經讓我很開心。

「別說這種話。」

喔，好吧。他扮個鬼臉說。

兩星期後，他選定的那個非營利保育團體寄來一封信。我把信放在玄關桌上，讓他放學回家就看得到。他撕開封口，興高采烈地拆信。信中感謝他的捐款，同時誇耀說每一美元的捐款中，幾乎有七十分錢直接或間接匯給十個國家，協助減緩對棲地的破壞。信中建議如果他想要再捐兩千五百美金，現在正是時候，因爲對等捐款和目前的匯率會讓他們很快達成當季募款的目標。

對等捐款？

「有些大企業，你捐多少錢，他們就捐出對等的數額。」

他們有錢……但是他們不肯捐，除非……？

「那是一種獎勵方式，比方說你在農夫市集的買二送一。」

那不一樣。他滿心憤恨不平，眉頭緊皺，神情凝重。他們有錢，卻把錢藏起來？我那一千塊美金，只有七百塊捐給動物？物種快要滅亡了，爸，成千上百種耶。

他朝著我大喊大叫，雙手狂亂揮舞。我說我們吃晚餐吧，他拒絕。他走向他的房間，砰地關上房門，甚至不肯出來玩他最喜歡的桌遊。我等著聽他摔東西，但房裡一片寂靜，更加令人害怕。我溜到外面，偷偷望向他的窗內。他躺在床上，在筆記本裡匆匆書寫。房裡到處都是紙張。

十四個月前，他曾經痛敲臥室的門，甚至把兩根指頭敲到骨折，原因只在於我不注意扔掉他一張集換卡。現在他被一紙感謝函傷透了心，他卻能集中注意力，研擬某項祕密行動。這種令人稱奇的轉變，我不得不歸功於馬提．柯瑞爾的神經反饋訓練。但不知怎麼地，我站在窗外，春風帶點寒意，楓樹的紅花有如細雨般灑落在我身上，我卻不確定馬提那個情緒色盤上的「感激」，是否最適合描述我此刻的心情。

快要上床睡覺時，羅賓走出他的臥房。他朝著我揮一揮幾張手寫的筆記紙。我們可以申請示威嗎？

小小的三角形黃色警告號誌在我腦中一閃一閃，我得提高警覺。「我們要示威什麼？」

他狠狠瞪了我一眼，眼神有夠輕蔑，讓我不禁覺得自己像是他不成材的小孩。他遞給我一張十一乘十七的圖畫紙，當作對我的答覆。長方形的圖畫紙是他手繪的海報，中央寫了幾個大字：

幫幫我
我快死了

一群看上去像卡通漫畫，眼看就要從地球上消失的動植物環繞著這幾個大字。他的畫技讓我引以爲傲，但一看到海報中央的口號，我的心沉了下來。

「這個示威……只有你一個人嗎？」

你的意思是說這樣沒有用？

「不，我不是這個意思。我只是說，如果還有其他人參加示威，效果通常比較好。」

你知道有什麼示威是我可以參加的嗎？我頭一低。他碰碰我的手腕。我必須起個頭。爸，說不定其他人會被感動。

「你想要在哪裡示威？」

他抿起嘴唇，搖了搖頭。這傢伙跟他一起看了英佳・艾爾德的影片，更別說娶了他媽媽，這下居然問出這樣的問題，簡直是貶低自己的身分。

還用說嗎？當然是州議會。

人民有和平集會的自由。

我兒子告訴我。但我們依然詳讀市府法規的各個章節，才瞭解憲法是一回事、地方政府的執法權限是另一回事，光是這一點就足以昭告民眾，合法的公眾示威絕對不可能動搖現況。

哇，他們的要求可真多，不是嗎？如果發生某件非常糟糕的事情，大家當天晚上就想示威，那該怎麼辦？

「問得眞好，羅賓。」最近幾個月，這個問題變得愈來愈重要。我想跟他說，不管情況變得再糟，民主制度總會琢磨出解決之道。但誠實對我兒子非常重要，我不能欺騙他。

他花了三天製作海報。當他終於大功告成，海報既似絢麗耀目的手抄本，也宛如趣味橫生的漫畫書，非常漂亮。他用色簡單，線條明晰，動物畫得鮮活龐大，大老遠就看得到。對於一個始終無法領會別人心思的孩子而言，這張海報實在不賴。他還準備了圖繪的傳單，傳單上有二十三種威斯康辛州受到威脅，或是瀕臨絕種的動物，其中包括加拿大山貓、灰狼、笛鴴、卡納爾藍蝶。還有哪些？爸，還有哪些？

「你要不要加上幾句你想要跟議員們說的話？」

什麼意思？

「比方說你希望他們採取什麼行動？」

他的神情從困惑轉爲苦惱。彷彿在說如果連自己的爸爸都如此盲目愚蠢，這個世界還有什麼希望？我只希望他們不要再殺害動物。

我知道那個口號肯定會惹麻煩，但我隨他去。幫幫我，我快死了。搞不好眞的可以感動陌生人，誰知道呢？經過幾個月的神經反饋訓練，他的同理心已經超越我。我們父子將一起學習如何走入那個他媽媽游刃有餘的世界。

爸？大家什麼時候會在那裡？

誰是大家？

州長、參議員、眾議員。說不定還有那些最高法院的傢伙？愈多人看到我愈好。

「說不定週間早晨。但你不可以再缺課。」

英佳甚至已經不去學校上課。她說幹嘛花時間學習怎樣活在未來，因為人類的未來——

「我知道英佳對教育的看法。」

我們跟莉普曼博士和他的老師凱拉·畢夏達成協議，他會跟上他的回家作業，當他隔天回到學校上課，他也會以他在州議會的經驗作個口頭報告。

他整裝打扮。他要穿那件他在他媽媽葬禮上穿的西裝外套，但時隔兩年，現在穿上這件外套，簡直就像把蝴蝶塞回蝶蛹。我叫他多穿幾件；現在這個季節，來自大湖的風會讓氣候變換不定。他穿上牛津襯衫和打摺西裝褲，打上夾式領帶，套上運動背心和薄夾克，穿上花了好多時間擦得亮晶晶的男童皮鞋。

我看起來怎樣？

他看起來像個小天神。「威風凜凜。」

我要他們把我當一回事。

我開車載他到市中心的州議會，議會大廈高聳矗立，好像坐鎮於羅盤方位圖的中心點。羅賓坐在後座，手裡抓著裹上氣泡布的海報，小心翼翼地擱在膝上，此舉可得全神貫注，不然海報會受損。開抵州議會之後，一名警衛跟他說他可以站在州政廳南側的階梯上，眼看被驅遣到邊陲地帶，他當然不高興。

我可不可以站在門口，讓大家一走進去就看得到我？

警衛說不行，他聽了整張臉垮下來，但決心更強烈。我們走向管制區，羅賓四下張望，訝異近午時分居然這麼安靜。公務人員三三兩兩走上階梯，一群學童聆聽導覽，然後走入州政廳參觀。一條街之外，行色匆匆的路人晃蕩於咖啡店和小餐館之間，小心迴避各色人種的眾多遊民。貌似民意代表，但說不定是遊說專員的人們走過我們身旁，人人的手機緊貼著耳朵。

四下沒什麼動靜，令羅賓大惑不解。沒有其他人示威嗎？議會裡的每一個人都覺得現在這個樣子沒問題嗎？

他對州議會的印象來自他媽媽的影片片段。他以爲會看到一群具有公民意識的民眾激烈抗爭、對峙攤牌、義正詞嚴地伸張正義。現在他看到了美國。

我站到他旁邊。他勃然大怒，空著的那隻手朝著空中猛揮。爸！你在幹嘛？

「讓你的示威人數多一倍。」

不可以！過去站在那邊。

我走到九公尺下方的人行道上。他揮揮手打發我。

他說的沒錯。我們站在一起，看起來會像是大人搞出的花招。但一個九歲的小孩自個兒舉著「幫幫我，我快死了」的海報站立，你說不定會想要停下來跟他談談。

我站到一旁，換到一個離他夠遠，但我可以接受的角落。我們可不需要一個好意的路人打電話給州政府的社福部。羅賓這才滿意。他拿起他繪製的海報，高高舉到空中。然後我們就此捲入政治鳥事的壕溝。

我站在階梯的底階等候。我不記得這已經是第幾回。艾莉以前在州議會爲那些大多數人聽都沒聽過的法案作證之後，我就是站在這裡等她。她通常對她當天的作證感到欣慰，有時喜不自勝，但從來不曾百分之百滿意。她走下階梯，緊緊抱住我，疲憊至極。她經常緊貼在我的胸前，悄悄地說：這是個起步。

她的地盤最終擴展至另外九個州。她出差的頻率增多，遊說的時間減少，把精神花在訓練其他人作證。但當我看著她兒子追隨她昔日辛勤的步伐，試圖力戰所謂的「現在這個樣子」，我不禁回到了過去。家中那些數量龐雜的科幻小說也贊同：時光旅行非但只是可能，而是絕對必須。

在我們的婚禮上，即將成爲我另一半的艾莉對我說著結婚誓詞，說著說著，她出其不意地遞給我一個橢圓的巧巴達麵包。這不是一個象徵。這不是一個隱喻。這只是一個麵包。我做的。我自己烤的。這是食物。我們今晚可以一起吃。各盡所能，按各人勞務分配，不是嗎？請你留在我身邊，從春季陪伴到冬季。請你留在我身邊，即使什麼都不剩也陪著我。我也會留在你身邊。食物永遠會夠吃。

我這個大白癡，丈二金剛摸不著頭腦。我甚至不喜歡吃麵包。但不是只有我一頭霧水。她也啞口無言，我們兩人默不作聲，這可沒有事先彩排過。艾莉終於嘆口氣說，好吧，說不定這的確是個隱喻。眼淚汪汪的眾人全都哈哈大笑，甚至包括我媽媽。然後大家開開心心參加派對。

她打從一開始就坦承她會做惡夢，也警告過我。我得處理一些相當悽慘的事情，席歐，而且很可能天天都得面對，難免會做惡夢。你確定你心甘情願跟一個半夜會歇斯底里大聲尖叫的人同床嗎？

我跟她說，如果她半夜需要有人作伴，她隨時可以把我叫醒。

喔，我絕對會把你吵醒。這就是問題所在。

頭一次我以為她衝著某個闖進我們房裡的陌生人尖叫。我猛然坐起，心臟幾乎跳出胸口。她被我突然的舉動吵醒，人還沒完全醒來就失聲痛哭。

「甜心，」我說。「沒事、沒事，我在這裡。」

怎麼可能沒事？

她的口氣非常凶狠，我幾乎想要起身，抱起枕頭走到隔壁房間去睡。清晨三點，我深愛的女人在黑暗中啜泣，我卻想要跟她說她剛才嚇壞了我。我們的星球豈不是經常上演這套戲碼？我們的生命豈不是經常懸置於愛人與愛己之間？說不定其他星球並非如此。但我想應該差不多。

「艾莉，怎麼了？跟我說一說，事情就會過去。」我們總是喜歡說，請告訴我一切。什麼事情都可以跟我說。其實這句話始終有個心照不宣的但書：可以說的一切，都算不上可怕。

我不能跟你說。事情也不會過去。

她慢慢醒過來，啜泣聲也隨之平息。我再試一次。「我能做什麼？」

她秀給我看：閉嘴，抱抱她。此舉似乎微不足道，好像誰都做得到。她在我懷裡沉沉入睡。

她起得早。到了吃早餐的時候，昨晚的一切好像都沒有發生。她處理郵件，整個人沐浴在晨光中，好像一株生氣蓬勃的綠色植物。我以爲這會兒她或許願意告訴我哪些可怕的事讓她在尖叫中驚醒，但她沒有主動開口。

「妳昨晚幾乎崩潰。做惡夢了？」

她微微顫抖。喔，親愛的，別問了。

她的神情帶著哀求，拜託我就此打住。她不信任我；我不是一個眞正有信念的人。我掩藏那樣的心思，但她一眼就看穿我。

*我只是做了一個最可怕的惡夢。*她四下環顧，試圖找出一套不必說出細節也能安撫我的說詞。

「我最可怕的惡夢是，我們在一個陌生的城市，警笛嗶嗶響，妳迷路了，我卻找不到妳。」

她搖搖頭，但笑容變得勉強。人類遭逢天大的災禍，我卻浪費精神擔心這麼一件小事。

他們覺得我們神經質，席歐。他們說我們是一群瘋子。

那群受到蔑視的「我們」不包括我。她指的是跟她同夥、能夠感受其他物種之痛的友伴。

為什麼大家都看不到發生了什麼事？

我愈來愈習慣她半夜尖叫，到後來甚至不會被她吵醒。日子久了，她逐漸會跟我分享她的心事。在她的夢中，其他生物都會講話，而且她聽得懂。它們跟她說這個星球上果眞出事了，種種苦難難以預見，卻殘酷得令人無法想像，目的只在滿足人類的貪婪。

白天，她拼命工作。她到州政廳遊說的那些日子裡，我經常開車送她過去，晚上到南側階梯的底階接她。當天的工作成果大多令她滿意。但晚上喝了兩杯紅酒，爲她那隻溫馴的小狗讀詩之後，她可能再度陷入恐慌。

當它們全都消失，情況會是如何？如果只剩下我們呢？結局到底會怎樣？

我說不出答案。我們相擁而眠，盡量撫慰彼此。每隔幾晚，她依然在尖叫聲中醒來。

但她一直奮戰到最後。她天生就是個戰士。有天下午，我看著她在浴室的鏡子前上腮紅、刷睫毛、噴髮膠、塗上亮色唇膏、整裝打扮準備上戰場。她幫忙草擬了一份非人類權利法案，打算在上中西部各州推廣，這表示她必須訴諸人類的情感，試圖說服十個州府內負責立法的女士與男士。

一個都不可以放過，不是嗎？

巡迴遊說將在今晚拉開序幕，而且以她的大本營爲起點，在威斯康辛州議會的南翼大樓答辯。她輕哼一首自己胡謅出來的小曲。*布穀鳥是隻好鳥兒，會唱也會飛。當牠咕咕、咕咕叫，夏天就快到。*她支持的法案超前現今這個時代數十年，根本不可能通過，她也很清楚。但艾莉著眼於長久——只要還有時間可以盤算，她就會繼續周旋。

她從浴室裡走出來，豔光四射。她故作嬌羞地看著我。*喂，你就是那個曾經讓我樣講話結*

結巴巴的傢伙。她刻意撩我，算是獎賞我。

她需要車子去參加稍晚的酒會，所以她不介意大費功夫在市中心找停車位。我陪她走到車道，她一手搭在駕駛座的車門，身子往前一傾，喜劇效果十足地朝向空中比劃。好吧，諸位復仇者，集合囉！她親我一下，輕輕咬我的嘴唇，然後開車前往州議會。在那之後，除了指認她的屍體之外，我在這個星球上再也見不到她。

愈來愈多人來回走動。人們開始注意到羅賓。幾位女士特意走近，確定他沒事。男士們從他身旁走過。一位做了頭髮、髮色灰白、身穿黑色西裝裙套裝、神似我岳母的女士走向他，好像準備打一一九。我正要過去干預，但羅賓安撫了她。她把手伸進皮包，拿出一把紙鈔，試圖塞到他手裡。他瞄了我一眼，眼神中帶著哀求，但他知道規定。示威活動嚴禁從事募款。

他成功散發一些傳單，大多發給行色匆匆、一臉困惑的路人，他們並未駐足閱讀，傳單幾乎全被丟進放置在公園各個角落的垃圾桶。我估計他這項探索參與性民主的實驗頂多持續一小時，明天在課堂上做個簡短的口頭報告，此事就會落幕。但他滿懷神聖的使命感，再加上做了許多小時的神經反饋訓練，我這個兒子居然變成帶有禪意的戰士。他認眞投入，構思出一套輕鬆有趣的俏皮話，藉此招攬走過寬廣石板地的人們。

我坐在沒有靠背的長椅上，在我的筆電上修改一個模擬大氣層的程式，科學家剛剛發現一顆三十光年之外的超級地球，這個程式能夠模擬大氣層的演化。我比他先肚子餓。我走過去找他，遞給他裝了果汁的保溫杯和昨晚他幫我們做的午餐。他狼吞虎嚥地吃下半個鷹嘴豆泥酪梨三明治，把我趕回我的觀哨站，然後趕緊使勁揮舞他的海報，藉此彌補先前缺席了幾分鐘。

午餐後，時間慢了下來，宛若相對論的思想實驗。我把接上手機的筆電穩穩擱在膝上，假裝專心工作，一隻眼睛不停瞄著我那培訓中的小小環保鬥士。

我的收件匣塞滿尚未回覆的緊急郵件。系上中國研究生的學生簽證被撤銷，甚至包括我的研究助理金井。金井是個死忠的綠灣包裝工球迷，比我更了解美國，但我們的總統對外國勢力和所謂媚外的科學菁英宣戰，金井因而白白成了犧牲品。在那些人眼中，上帝顯然只在一個星球上創造了生命，而那個星球上只有一個國家可以掌理一切。系上預計在傍晚召開緊急會議。

當我抬頭看看羅賓在做什麼，他已經強行攔下一個衣裝筆挺、白髮蒼蒼的黑人男士。我兒子揮舞他手繪的海報，陳述一些零散數據。對方一臉懷疑地聆聽，然後開始質問羅賓。

我闔上筆電，走了過去。「沒事吧？」

黑人男士轉身打量我。「這是你兒子嗎？」

「抱歉，你覺得他做了錯事嗎？」

「我覺得你做了錯事。」他聲音宏亮，不太友善，似乎無法容忍愚蠢的人。「是你叫他這樣做嗎？他爲什麼沒去上學？是你叫他操縱陌生人嗎？你到底在打什麼如意算盤？」

這是我的示威，羅賓說。我跟你說過了。這跟他沒關係。

「你把他一個人丟在這裡、沒人監督他。」

「我才沒有丟下他。我坐在那邊盯著他。」

黑人男士轉向羅賓。「你剛才爲什麼沒跟我提到這一點？」

我們做的每件事情都合法。我只是試著讓大家相信事實。

黑人男士又朝向我轉身，伸手指海報。「幫幫我，我快死了。你讓一個小孩自己舉著牌子站在公共場所，你不覺得有什麼不對嗎？牌子上還寫——」

「恕我直言。」我把顫抖的雙手握在背後。我已經很久沒有打斷任何人說話。「你哪有資格告訴我怎樣教養我的小孩？」

「我是州議會少數黨領袖的幕僚長，而且養大了四個爭氣的孩子。你讓這個小男孩自己站在這裡，舉著這樣的牌子，這是哪門子的教養方式？你應該幫他聯絡現有的團體，他可以幫忙聯絡其他孩童、寫寫信、參與一些有用的計畫。」他直視我雙眼，搖了搖頭。「我應該舉報你虐待孩童。」

然後他轉身走上階梯，消失在州政廳中。我好想在他背後大喊：你所謂的「爭氣的孩子」是什麼意思？

我看著羅賓。他把海報的一角揉成一團，神情沮喪。他初嘗議事挫敗，而他的法案甚至尚未起草。

我叫你不要過來，他大喊。我自己會處理。

「羅賓，你在這裡待很久了，我們回家吧。」

他沒有抬頭看我。他甚至沒有搖頭。我要待著，而且我明天還要來。

他的眼中浮現出對他同類物種的嫌惡，恨意灼灼，跟他海報上那幾個大字一樣鮮明。他的大腦拚命想要自行琢磨出情緒的波動，把一個個圓點移來移去，讓它們在特定的區塊裡發光收縮。他垂頭喪氣地轉身。我以爲他打算拔腿狂奔、大喊大叫，或是把海報往地上一砸。當他再度開口說話，他的聲音聽起來細小又失落。

媽媽怎麼辦得到？她天天都在做，而且一做做了好多年。

我找不到伊索拉星。我橫跨各個遼闊的銀河，尋覓多年卻一無所獲。我兒子隨行，跟我作伴，見證了我的困惑。

「應該在這裡。所有的數據都這麼說。」

他已經不怎麼相信數據。我兒子對其他星球愈來愈沒有信心。奇怪的是，我們從遠方看得到它。光度測定、徑向速度、重力透鏡效應，在在顯示出它的確切位置。我們知道它的質量和半徑。我們已經計算出它的自轉與公轉，也已將誤差範圍減低到極小。但當我兒子和我來到跟它相距數千公里的位置，它卻消失無蹤。它應當所在之處空空蕩蕩，放眼望去一片空無。

他陳述他覺得顯而易見的事實，藉此表達對我的同情。它們躲著我們，爸。伊索拉星的生物潛進我們的腦子裡，躲了起來。

「什麼？怎麼躲？」

它們生存了十幾億年，看懂了一些事情。

他累了，無法忍受我居然看不出來。跟人類的任何接觸會有好下場嗎？從古至今，歷史已經一再回答這個問題。

這就是為什麼宇宙靜悄悄，爸。大家都躲了起來。最起碼所有聰明的生物都躲開。

「但我們已經看到眞正的進展，」馬提・柯瑞爾說。「這點你不能否認。我們已經超過任何人的預期。」

我們坐在一家港式點心餐館的雅座，餐館冷冷清清，幾乎快要因爲亞洲學生的簽證危機而關門大吉。整個校園，甚至全美國的學府，全都人心惶惶。那些簽證尙未遭到褫奪的外國學生躲在室內。原本熱熱鬧鬧、都會感十足的暑期班縮減到只剩下幾個自覺安全無虞的白人。

柯瑞爾下巴一抬，說出重點。「沒有人保證他會痊癒。」

我眞想一巴掌打翻他的杯子，把整杯咖啡潑到他臉上。「他不肯起床。光是叫他穿衣服就得花九牛二虎之力。他不想出門。我們一吃完午餐，他就準備上床睡覺。幸好現在是暑假，不然他的學校又會數落我。」

「他這個樣子已經……？」

「好幾天了。」

柯瑞爾用筷子把一個餃子夾到嘴邊，他嚼了嚼、喝口茶，茶水消融不了麵皮和他的自尊，他呑不下去，哽在喉頭。「說不定我們應該考慮試一試劑量很低的抗憂鬱症藥物。」

我一聽到「抗憂鬱症藥物」，心中頓時充滿恐慌。他看了出來。

「美國有八百萬名孩童服用精神科藥物。吃藥並非最理想的解決之道，但藥物可以奏效。」

「如果八百萬名孩童都還在吃藥，藥物八成不怎麼奏效。」

這位資深的研究教授聳了聳肩。至於是讓步或是反對，我看不出來。我試圖提出解釋。「羅賓可不可能……我不知道，嗯，他是不是開始習慣那些訓練課程？效果可不可能消退得比較快？」

「我覺得不可能。對大部分受試者而言，每次訓練課程的效果通常持續好幾星期。」

「那他爲什麼又在走下坡？」

柯瑞爾抬頭盯著我們對面牆上的電視螢幕，在破紀錄的高溫中，成群致命的細菌正沿著佛羅里達州的海岸線蔓延。總統正在告訴記者們：說不定這是百分之百正常。說不定不是。大家都說……。

「說不定他的反應完全可以理解。」

「這話什麼意思？」我問，即使我心裡有數，打了個冷顫。

他皺眉蹙額，看起來竟然眞像是微微一笑。「臨床醫生和學者專家對於何謂心理健全，很少意見一致。面對棘手的狀況時，若是能夠有效率地應對，算不算心理健全？說不定重點在於能否做出適當反應？一味樂觀未必是最健康的應對方式……。」他朝著電視點了點頭。

我心裡升起一個可怕的念頭：說不定過去幾個月的神經反饋訓練對羅賓造成了傷害。面對這個基本上已經破碎的世界，你的同理心愈強，承受的痛苦也愈深。問題並非羅賓又在走下坡，而是其他人爲什麼一直樂觀得讓人抓狂。

柯瑞爾朝著空中揮揮手。「他在自我控制和心理韌性的分數都提高很多。因應未知的能力也比剛開始參與實驗時進步多了。沒錯，他依然生氣，也依然沮喪，但是，席歐，說眞的，最近這些時候啊，如果他不生氣，我反而會擔心。」

我們吃完午餐，我拿起帳單，馬提爭辯爲什麼是我請客，但沒有搶著付帳。我們穿過校園走回他的研究室。我忘了抹防曬油，眞是大錯特錯。雖然才六月，我幾乎已經無法呼吸。柯瑞爾也熱得受不了。他拿著一個醫療用口罩遮住臉。「抱歉，我知道這看起來很可笑，但我的過敏非常嚴重。」最起碼我們不在南加州，那裡因爲野火引發的嚴重空汙已經讓數百萬民眾受困在室內。

「解碼神經反饋」的護佑似乎即將告終。過去這一陣子，「解碼神經反饋」讓羅賓常保快樂之心，也讓我無需強制我的孩子服藥。現在連柯瑞爾都建議不妨服藥。他在學校再犯個小錯，決定權就不再操之在我。

「他一直問我艾莉怎麼可能年年打著毫無勝算的仗，卻始終沒有被打倒。」柯瑞爾的臉被口罩遮住，我看不出他有何神情。我逕自說下去。「我也有同樣的疑問。她以前會生氣，也會沮喪，而且經常如此。」我不在乎跟這位昔日與她一同賞鳥的老朋友提及她晚上做惡夢。「但她挺得過來。」

他微微一笑，但笑聲盈盈，即使他的臉被口罩遮住，我依然聽得到。「他媽媽的生理心理反應絕佳。」

我們在「探索中心」附近的大學道暫且停步，之後我們就各走各的。我以爲他會重申他的建議，於是我等著聽他建議應該讓羅賓嘗試什麼不同的藥物，從錯誤中找到合適的療方，但他脫下口罩，臉上浮現我無法解讀的神情。

「我們可以學習她的訣竅。羅賓可以親自告訴我們。」

「你到底在說些什麼？」

「我留下艾莉的實驗結果。」

怒意從四面八方襲來，但我氣得半死又有何用？「你說**什麼**？你保留了我們的紀錄？」

「我只保留其中一份。」

我根本不用想就知道他保留了哪一份。他肯定丟棄我的仰慕與悲傷，艾莉的警覺八成也被他扔了，但他保留了她的「狂喜」。

「你是說你可以把艾莉的腦波掃描圖當作範本訓練羅賓？」

柯瑞爾低頭端詳水泥地，似乎正在評估這個點子有多麼驚人。「你兒子可以學習如何把自己置放在他媽媽的情緒狀態。他說不定會受到激勵，甚至得到他需要的答案。」

情緒色盤的種種顏色在我周遭打轉。象徵興趣的淺橘漸漸淡去，取而代之的是象徵恐懼的深綠。過往迴旋翻轉，有如未來一樣模稜兩可。我們且戰且走，編造出我們在這個星球上的生命情事，肯定就像我爲我兒子講述床邊故事，編造出我兒子還沒聽膩的異星見聞。

我站在路口，兩條長長的人行道在此交叉，放眼望去沒有半個亞州學生。三十多年來，我讀了兩千多本科幻小說，卻錯失某個顯而易見的事實：宇宙中，沒有一個地方比這裡更奇怪。

這個問題讓他下床。他看著我，表情像星星在閃。他們有媽媽的腦波圖？她參加了實驗？

我回答他的問題，盡量地語帶保留，但這都無所謂，他幾乎撲到我身上。

天啊，爸！你為麼沒有告訴我？

他雙手捧住我的臉頰，一本正經地叫我發誓沒有說謊。那就像是我們無意中發現一個沒有人知道它存在的影片片段，片中錄下已被永遠封存的一日。他的心中盈滿祥和，好像不管結果如何，一切都將安然無恙。他轉頭望向臥室的窗外，凝視夏天的小雨。他的眼中散發出祥和與決然，似乎準備好坦然接受所有他將面對的事情。他絕對不會再被打倒。

他接受第一次測試時，我在實驗室的玄關踱步。他在裡面待了九十分鐘。彩色的圓點、升降的音調等反饋，協助他找出他媽媽的腦波模式，誘使他亦步亦趨。我面露微笑，佯裝沉著，其實心裡一點都不鎮定。羅賓肯定知道我急著聽聽任何他可以告訴我的細節。

琴妮帶他走出測試室。她一手摟住他的肩膀，他伸手抓住她實驗室工作服的衣袖。琴妮看起來跟我一樣試圖裝出沒事的模樣。她傾身問：「小天才，你還好嗎？要不要到我的研究室坐一會兒？」

他很喜歡坐在琴妮的桌前閱讀她收藏的嬉皮風漫畫。他通常馬上說好，這時他卻搖搖頭。我沒事。然後補了一句：謝謝，正如他媽媽生前上百萬次的告誡。

他在艾莉的大腦邊緣系統裡摸索了一個半小時。每次讓音調升高下降，或是將圓點移向螢幕的各個目標時，他就引導自己追趕艾莉多年前的那一天曾經體驗的狂喜。即使他們母子已經不可能交談，但最起碼在他的腦子裡，他又跟他媽媽講話了。我必須知道她說了什麼。

他在實驗室的另一頭看到我。他眼睛一亮，神情既是興奮，也是猶豫。我看得出他多麼想要跟我說他剛才去了哪裡，但他無法形容那個奇妙的行星。

他放開琴妮的袖子，從她胳臂下鑽出來。她一向專業的神情罕見地難掩落寞。羅賓走向我，行走的姿態不同於以往，步伐跨得比較大，比較像在探索。走到距離我十步遠時，他搖了搖頭，跑過來抓住我的胳臂，把耳朵貼在我身上。

「還好嗎？」我淡淡地說，字字溫吞。

那是她，爸。

我雙腿腿肚一陣灼熱。羅賓的想像力太過豐富，他會把丁點般的墨跡渲染得多麼複雜？但現在這麼想已經太遲。

「感覺……不一樣嗎？」

他搖搖頭，倒不是回答我的問題，而是對我的欲蓋彌彰感到不以爲然。我們排定下星期的時間。我跟琴妮和兩個博士後研究員閒聊。我感覺自己置身在我的經典惡夢，夢中我在公眾場合發表演說，但直到事後才發現自己的皮膚是綠色。羅賓拍拍我的背，輕輕推著我朝向走廊前進，試圖把我從種種情緒中拉回現實。

我們走到停車場。我連珠炮似地發問，唯獨略過我這把年紀的成年人不該問的問題。他只回答是或不是，聽來遲疑，而非不耐煩。直到我把我的通行證插進停車場的收費機、閘門緩緩上升，他才跟我坦述。

爸？你記得山上的第一個晚上，我們在小木屋裡透過望遠鏡看天空？

「記得。我記得很清楚。」

就是那種感覺。

他雙手舉到他的小臉前面，朝向左右兩側伸開，好像打開一扇門。某些回憶令他稱奇，不是漆黑的夜空，就是閃耀的群星。

我在校園大道轉彎駛向家中，雙眼直直盯著路面。開著開著，坐在駕駛座、感覺宛若陌生人的羅賓，用我幾乎認不出來的聲音說，你太太愛你。你知道的，對不對？

我留心他起了哪些變化。說不定是我在提醒自己，因爲我知道他正在模擬哪個人的情緒。但只做了兩次實驗，他心中那片因爲州議會示威草草收場而漫起的陰霾，似乎已飄散爲縷縷煙雲。

六月底的一個星期六，我叫他起床。他喃喃抱怨，不喜歡那種被叫醒、忽然被太陽照到的感覺。但最起碼他從枕頭上抬起頭來，咧著嘴笑笑跟我抱怨。

爸！我今天要受訓嗎？

「是的。」

好耶！他用搞笑的聲音，細聲細氣地說。因為啊，你知道的，我真的需要受訓呢。

「訓練完了之後要不要去划船？」

真的假的？在湖上划船？

「不然在哪裡划？我們家的後院？」

他作勢咆哮，朝我露出一口白牙。算你運氣好，我不是肉食動物，不會一口把你吃掉。

他挑選今天要穿的衣服，看來有點惆悵。啊，這件襯衫，我都忘了這一件。這件襯衫不錯，我怎麼從來沒穿過？他衣衫凌亂地走進客廳。你記得那雙媽媽給我的襪子嗎？襪子毛茸茸、腳趾頭分開、每個都有小小的爪子？那雙襪子到哪裡去了？

這個問題令我畏怯。長久以來，我已經習慣昔日的他。我確定接下來他會哇哇大叫。「羅賓，襪子一定太小了。」

我知道，哎喲，還用你說嗎？我只是好奇。襪子是不是還在其他地方？有沒有哪個小孩穿上它，覺得自己是半熊半人？

「你怎麼想到那雙襪子？」

他聳聳肩，倒不是迴避問題。媽媽。怪異的思緒湧上我的心頭。我還來不及盤問他，他就問我，早餐吃什麼？我好餓！

他吃下每一樣我擺在他面前的餐點。他想要知道燕麥片有什麼不同（沒什麼不同）、橘子汁爲什麼如此濃郁（沒什麼原因）。我把桌子清乾淨，他坐在桌旁，輕哼我聽不出來的旋律。多年前的那一天，他們掃描艾莉的腦部時，我發瘋似地想要知道艾莉的狂喜來自何處，此時此刻，同樣的好奇再度排山倒海般襲來。我的兒子——她的兒子——瞥見了來源，但他不能跟我說。

我開車送羅賓過去神經科學實驗室，讓他以他媽媽的腦波圖爲範本進行另一次實驗。他和琴妮已有一套他們習慣的程序，我在旁邊看了幾分鐘，看著他如何藉由腦力把圓點在螢幕上移來移去。然後我走到走廊的另一頭，順道造訪柯瑞爾。

「席歐！眞高興見到你！」他肯定話中有話，這話出自他口中，聽著就跟其他人講起來不一樣。這傢伙發出的每一個音節都讓我不爽。我得讓他那部同理心機器幫我訓練一、兩回。「羅賓還好嗎?」

我大力主張我們應當謹慎，最好不要過於樂觀。馬提靜靜聆聽，神情有所保留。

「他說不定喚起了相當程度的自我暗示。」

羅賓當然會喚起自我暗示。我也會自我暗示。這些改變說不定全都出於想像。但腦神經科學家們深信，即使只是想像，也有可能果眞改變我們的腦細胞。

「這一梯次的訓練跟之前有什麼不同?人工智慧誘導的反饋有沒有改變?艾莉的腦波圖是不是來自不同的區塊?」

「不同?」柯瑞爾挺直身子，嘴角微微一揚，望似微笑。「當然不同。我們已經補強掃描的解析度。人工智慧不斷向羅賓學習，跟他的互動也愈來愈有效率。喔，沒錯，艾莉腦波圖的區塊在舊皮層，跟我們先前使用的範本不太一樣。」

「所以，換句話說……一切全都不同。」我已經問了我想要了解的疑惑。唯獨沒有問起那個我最想知道答案的問題。艾莉當時不肯說，我相當確定柯瑞爾也沒辦法告訴我。

但我心想：說不定他可以。這個念頭徐徐爬過我濕黏的全身，讓我發麻。說不定羅賓不是第一位造訪艾莉腦部區塊的人。我想要問一問，但生怕問了會讓自己像個瘋子。說不我只是非常害怕我會聽到的答案，所以不敢發問。

羅賓甚至高高興興地幫船艇充氣。通常他不怎麼熱心踩打氣筒，隨便踩個兩分鐘就宣告放棄。那天他甚至沒有請我幫忙。眼看一團軟趴趴的橡膠膨升爲一艘船艇，而我兒子連一聲都沒抱怨。

我們在一個告示板附近下水，告示板以西班牙文、中文、苗文標示出捕魚的上限。羅賓上船時不注意滑了一跤，鞋子陷進淤泥裡，湖水浸濕了膝蓋，讓他懊惱大叫。但當他爬回船上，他馬上低頭看著自己的雙腳，一臉困惑。*嗯，這倒奇怪。不過只是湖水，我幹嘛大驚小怪。*

我們用力划著平底的橡皮艇，花了好久才前進一百公尺。划槳時，他一直盯著岸邊。我早該知道他在找什麼。鳥；那一隻隻防堵他媽媽陰鬱思緒的小東西。他原本就對鳥感興趣。但近來他以他媽媽的腦波圖爲範本受訓後，對於鳥的興趣已經轉變爲一股深植於骨髓的熱愛。

一個灰色的影子飛快掠過我們的船槳。他朝著我揮手，示意暫停划槳。他已經好一陣子沒有像現在這樣不安，連聲音都蒙上陰鬱。*爸，牠是誰？牠是誰？我看不到。*

那是一隻以湖岸爲家，尋常到連我都知道名稱的小鳥。「我想那是草雀。」

*黑眼或是灰藍眼？*他轉頭看我，確信我可以告訴他。我不行。他媽媽的聲音在我耳邊響

起。旅鶇是我最喜歡的鳥類。

我們又划了一會兒——在人類已知的運輸方式當中，划船可說是最緩慢的一種。划到湖水較深處時，他舉起他的船槳。爸，你可以接手嗎？我在想其他事情。

我兩手划槳，以免我們的小船在湖上旋轉。羅賓一手搭在船緣，一隻彩蝶停歇在他微濕的胳臂上，顏色比彩繪玻璃更加斑斕。他屏住氣息，讓這位突如其來的訪客踉踉蹌蹌地飛舞。彩蝶飛了飛，悄悄停歇在他臉上，輕盈地走過他緊閉的雙眼，然後拍拍翅膀，翩然離去。

羅賓往後一躺，靠向舷緣，端詳天際。他的雙眼搜尋著我們露宿大煙山那晚所看到的點點繁星，繁星全數仍在天際，只不過被光遮沒。我們優游於肉眼難見的繁星之下，乘著充氣的小船越過平靜的湖面。

我原本想像周遭只有我們父子。但我愈看著羅賓，愈感覺自己置身在生物群中。飛舞的生物，潛游的生物，滑越湖面的生物。沿著湖岸蔓生、爲湖泊注入生氣的生物。四面八方嘰嘰啾啾，好像各個電臺即興播放的前衛音樂。船首另有一個龐大的身影，看來是我，其實不然。當他開口，我嚇了一大跳，幾乎讓我們翻船。

你記得那一天嗎？

他已把我遠遠拋在後方。「羅賓，哪一天？」

你和媽媽錄下你們情緒的那一天。

我當然記得，而且出奇清楚。我記得艾莉和我多麼渴求彼此。我記得我們把自己鎖在房間裡。我記得她不願意告訴我什麼事讓她狂喜。我記得她隔著緊閉的房門大喊，一再跟我們的兒子保證萬事ＯＫ。

那天你們兩人不太對勁，兩個人都怪怪的。

他不可能記得這件事。當時他年紀很小，那天下午也沒有什麼事情格外讓他印象深刻。

好像你們都有重大的祕密。

我耳邊又響起我太太的輕聲細語。你記得那個祕密，席歐，對不對？

我一邊划槳力抗小船旋轉，一邊放慢呼吸。「羅賓，你怎麼想到這事？」

他沒有回答。艾莉繼續逗我。他當然記得。他爸媽都怪怪的。

「柯瑞爾博士有沒有提到那一天？他問你問題嗎？」

羅賓翻身趴臥，小船隨之搖晃。他瞇著眼睛凝視遠方的湖岸，似乎試圖望向未來。媽媽有沒有刺青？

他不可能知道。我不敢問他怎麼知道的。艾莉在我們相識前就有刺青。法學院頭一年，她念得非常不順，亟需爲自己的心理補強，熬過洩氣沮喪的一年。於是她想出一個點子：她在身上刺了一朵最溫順的野花，四片扇狀花瓣環繞著中央小小的雄蕊和花藥，印蝕在她的肌膚上。

「那原本應該是一朵小花，花名跟她的名字一樣。」

香雪球[29]？

「沒錯。」

但後來出了錯？

「她不喜歡刺出來的樣子。有人跟她說看起來像個扭曲的笑臉。所以她請刺青師把它改成一隻蜜蜂。」

結果蜜蜂的樣子也很滑稽。

他讓我心煩意亂。「沒錯。但她說蜜蜂就蜜蜂吧。她可不想一改再改，結果身上被刺了一隻滑稽古怪的小馬。」

他朝著湖面轉頭。他可沒笑。

「羅賓？你為什麼問？」

他在休閒運動衫下的肩胛骨突出，好像被截斷的鳥翼。爸，你覺得她那天在想什麼？那種感覺好奇怪，好像……好像走進一片樹齡一百萬年的森林。

我想要哀求。拜託給我隻字片語。拜託給我一樣她遺留下來的小東西。我已經漸漸失去對她的感覺，偏偏羅賓無法告訴我。或是他不願告訴我。

他把下巴靠在船緣，凝視湖面。起起伏伏的湖水是另一個世界的汪洋，我跟他年紀相當時讀過一個故事，故事中曾經提到那樣的世界。他睜大雙眼，探看隱身於深青的湖水、人類肉眼難以

---

29 艾莉莎的英文是「Alyssa」，香雪球的英文是「Alyssum」，兩者音似。

瞧見的千百隻小魚。

爸，大海是什麼樣子？

大海是什麼樣子？我無法告訴他。大海太遼闊，我的詞彙太有限，而且言不及義，怎麼回答得了他的問題？我把手擱在他的小腿的腿肚。這似乎是我最好的回答。

你知不知道世界上的珊瑚再過六年就會滅亡？

他的聲音輕緩，神情哀傷。世界上最令人驚嘆的生態系統即將畫下句點，而他將永遠無法瞧見。他抬頭看著我，腦中烙印著艾莉的鬼魂。所以我們該怎麼辦？

塔蒂亞星第一次滅絕時，彗星把星球撞得分裂，三分之一的塔蒂亞星被撞成一顆月球，星球上的生物無一倖免於難。

億萬年之後，大氣層漸漸復原，水域再度流通，生命重現星火。細胞習知種種共生共存的花招，大型生物再度漫布星球的各個角落，然後遠方的一道伽瑪射線突然暴增，融化了塔蒂亞星的臭氧保護層，紫外線輻射幾乎扼殺一切。

海洋最深處的零星角落逃過一劫，因此這回塔蒂亞星無需日久月深就重現生機。靈巧的林木再度萌芽滋長，前進橫越各個洲陸。一億年後，當鯨豚類生物正要開始產製器械與工藝品時，鄰近一個星系發生超新星大爆炸，塔蒂亞星只好重新再來。

塔蒂亞星距離銀河系的中心太近，難以自外於其他星球的劫難，這正是問題所在。塔蒂亞星始終難逃大滅絕。但次次劫難之間總有一段承平時期。歷經四十次滅絕之後，承平時期持續得夠久，足使文明扎下根基。睿智的熊人興建村落，精研農業。他們整治河川，引導電流，建造簡單的機械。但當他們的考古學家揭露塔蒂亞星曾經屢遭滅絕，他們的天文學家設法想出原因何在之際，社會卻分崩瓦解、自行毀滅，距離下一次超新星大爆炸甚至尚有千年之遙。

這種狀況也一再發生。

但我們過去看一看，我兒子說。我們非得看一看。

等到我們抵達時，塔蒂亞星已經死而復生了一千零一次。它的太陽已經老化，不久就將膨脹吞噬整個世界。但塔蒂亞星的生命持續演化，造就出無止無盡的舞臺。它渾然不知。它不得不如此。

我們在塔蒂亞星稚幼的高山間發現種種生物。它們形若長管，或若枝桿，而且好長一段時間動也不動，致使我們誤認它們是植物。但它們親切相迎，將「歡迎」二字直接置入我們腦中。

它們探測我兒子。我可以感覺它們的思緒徐徐探入他的腦中。你想知道你應不應該警告我們。

我心驚膽跳的兒子點了點頭。

你希望我們趁早做準備。但你不想帶給我們痛苦。

我兒子又點點頭。這會兒他哭了。

別擔心，劫數難逃的管狀生物告訴我們。「無止無盡」可以是恆久虛無、無聲無息，但也可以像我們這樣循環不止、生生不息。我們這樣當然比較好。

墨西哥灣夏季洪水氾濫，三千萬人的飲水遭到汙染，肝炎和沙門氏菌感染症橫行美南各州。大平原與西部各州暑氣逼人，年長民眾因爲熱壓力而喪命。加州聖貝納迪諾起了大火，而後內華達州卡森市也遭火舌吞噬。某個自稱「X理論」的組織號召武裝民兵巡邏大平原各州的市鎮街道，搜尋所謂的外國入侵者，至於哪些人是外國入侵者，尚屬未知。於此同時，一種新型稈銹病造成黃土高原各地的小麥減產。七月底，達拉斯的「眞正美利堅」示威行動演變成種族暴力衝突。

總統再度宣布國家進入緊急狀況。他動員六州的國民警衛隊，派遣軍隊前往邊境抵抗非法移民：

非法移民嚴重威脅每一個美國人的安危!!

西南部各州氣候異常，導致美洲壁蝨的災情大爆發。羅賓對這件事很感興趣。他請我把我讀過的相關報導全都唸給他聽。這或許不是一件壞事，爸。說不定甚至可以解救我們。

最近他經常發表奇怪的言論，我通常不表示異議，但這次我有意見。「羅賓！你怎麼可以說這種話！」

我是說真的。這樣的感染讓大家對肉類過敏。大家如果都不吃肉，說不定是件好事。我們的糧食可以多餵飽十倍的人口！

這番話令我不安。我眞希望艾莉插手管一管這個男孩。問題就在這裡：艾莉已經插手了。他以他媽媽的狂喜爲範本做了第四次訓練。不久後要再做第五次。每次訓練都讓他更開心、更讓人摸不著頭緒。他話講得愈來愈少，即使他愈來愈關注周遭，也愈來愈願意傾聽。他在筆記本裡塗塗寫寫，速度之快，有如一株生長中的植物。

晚餐後，他走進我的書房，我正坐在桌前寫程式。我今天比昨天好一點嗎？

「這句話是什麼意思？」

我的意思是，昨天我覺得什麼都打不倒我。今天？唉！

他不耐煩地長嘆一聲，隱隱帶著怒氣，他媽媽昔日槓上庸碌無能的公家機關時，也會這樣。然而即使當他緊抓著我，因爲心中不明的沮喪而搖頭，他依然散發出柔緩的氛圍。他已經愈來愈習於這個新的自我。

日日是好日。他拿著他的數位顯微鏡坐定觀測，一坐就是好幾個鐘頭。他可以凝視尋常的事物，大半個下午靜靜素描。後院的鳥屋，貓頭鷹吐出的食繭，甚至橘子的黴菌都令他著迷。他依然會像往昔一樣生氣害怕。但怒氣與恐懼不會久留，而是快快從他心中滲出，在他寧靜的心田留下各式各樣的珍寶。

那個站在州議會階梯、揮舞手繪海報示威的男孩已不復見。我應該鬆一口氣。但每晚上床時，我想到我那往昔焦躁不安的兒子，內心不禁悲從中來。

我做出一件可怕的事。我偷看了他的筆記本。成千上百年來，數以百萬計的父母做過更糟的事，而他們的理由通常更加正當。我無法假裝他需要控管。我沒有理由竊聽他的思緒。我只是想要監聽近來他和艾莉的亡魂會。

八月一日，當他問我可不可以在後院露營，我動手了。**我真喜歡晚上待在戶外。外面好熱鬧。大家都在跟彼此說話！**

你從屋裡就可以清楚聽見戶外的聲響：樹蛙大合唱，蟬齊聲高歌，捕食蟬的夜鳥嘰嘰啾啾高唱獨角戲。但他想要置身在這些聲響之間。我生性膽怯的兒子居然要求獨自在戶外過夜，簡直令人訝異。我欣然雀躍。世界或許正在分崩離析，但我們家的後院感覺依然安全。

我幫他搭帳篷。「你確定不要我陪你嗎？」我只是隨口問問；我已經開始策劃我那樁不法的勾當，打算晚上偷看他的筆記本。

我靜待他帳篷的燈火熄滅。他的筆記本擱在書桌上，放在晶球書架之間。他信任我。他知道我絕對不會暗中偷看。我找到最近期的一本，本子的封面以花俏的字體寫著羅賓·拜恩的私人觀察。我翻閱瀏覽，心中倒是沒什麼罪惡感，直到我看到筆記本裡寫了什麼。羅賓提都沒提他媽媽，也沒提到我。他甚至隻字未提他有何企盼或是恐懼。整本筆記本只是素描、隨筆、描述、問題、猜測、感懷，儼然出自另一人之手。

下雨的時候雀鳥到哪兒去了？
一隻鹿一年能走多遠？
一隻蟋蟀記不記得怎麼走出迷陣？
如果青蛙吃下蟋蟀，牠會不會比較快搞懂迷陣？
我呼氣讓一隻蝴蝶變暖，讓牠活了過來。

一頁幾乎空白的紙上寫道：

我好喜歡小草。小草從底部生長，而不是從頂端冒出來。如果有個小東西吃了草尖，小草不會因此死亡，只會長得更快。真是太神奇了！

在此宣言下方，他畫了一株小草，而且標註葉片、草桿、節點、葉環、嫩芽、草籽、穎片等部位，他從別的地方抄錄這些名稱，但看起來似乎全是他的創見。他在伸展的葉片上畫了一個圓圈，在旁邊加註問號：中間這個皺褶叫做什麼？

我的心中升起雙重羞愧，臉頰不禁漲紅。我正在偷看我兒子的筆記本，而且這也是我頭一次好好觀看小草的葉片。我忽然興起一種非常怪異的感覺：這些紙頁似乎全都來自墓中的口述。我把筆記本放回原位。隔天早上，當他回到屋裡、走進他的房間，我生怕他說不定會從紙上聞到我指印的氣味。

出門探險吧？他問道，然後帶著我在附近走了一圈。我從沒看過他走得這麼緩慢、這麼經常轉頭。「狂喜」一詞並不適切。艾莉的激奮與熱情在羅賓的心中變得柔和，轉化為某種比較圓融、比較即興的情緒。世界半數物種瀕臨滅絕。但他的神情隱隱說道，世界依然可能永保綠化，甚至更加青綠。如今只要他可以走向戶外，他就能夠欣然面對種種即將發生的災禍。

一對年輕夫妻朝著我們走來，他跟他們打招呼，令我相當震驚。你們今天走了多遠？

這個問題讓他們哈哈大笑。沒多遠，他們說。

我們也不會走太遠，說不定只是附近走一圈。但是，誰知道呢？

年輕太太看了我一眼，眼角肌肉微微抽動，似乎是稱許我把孩子教得好。我完全無法居功。

我們沿著人行道往前走，走著走著，他抓住我的手肘。你聽到了嗎？兩隻絨羽啄木鳥在聊天。

我聚精會神，拚命想要聽見。「你怎麼知道？」

很容易啊。絨羽啄木鳥會漸弱，音調慢慢下降，你聽出來了嗎？

「嗯，我聽出來了。但我的意思是，你怎麼知道絨羽啄木鳥的音調慢慢下降？」

喔，還有鶯鷦鷯。啵唧唧唧唧唧！

我眞想抓著他的肩膀猛搖幾下。「羅賓，誰教你這些？」

媽媽知道每一種鳥叫聲。

他肯定知道他讓我寒毛直豎。說不定他藉此斥責我的無知。我跟艾莉約會的時候經常跟她一起賞鳥。但結婚之後，我把這項任務交付給其他人。

「沒錯。她的確知道。但她研究鳥類了好多年。」

我不認得每一種鳥叫聲。我只認得我知道的。

「你有在其他地方做研究嗎？比方說網路？」

倒不是研究。我只是聽一聽，而且很喜歡。

他聆聽鳥鳴時，我人在哪裡？其他星球吧。

我們繼續往前走，羅賓聆聽鳥鳴，我煩躁不安。我做著我不知道如何作結的演算。現在的他跟幾個月前的他有何不同？他始終素描、始終好奇、始終喜歡種種生物。但抓著我右手手肘的這個小男孩、跟不到一年前在林間木屋把玩他生日顯微鏡的那個小男孩，簡直判若兩人。他對世間萬物滿心嚮往，他也因而無所畏懼。

他往前走了兩步，站定不動。他揮揮手示意我往前，低頭指一指人行道，打個手勢。暈黃的光影流瀉而下，映照著鄰近的一株鐵木，樹影在水泥地上跳動閃爍，宛若與日光戲耍，傾身一瞧，燦燦的樹影好像一幅日本的潑墨畫，一筆一筆地繪在粗質的畫紙上，交疊飛舞，飄渺生動。

他的小臉綻放出光采，我也感染到他的喜悅。但羅賓的喜悅截然不同於我的喜悅，其間的差異有如乘風飛翔的燕鷗和橡皮筋捆紮的道具飛機。我老早就感到焦躁，他卻依然凝神觀看，若不是我推著他往前走，他說不定整個下午都待在那裡凝視林間的光影。

我們來到距離家裡三條街的小公園，公園的鞦韆架旁邊有個小操場，他指了指操場角落的一棵筆直的小樹。

那是我的最愛。我說它是我的紅髮樹。

「你的什麼？爲什麼？」

因為它有紅色的頭髮。我是說真的！你從來沒看過嗎？

他拉著我走向低垂的樹枝。當我們走近小樹，他摔下一片樹葉，樹葉背面的側脈和中脈的接合處，果然覆蓋著一叢叢微小的紅色細絲。

北美紅櫟，很酷吧？

「我沒注意到！」

他拍拍我的背。沒關係，爸。不是只有你沒注意到。

街尾傳來喊叫聲。三個年紀比羅賓大一點的男孩試圖拆卸停車標誌。人們真奇怪。

他鬆手放開樹葉，樹枝猛然彈回原處，我抬頭看著欄狀的枝葉，這會兒每片樹葉都覆著紅髮。「羅賓，你什麼時候學會這些常識？」

他轉身，愣愣地看著我，周遭顯然只有我這個生物令他不解。你說的是什麼意思？「什麼時候」？我一直都知道。

「難道你一直自學嗎？」

他全身緊繃，一臉遲疑。這裡每樣東西都希望我認識它們。但下一刻他就忘了，甚至不記得我剛剛問過他什麼。他指了指一個小涼亭，帶我去看涼亭牆邊的蟻丘和洞穴。我不知道這是誰的洞穴，但是啊，他蹲下去看著洞口，一下看了好久，甚至令我焦躁不安。無論誰在洞裡，我都覺得好棒！

他走過一排楓樹和椤樹樹下，樹影成蔭，沿途宛若陰暗的隧道。他徐徐而行，好像坐著潛水艇穿越深邃的馬里亞納海溝，我尾隨其後，跟隨他東移西轉的目光，但我依然視而不見。我被一個問題糾纏了好幾個星期，始終無法釐清。它無時無刻浮現，就連我想方設法壓抑時照樣冒出來。「羅賓？你做那些訓練的時候，是不是感覺你媽媽跟你在一起？」

他停下腳步，抓住一截鐵網圍欄。媽媽無所不在。

「沒錯，但是——」

記得柯瑞爾博士跟我們說過嗎？每次我訓練自己符合那些模式，我感覺到的就是……她的感覺。檸檬色的楔形區域，普拉奇克情緒色盤的頭獎。我兒子得到「狂喜」，我卻卡在「擔憂」、「嫉妒」，甚至更負面的情緒之中。

他又邁步向前，我跟隨其後。他走在郊區的街道上，雙手輕快地擺動。爸？我覺得我好像走在那個我們去過的星球上。在那裡，各種不同的生物都分享同樣的回憶。

他指了指街尾那幾個正在破壞交通標誌的男孩。我們過去瞧瞧他們在做什麼。

這可不是羅賓。眞正的羅賓窩在家裡，埋頭打他的農場電玩，獨自看著他最心愛的兩位女子的影片，退縮在眾人之外。但這個男孩抓著我的胳臂，拉著我往前走。

我們過去打個招呼，好嗎？

艾莉曾用同樣的話語哄騙我千百次。我們貿然走向幾個雄性激素高漲的青少年，是否有點不妥？然後我突然領悟：近日實驗的主要目的之一是訓練我兒子擺脫承襲自我的種種劣習，而在這個無法無天、令我畏懼的地球上，我兒子居然已經奪得自信的桂冠。

我們走近時，三個小毛頭暫且住手，抬頭一望，朝著我們冷笑。其中兩個穿著球鞋品牌聯名銷的運動衫，第三個穿著迷彩長褲和襯衫，襯衫上印著 THESE COLORS DON'T RUN，THEY RELOAD[30]。他們暫停猛踹標誌，但等到我們走開後，他們肯定馬上繼續拆。上星期我在報上看到一個選舉前的民調。百分之二十一的美國人認為我們的社會必須被燒成焦土。毀損停車標誌看起來門檻不高。

我還來不及裝腔作勢、勒令他們回家，羅賓就大聲叫喚。嗨！你們在做什麼？

襯衫上印著標語的男孩輕蔑地哼了一聲。「埋我們的金魚。」

羅賓雙眼圓睜。真的嗎？三個男孩嗤嗤竊笑。我看著我兒子稍微退縮，然後也朝著他們竊笑。我們以前也得埋我們的小狗。你們曉得貓頭鷹嗎？

男孩們只是瞪著他，似乎在試圖斷定他是不是智障。個頭最小，戴了一頂印著「其實我不醜」的棒球帽的男孩終於開口：「你在講什麼啊？」

大鵰鴞？天主教教堂旁邊那棵北美白松上？那隻貓頭鷹非常巨大！他雙手一攤，比劃出他一半身高的長度。來！我帶你們過去看看。

兩個瘦小的男孩跟大個頭的男孩商量一下，大個頭男孩游移於嫌惡和好奇之間，羅賓轉身，揮手示意他們跟上來，令人訝異地，他們居然照辦。

羅賓帶著我們走過街角，來到一棵高聳的松樹前，白松枝幹蔓生，樹下鋪滿黃褐的針葉，有如一張氈毯。他指了指，我們四人抬頭一望。噓，他在那裡。

「哪裡？」我身旁其中一個壞小子扯著嗓門大喊。

羅賓又噓了一聲，一臉不耐。他耐著性子，細聲細氣地說。啊！沒錯！往上看。那裡、那

30 美國盛行的標語，尤其受到保守派人士的喜愛。按照字面解釋，這句話的意思為「這些顏色不會褪色」，部分人士將「這些顏色」解釋為美國國旗的紅、藍、白三色，由此衍伸出美國人面對襲擊不會退縮，而會裝槍上膛，正面迎擊。

裡！

我找了半分鐘，才赫然察覺自己正在凝視大鵰鴞的雙眼。那隻雄偉的貓頭鷹肯定高達六十公分，一身怒生的羽毛卻是最佳僞裝，使之融入白松龜裂的樹皮之中。只有身下樹幹上的點點白影、那雙冷然淡漠的金色雙眼，洩漏了牠的行蹤。人們若是知曉，樹下肯定擠滿附近鄰里的民眾。

襯衫上印了標語的男孩掏出手機拍照。個頭瘦小、戴著棒球帽的男孩也掏出手機傳簡訊。第三個男孩忍不住粗口咒罵，雄偉的大鵰鴞飛撲而下，噗噗啪啪，然後一飛衝天。牠的羽翼尾端尖細，雙翼一展，幾乎等同我的身高。牠撲打著凝重的夜空，飛過對街房舍的屋頂，消失無蹤。

羅賓看似準備怒斥他們嚇走大鵰鴞。結果他只是嘆口氣，懊惱自己洩露如此珍貴的祕密。他迎上我的目光，朝向街尾點點頭，藉此標示出我們的脫身路徑。直到壞小子們聽不到我們講話，他才又開口。

大鵰鴞的保育等級是「最無需擔憂」。這不是很愚蠢嗎？好像是說，除非牠們全都死光光，否則我們不該擔憂。

就連他的怒氣也顯得寬宏大量。我攬住他的肩膀。「你怎麼發現那隻大鵰鴞？」

很簡單。我只是看一眼。

白天愈來愈短，夏季已近尾聲。八月中旬的一個晚上，他臨睡前請我爲他講一個星球的故事。我跟他說起夏洛麥特星。它有九個月亮和兩個太陽，一個嬌小而火紅，另一個巨大而蔚藍，結果夏洛麥特星有三種時間長短不同的白天、四種日出日落、多種不同形式的日蝕月蝕，晨曦薄暮的顏色亦是難以計數。大氣層的塵埃將兩種日光煥發出迴旋迷濛的光彩，有如一幅水彩畫。該星球各地方言中，形容哀傷的辭彙多達兩百種，形容喜悅的字詞也多達三百種，端視你在哪個緯度和哪個半球而定。

故事講到最後，他看起來略有所思。他往後一躺，靠向他的枕頭，雙手扣在後腦勺，仰頭看著臥室的天花板，思索著夏洛麥特星。

爸？我覺得我沒有必要去上學。

他的話讓我的心重重一沉。「羅賓，我們不可以又講起這件事。」

在家自學呢？他似乎在跟天花板上的某人講道理。

「我有一份全職的工作。」

你的全職工作是老師，不是嗎？

他好像湖面上的小艇一樣安穩，我則眼看就要滅頂。我眞想放聲大喊，你給我一個說得過去的理由，跟我解釋你為什麼不能像其他同樣年紀的小孩一樣坐在課堂上。但我已經知道好幾個理由。

艾迪．崔許在家自學，他爸媽也在上班。這不難，爸，我們只需要填個表格，通知威斯康辛州政府單位我們打算這麼做。如果你願意，我們可以從網路下載一些課程教材。你根本不必在我身上花任何時間。

「羅賓，這些都不是問題。」

他轉身看著我，等著我反駁。當我什麼都沒說，他用手肘撐著身子，從床邊小小的書桌上拿起一本破爛的平裝書。他把書遞給我：那是艾莉的美東賞鳥指南。

「你在哪裡找到這本書？」我的語氣連我自己聽了都發毛。我似乎想要宣判我兒子犯法了。他肯定是從我臥房的書架上拿下這本書——不然還可能是從哪裡？

我可以自學，爸。你跟我說一個鳥名，我可以告訴你牠是什麼模樣。

我草草翻閱，這會兒書裡多了許多小小的記號，因爲他在他認得的鳥類旁邊打勾。他的爸媽之一已經幫他在家自學。

我想要成為鳥類學家，爸。小學四年級不會教這些。

賞鳥指南沉重不堪，好像在木星上拿起這本書。「學校會教導你面對很多事情，不單只是工作。」他一臉關切地看著我，我聽上去如此疲憊、如此缺乏說服力，足以令人關切。我慌慌張張地用手指比劃出一個他教過我的主題標籤「#」。「學校會教導你生活小技巧，比方說學習如何跟其他小孩相處。」

如果學校真的會教如何跟其他小孩相處，我不介意上學。他移到床鋪的另一側，拍拍我的肩膀。讓我跟你說一說我怎麼想，爸。我快要十歲了，你希望我學習種種我必須知道的事情，好讓我當個大人，也就是說，學校應該教導我如何在十年後的世界生存，但是……你認為十年後的世界會是什麼模樣？

絞索愈來愈緊，而我無法逃脫。他肯定從英佳．艾爾德的影片學到這個論點。說真的，我必須知道。

地球上有兩種人：一種人善於思考，遵循科學，另一種人比較樂於接受他們所認定的事實。但依據一般人日常的經驗，不管上的是哪一所學校，我們全都以今日作爲明日的範本，認定明日就是今日的翻版，也就這麼過日子。

跟我說一說你的看法。爸。因為那就是我應該學習的事情。

我什麼都無需明說。憑著他新近習知的能力，他只需直視我雙眼、移動擴展腦中的圓點，他就能讀得出我的思緒。

記不記得爺爺身體愈來愈差、不肯去看醫生，然後就走了？

「我記得。」

現在大家就像這樣。

我不太願意想起我爸爸。我也不想跟我九歲大的兒子討論無止盡的災禍。家中很安靜，今晚很祥和，我摸摸艾莉那本多了幾十個小勾勾的賞鳥指南。

「黑眼紋蟲森鶯。」

黑眼紋蟲森鶯，他重複一次，好像參加拼字比賽。雄鳥？頭部漆黑，漸漸褪為灰色。身體是綠色，肚子是黃色，尾巴背面是白色。

我肯定上錯學校了。他一個夏天在家自學的成果肯定勝過一個學年在課堂上的學習。他會自行探究出正規教育試圖否決的事實：生命對我們有所要求，而時間愈來愈緊迫。

極危物種，他做出結論。說不定已經絕種。

「你贏了，」我說，好像我真辯得過他似地。「我們得先搞清楚如何在家自學。」

我們將申請書呈交給州教育廳。我設計了一套簡單的課程：閱讀、數學、科學、社會教育、健康教育。老實說，我這套課程比他近來在學校上的課強多了。辦理休學，從學校接他回家的那一天，他在家裡蹦蹦跳跳，邊跑邊唱〈聖者的行進〉。他模仿曲子中所有的樂器，而且記得每一句歌詞。

這個改變耗時耗力，還得拜託好多人照顧他。我的工作時間算是彈性，他喜歡跟著我到校園，必要時，我可以安排他待在圖書館，但那個學期我的授課品質普普，其他學生都沒有從我身上得到最優質的教學。我自己的論文發表也停滯不前，甚至不得不婉拒出席貝爾維尤、蒙特婁、佛羅倫斯的研討會。

我很訝異我們一年只需要完成八百七十五小時的授課時數。既然羅賓現在連週末都想上課，這表示我們每天頂多只需要上課兩個半小時。他輕輕鬆鬆地跟上網路課程，興高采烈地迅速寫完網路上的試卷。只要可以上完他的閱讀、數學、科學、社會教育、健康教育，我們高興到哪裡旅行都可以。我們在家裡和車裡上課，用餐或是在林間散步時也可以上課，就連在公園裡比賽踢罰球時也可以趁機討論物理和統計。

我幫他製作一部「星球探索機」——說穿了就是把我那部老舊的平板電腦上一層瓷漆，讓它看來頗具未來風，感覺很酷。我設計特殊的登入系統，讓他只能瀏覽少數適合學齡孩童的網站和幾個教育性質的電玩。他不介意受到限制。近地軌道依然是個太空軌道。

我試著輔導他的各項課程，還得準備兩門大學部的授課、研擬一門研究所的專題討論，我繼續力搏亞洲學生的簽證危機，還得因爲錯過截稿日期撰寫無數電郵向同僚們致歉，我身處諸多事務中，感覺自己像是「挑戰者號」升空之前的太空總署。史賽克宣告放棄，正式跟我拆夥。自從受聘於威斯康辛大學以來，今年是第一次沒有正式發表任何論文。

一個星期六，羅賓日出前半小時就把我叫醒，近來我頭一次好好睡了幾個鐘頭，這下全都泡湯。最起碼他是開心地叫我起床，而不是發脾氣大吵大鬧。爸，我們今天要去哪裡？趕快起床！我們來玩個新的尋寶遊戲。

我得想個花樣讓他忙一陣子，好讓自己有時間處理堆積如山的工作。

「嗯，幫我畫一畫西非的八個國家，然後在每個國家裡畫出四種當地的植物和動物。」

太容易了，他大聲說，然後衝出房間，跑向他那部值得信賴的「星球探索機」。到了下午三點，他已大功告成。照他這樣的速度，我們搞不好在暑假結束前就會完成州政府規定的八百七十五小時授課時數。

我想到一個很棒的點子，羅賓說。柯瑞爾博士的實驗室可以養一隻狗。一隻非常聰明的狗。或者一隻貓、一隻熊，甚至一隻鳥也行。你知道鳥類比我們想像的聰明多了嗎？我的意思是，有些鳥類可以看到磁場，多酷啊！

那天下午我忙著準備下學期的課程，所以把他帶到我的研究室。他在把玩一個小小的數位體重計，體重計可以計算你在木星、土星、月球，或是太陽系任何一顆行星上的體重。

「羅賓，養隻小狗做什麼？」近來他的思緒經常複雜得連他自己也說不上來。

養隻小狗，幫牠掃描。趁牠非常開心的時候掃描牠的腦波，然後我們可以把牠的腦波圖當作訓練範本，這樣一來，我們就會知道作為一隻小狗是什麼感覺。

我擺脫不了大人屈尊俯就的心態，草草敷衍。「太酷了。你應該去跟柯瑞爾博士說。」

他皺了皺眉頭，見我一副事不關己的態度，這樣的臉色已經算是客氣。他從來不肯聽我說些什麼，實在很可惜。我的意思是，爸，你想想看，我們可以把這種訓練當作一般教材，人人都得學習作為另外一種生物是什麼感覺，你想想看，這樣可以解決多少問題！

我不記得我怎麼回答他。三星期之後，我獲知多倫多大學一位著名的生態學家用我的大氣模型勾勒地球的生態變化，呈現出地球的生態在持續上升的氣溫中將會如何演化。艾倫・庫特勒博士和她的研究生眼見數以千計、互聯互生的物種被一陣又一陣急流吞噬。物種的滅絕不是漸發，而是直墜。

羅賓說得沒錯：神經反饋應該被列為必修課程，就像是通過憲法或是駕照考試。作為範本的動物可以是小狗、小貓、熊，甚至我兒子喜愛的鳥類。只要能夠讓我們體會作為一種非人類的生物有何感受，哪一種動物都行。

他不慎把一個玻璃碗盅摔到廚房地磚上。碗盅裂成碎片。他往後一跳，光裸的腳後跟被碎片割出一道傷口。一年前，他肯定會哭哭啼啼或是暴怒失控。現在他只是抓住受傷的腳，高高舉起。喔，糟了！抱歉、抱歉。我們清洗傷口，幫他包紮之後，他堅持自己收拾這個爛攤子。換作一年前，他肯定連掃把在哪裡都不知道。

「羅賓，你真是讓人佩服。你好像在用全新的態度看待人生。」

他慢慢握拳，作勢朝我的啤酒肚上打一拳，哈哈大笑。其實啊，爸，你說得沒錯。以前那個羅賓會哇哇大叫。他抬頭指了指天花板。現在這個羅賓人在上頭，往下看著我們的實驗。

他十指在嘴唇前方交叉，好像搭起一個小小的帳篷。這個姿勢非常有趣，好像他在召喚內心的福爾摩斯，也好像我們是兩個坐在養老院壁爐前的老傢伙，追憶著過往漫長崎嶇的人生路途。你記得契斯特以前經常撕爛一本書，或是在地毯上尿尿嗎？你不可能真的跟牠生氣，因為牠只是一隻狗，對不對？

我打算等他自己想清楚，卻沒發現原來他早就想通了。

我把羅賓帶到實驗室，讓他接受夏天最後一次訓練。那陣子，整個實驗室都已經非常敬畏他。琴妮拿了幾本漫畫書給羅賓，帶著我走到走廊另一頭，某個羅賓聽不到我們說話的角落。她站定，搖了搖頭，不確定如何說出她必須說的話。「你兒子，我……我只是……我真的很愛你兒子。」

我咧嘴一笑。「我也是。」

「他愈來愈不可思議。有他在場，我覺得……嗯，怎麼說呢？」她看著我，眼神茫然。「好像我的存在多了一點意義？他的感染力很強，好像病毒載體，他在實驗室的時候，我們都更開心。他進實驗室兩天前，我們就迫不及待見到他。」話一出口，琴妮似乎有點不好意思，但臉上盈滿笑意，然後轉身回去準備實驗。

我從控制室觀看實驗。羅賓已經成了高手。他輕鬆就能憑藉思緒移動螢幕上的圓點，嫻熟的技巧與他臉上的笑意相呼應。他跟人工智慧即興合奏，譜出和諧一致、源源不絕的樂章。我從旁觀之，卻聽不出任何一個音符。羅賓表情十足，忽而瞪眼斜視，忽而眉頭一皺，忽而嘲諷嘻笑，好像在跟某人閒聊，而他們使用的那種語言，世間只有他們兩人從小就懂。

我看過這種狀況。當時羅賓快滿七歲。他和艾莉點著一盞黃銅檯燈，在一張摺疊式的牌桌上玩拼圖。拼圖的片數不多，尺寸也大，艾莉一個人說不定兩分鐘就拼得完，但她刻意放慢速度，讓羅賓繼續玩耍，母子兩人盡興玩了一個晚上，而他也報以孩童繽紛五彩的笑語與歡愉。他們一唱一和，傻裡傻氣地描述他們還欠缺的幾片拼圖，一邊說說笑笑，一邊比賽誰先從剩沒多少的拼圖裡搶到所需的那一片。四個月之後，艾莉走了。那個夜晚隨著她消失，直到我看著羅賓又跟她玩起遊戲，那個夜晚才不請自來地回到我的腦海中。

柯瑞爾請我跟他一起去他的研究室。我們隔著桌子坐下，兩人之間隔著一疊螺旋裝訂的文件。「席歐，我得請你幫個忙。」

這傢伙無償提供無價的心理治療。他扭轉了羅賓的狀況，幫我們擋開了天曉得哪些災禍。嚴格來說，說不定是我欠他人情。

柯瑞爾把玩一個精雕細琢、需經一套繁複的步驟才能拆解的日本謎盒。「我們需要某個有力的實證，或者說一個顯著的治療模式。」我點頭，動也不動，好像艾莉爲牠讀詩時的契斯特。「你的兒子是我們最有效的鐵證。他始終是個高能的解碼者，但現在……」柯瑞爾放下拆解到一半的日本謎盒。「我們希望公開這一切。」

「你一直以來都有在發表論文，不是嗎？」

他朝著我微微一笑，當年我對著我爸猛揮一拳卻落空時，我爸也是這副表情。「當然。」

「還有學術研討會？演講？」

「沒錯。不過現在我們必須加把勁，保住我們的研究補助。」

「這還用你說嗎？」歷經十幾年的榮景之後，天文生物學如今已乏人問津。沒料到現在連柯瑞爾的實用科學都亟需金援，聽了令人訝異。我從未想過任何研究必須利潤導向。但話又說回來，我也從未想過小學竟然會因為教演化論而被教育部刪減經費。

柯瑞爾的眼神似乎預先請求寬恕。「我們必須趁著我們做得到的時候考慮技術轉移。這是一項非常值得轉移的技術。」

「你想要申請專利。」

「是的，而且是整套流程。這是一種極具彈性的治療方式，可以用來醫治各種心理疾病。」

我兒子可沒有罹患**心**理疾病。「你直說你要我幫什麼忙。」

「我們打算在專業人士面前做個示範，對象是媒體和私人企業。我們可不可以播放一段他的影片？」

我聽到「私人企業」就張皇失措。我說不出為什麼。這個星球的一切事物早在我的世代之前就已經商業化。柯瑞爾避開我的目光，全心專注於手中的日本謎盒。「我們可以播放那些我們從一開始就錄下的訓練影片。」

我不記得他跟我提過什麼影片。我肯定簽了某些文件，同意他們這麼做。

「我們當然不會提到他的姓名。但我們想要提的是為什麼他的進展與眾不同。」

一個小男孩從他死去的母親身上學到了歡愉。

我的思緒太亂，來不及做出反應。我信任科學。我希望羅賓對世界有所貢獻。我想讓大家看看羅賓的轉變。說不定他會讓大家感染到他的喜悅，就像琴妮說的。但柯瑞爾這個如意算盤觸動我內心的警鈴。

「這聽起來不太安全。」

「我們只播放兩分鐘影片，觀眾是研究人員和公共衛生專家，影片會打馬賽克，聲音也會經過處理。」

我覺得自己小裡小氣、猜忌多疑。更糟的是，我覺得我眞自私，好像我吃了一餐，卻又不想付帳。「你可不可以給我兩天的時間？」

「當然可以。」他看上去鬆了一口氣。說不定是爲了討好我，所以他問我：「他在家裡是不是也像在實驗室裡一樣神采飛揚？」

「他爲此興高采烈了好幾個星期。我已經不記得他上次什麼時候大發脾氣。」

「你似乎覺得不可思議。」

「我不該覺得不可思議嗎？」

「你可以想像一下他的情緒狀態。」

「我希望我不只是想像。」

柯瑞爾眉頭一皺，聽不懂我的話。

「我也想要受訓。」羅賓每做一次實驗，我就有這個念頭，而且愈來愈執著。我必須一窺我亡妻的心緒。

柯瑞爾不再皺眉，而是尷尬地笑笑。「抱歉，席歐，我恐怕找不出理由編列這筆支出。現在我們連正規的實驗都找不到經費。」

我臉一紅，結結巴巴地改變話題。「我想請問一下……羅賓接受訓練的次數愈多，他也愈像艾莉。他輕輕拍打他的太陽穴、他深思熟慮地說『其實啊』……看了讓人發毛。他已經能夠認出艾莉認得的半數鳥類。」

他聽起來很感興趣。「我跟你保證，他不可能從訓練裡學到這些。他只能從範本裡學習仿效她的情緒狀態，除此之外，他從她的腦波圖裡學不到任何東西。」

但不管怎樣，她在教導他。我沒有繼續追問。我覺得自己簡直像是一個與世隔絕、迷信無知、盲目崇拜外來科技的漁獵採集者。我反而說：「老實說，我不太確定那種情緒狀態眞的是她。」

「狂喜啊？艾莉還能是哪一種？」

柯瑞爾和我之間的火藥味很濃。我無需反饋訓練也看得出來。這傢伙在迴避我的目光，我一眼就明白。我原本打定主意要裝傻，如今卻繃不住了，長久以來藏在我心中的疑慮已成事實，清楚地呈現在我面前。這不單只是我個人無底限的不安全感；我果眞從來不曾了解與我結褵十幾年的妻子。她自成一個星球，獨樹一格，無與倫比。

那天晚上，世界各地的天文學家觀測宇宙時所收集到的數據，比世界上所有天文學家在我研究所兩年所收集到的更多。攝影機遍布星空，每一部都比我當年練習操作的機種龐大五百倍。星際交流漸露曙光，展現頭緒。

我坐在我書房裡的曲面大螢幕前，輸入一筆筆學界互享的行星數據，在此同時，我兒子臥躺在另一個房間的地毯上，在他的「星球探索機」瀏覽他喜愛的大自然網站。全國各地的天文生物學家緊張焦慮準備應戰，我也受到徵召。

八年以來，我已精心呈現各個不同的世界和大氣層，漸漸彙整出天文生物學界同僚們所謂的「拜恩外星實地指南」，基本上，這是一本分類目錄，其中詳列外星生命各個階段，或是各種類型的光譜特徵。爲了驗證我的模型，我已從遙遠的一端觀測地球。從那個角度觀測，我們的大氣層宛若月球反射出來的光，蒼白朦朧，模糊不清。我把觀測數據輸入我的模擬程式，藉此核對模型的效度，也讓我能夠進一步調整數據。

但我畢生努力的成果如今呈現停滯。我跟數以百計的天文生物學家一樣急需數據——不單只是電腦程式的模擬數據，而是來自其他世界的眞實數據。人類已經跨出第一步，探索其他星宇是否存在著生命。無奈那一步如今懸置在半空中。

我們做夢也想不到「克卜勒太空望遠鏡」居然如此成功。它探望之處呈現出一顆顆前所未見的星球。數以千計的世界等著我們發掘，我們卻沒有足夠的研究人員驗證它們的存在。如今我們知道宇宙各地都有類似地球的行星，而且數量之多、距離之近，我先前連想都不敢想。

偏偏「克卜勒太空望遠鏡」從未直接觀測任何一顆星球。它布下一張龐大的網，瞭望千萬光年之外的各個太陽是否瞬間變暗，變暗的程度微乎其微，肉眼絕對難以辨識，但「克卜勒太空望遠鏡」卻能精準捕捉，誤差率甚至不到百萬分之二。恆星白熱的光芒一明一暗，變化無窮微小，但飄過它之前的各個隱形行星，卻因而無所遁形。那就像是隔著五萬公里，看著一隻飛蛾緩緩飛過一盞街燈，想到依然讓我目瞪口呆。

換言之，「克卜勒太空望遠鏡」無法給我想要的東西；它無法確確實實、百分之百地告訴我，宇宙中的確存在著另一個活生生的世界。人們對此大多不感興趣，我卻覺得非常重要，原因何在，我也說不上來。連我太太都不太在乎宇宙之間是否存在著生命。羅賓在乎。

若想確知一個星球是否存在生命，我們需要直接來自那個星球的紅外線影像，影像也必須夠清晰，足以詳細呈現大氣層中的光譜指紋。我們已經有辦法得到這些資料。早在羅賓出生之前——甚至早在艾莉和我在一起之前——我和其他研究人員就已經在籌建一座太空望遠鏡，借它之助，我可以驗證自己的每一個模型，確切斷言宇宙中究竟有無生跡。它將比「哈伯太空望遠鏡」精確百倍。相較於它，當今最精良的太空望遠鏡就像是一個戴墨鏡、牽著導盲犬的老先生。

然而它需要龐大的資金和精力，而且不具備任何所謂的實用價值。它不會讓我們的未來更加豐足、治癒任何一種疾病，它也無法保護任何人，免於受到我們自己種種瘋狂行徑的傷害。它只能回答人類下樹之後就問過的問題：生命是否基於天主的偏愛，或是我們地球人根本不應該在這裡？

那天晚上，東起波士頓、西至舊金山灣區，研究人員橫跨國境齊聚會商。國會威脅削減「類地行星探索者」的經費。我的同僚們召開緊急會議，大家七嘴八舌、爭先恐後地為畢生的努力辯護。我們遠距開會，同一時間開了二十四個視窗，還有同樣數目的音訊頻道，人人爭相發言，我的螢幕上出現一個個模糊的臉孔。有位男士的襯衫沾滿食物油垢，甚至連鏡頭都對不準。有位男士每句話裡都加上「其實」。有位女士在加入探索行星的行列之前顯然是個護理師。有位男士的兒子在阿富汗被土製炸彈炸死。有位男士跟我一樣十四歲就開始酗酒，但我成功控制了酒癮，他至今卻依然走不出來。

——別忘了，國會已經兩度威脅中止「新世代太空望遠鏡」。

——問題就出在「新世代太空望遠鏡」！最近幾十年來的經費都被它榨光了。

「新世代太空望遠鏡」是我們大夥的痛處。這個具有指標性的儀器已經延遲十二年，超支四十億美金。我們當然全都想要這麼一座太空望遠鏡。但是放眼的是宇宙，而不單是探索行星。更別說它佔用了其他所有計畫的預算。

——現在絕對不是推動「探索者」的時機。你們有沒有看到總統的推文？

我們全都看到了。但一位聰慧過人、酒也喝得很凶的與會者覺得必須把推文貼在下一個視窗裡：

我們幹嘛把更多錢丟進一個連一分錢都賺不回來的無底洞？所謂的「科學」最好別再捏造事實、叫美國人民買單！

——他在迎合仇外主義者和孤立主義者。那些人都是圈內人。

——圈內人在華府得勢。這個國家覺得天文生物學乏味無趣。

——這麼說來，我們圈外人必須前往華府，再度提出有利於我們的理由。

我看到大夥列出作戰計畫，心中一沉。我全副時間都投入手邊這樁要事，哪有時間爲了其他要事抗爭？更何況我也不確定前往華府功效何在。美國境內紛爭不斷，「探索者」不過是另一個意見之爭。我們這一方宣稱，發現類似地球的行星有助於提升人類的集體智慧和同理心，總統的人馬則宣稱，所謂的智慧和同理心是集體主義者的詭計，用意在於破壞我們的生活水準。

我轉頭背向螢幕，望向客廳。艾莉坐在她心愛的蛋型椅上，雙腳晃來晃去，好像即將小酌一杯、爲契斯特朗讀一首十四行詩。她轉頭看我，臉上閃過她那驚人的微笑，雪白的牙齒映著粉紅的牙齦，笑容無比燦爛。她搖搖頭，不明白我怎麼可能爲了一番無足輕重的對話如此沮喪。我想要問她，她是否如同愛她的小狗一樣愛我？我想要問她，爲了那隻負鼠拋下她的先生和小孩，究竟值不值得？但那個闖入我腦海中的問題更是惱人。我想要問她——對方若是鬼魂，還算是提問嗎？——艾莉，他是不是我的？

我家那位受過訓練的讀心者恰好此時出現在書房門口，手裡揮舞著他的「星球探索機」。爸。你絕對不會相信，但半數的美國人認為他們已經見過來自其他世界的訪客。

我螢幕上的視訊會議爆出一陣笑聲。那位兒子因爲石油財團而喪命的男士從國境另一端大聲叫喊。小傢伙，你要不要跟華府的那些傢伙談一談？

隔壁鄰居打電話跟我說羅賓呆呆站在屋子後面。「他站得好直，動也不動。我覺得他不太對勁。」

我想說：他當然不太對勁。他正在觀測事物呢。但我謝謝她通風報信。她只是善盡職責，時時參與鄰里間的守望相助，確保每一個人都不會偏離正軌。

我走到暮色暈黃的後院，看到我家那位小麻煩。他午後帶著一盒粉筆出去，說要素描後院的樺樹，樺樹枝葉茂盛，依然保有夏末的青綠。他坐在草地的小帆布椅上，我在他旁邊坐下，草地冰涼，我的牛仔褲不到幾秒鐘就微濕。我忘了露水在夜間形成，我們在清晨才瞧見。

「我們來瞧瞧。」他遞給我被他藏掖著的粉彩畫。到了這時刻，樺樹已呈灰白，他的粉彩畫也是。「你畫什麼就是什麼，小傢伙，我非得相信你，因爲我什麼都看不見。」

樹葉颼颼作響，蓋住他的笑聲。很奇怪，爸，對不對？為什麼顏色會消失在黑暗中？

我跟他說問題出在我們的眼睛，而不是光線本身。他點點頭，好像也已經達成共識。他凝視眼前微微晃動的樺樹，雙手在臉頰兩側輕輕搖擺，好像輕拍空中看不見的隔架。

爸，外頭愈暗，我從眼角往兩邊看，卻是愈來愈清楚，這不是更奇怪嗎？

我試了試；他說得沒錯。我依稀記得原因何在，好像是感光性強的桿狀細胞大多分布在視網膜的周緣。「這說不定可以發展出一套不錯的尋寶遊戲。」但他似乎對任何事情都不感興趣，只專注於當下的體驗。

「羅賓？柯瑞爾博士想要知道，他可不可以把你的訓練影片分享給其他人看。」

這個問題我迴避了兩天。我憎惡其他人評估羅賓的改變。我憎惡柯瑞爾摧殘我對艾莉的回憶。如今我的兒子也在他的掌控中。

我往後躺在潮濕的草地上。除了心中的敵意，我什麼都不欠柯瑞爾。但我依然感覺擔負著某種極爲重大、我甚至說不上來的義務。沒有一個稱職的父母會把孩子變成商品。但若有一萬名孩童像羅賓如此看待世界，我們說不定就能夠學會如何在地球上生存。

他面朝樺樹，繼續做他的實驗，從他的眼角看著我。哪些其他人？

「記者，醫護人員，那些說不定會在全國各地設立神經反饋中心的人士。」

他打算做生意？還是他想要幫助大家？

這正是我的問題。

因為你知道的，爸，他幫了我很多。而且他把媽媽帶回來。

某隻泥地裡的無脊椎動物咬嚙我的小腿肚。羅賓雙手插進土裡，挖出一把菌絲，光是在他小手裡那把長達五十公里的菌絲，說不定就蘊藏著上萬種不同的細菌。他甩掉手裡的泥巴，在我身旁的草地躺下。他把我的胳臂當成枕頭，靠過來。我們就這麼仰望星空，凝視每一顆我們看得到的星星，一直望了好久。

爸，我覺得我好像在甦醒、好像進入了每樣東西裡頭。你看看我們在哪裡！那棵樺樹！這片草地！

艾莉曾經對我、州議會的議員們、她的同事和部落格的追蹤者、任何一位願意聽她說話的人宣稱，如果爲數不多，卻舉足輕重的小眾領袖們重新又把萬物視爲親屬，所謂的經濟學就會成爲生態學。我們會想要不同的事物。我們會發現我們在世間的意義。

我指了指空中我最心愛的夏末星群。我還沒說出它的名稱，羅賓就說，天琴座，形狀像是豎琴？

我的頭靠在地上，很難點頭表示我同意。羅賓指著遙遠的天際和上升的明月。

爸，你說光幾乎立刻從那裡傳送到這裡，對不對？這表示每一個看著月亮的人都在同一個時間點看著同一個東西。如果哪天我們分開了，我們可以把月亮當成一具巨大的光束電話。

他又遠遠超前了我。「聽起來你不介意讓柯瑞爾博士把你的影片播放給大家看？」

他聳聳肩，肩膀輕推我的二頭肌。其實那不是我的影片。影片說不定屬於每個人。

艾莉也在我身旁。她把頭倚在我另一隻胳臂上，我沒有甩開她。這孩子很聰明，她說。記得媽媽好喜歡這棵樹嗎？過去兩年來，他一直問我艾莉是怎樣的人。現在他卻提醒了我。她把它稱為「招待所」。她說沒有人數得出樹裡究竟住了多少種生物。

我望向他的媽媽尋求確認，但她早已不見蹤影。當今年最後一群螢火蟲在我們前方幾公尺閃出第一道微光時，羅賓倒抽一口氣。我們動也不動，看著牠們一閃一閃。牠們成群為伍，緩緩飄過夏季的夜空，彷彿星際登陸艇發出的光芒，各艘登陸艇來自我們曾經造訪的各個星球，這會兒齊聚在我們家的後院，準備大舉入侵。

我打電話給馬提·柯瑞爾。「你可以使用影片片段。但是必須把他的臉完全遮起來。」

「我答應你。」

「如果我們捲入任何麻煩，我唯你是問。」

「我了解。席歐，謝謝你。」

我掛上電話。至少我等到電話嘟嘟作響才開罵。

世態進展至此，凡事都講求行銷。大學必須建立自己的品牌。慈善機構的一舉一動都被大肆張揚。友誼如今藉由分享、按讚、連結來衡量。詩人和神父、哲學家和小小孩的父親——我們無時無刻都在定義自己、推銷自己。科學當然也必須廣為宣傳。好比說我一直過於天眞，日子久了才晉級為世故吧。

柯瑞爾則是個堂堂正正的推銷員。他向有興趣的人士鼓吹他的研究結果，但沒有扭曲數據。他坦承這項技術的臨床極限，但依然主張未來潛力無窮。在這個沉迷於升級的社會，記者們非常喜歡他謹愼地暗示黃金年代即將到來。

到了十月，柯瑞爾的實驗室開始在大眾媒體上曝光。羅賓和我看到他上《科技總匯》電視秀。我在《新科學》、《每週大突破》、《今日心理學》等刊物讀到關於他的報導。他在各個場合的表現都略為不同，卻看上去都像是經過量身打造。

後來《紐約時報》以半版篇幅刊登他的特寫，把他描繪成一位充滿自信，但謹慎小心的科學家。報上還有一張他的照片，照片中的他坐在那座多次掃描羅賓腦部的機器旁，下方加註說明：「人腦是一個糾結複雜的互聯網路。我們永遠不可能完整描繪。」然後只見他一手托著下巴，作勢沉思。

在這篇人物特寫中，柯瑞爾自始至終把「解碼神經反饋」定位為主流心理治療的後繼者，「只不過更省時，也更有效」。他提出紮實的數據佐證實驗的穩固性，淡化他人刻板印象中的情緒心電感應。「我們姑且試想震撼力強大的藝術品對我們造成的影響，說不定這是最恰當的比喻。」但他闡述的細節不多也不少，恰好讓人感覺「解碼神經反饋」是下一波重要的趨勢。

> 幸福安適感跟病毒一樣。在這個世界上，家中若有一個人對自己相當肯定，其他數十人就會受到感染。難道你不想看到幸福安適感有如疫情般蔓延全球嗎？

在記者們的追問下，柯瑞爾宣稱：「跨入這個境界的門檻可能比諸位想像中低。」列舉標準誤差、p值、治療進展之餘，柯瑞爾不忘提及常態曲線尾端的數據，藉此吊一吊眾人胃口，因為這些數據顯示，一個怒氣衝天的九歲小男孩，經過實驗治療之後，改頭換面變成一個平和安詳的小菩薩。在演講或簡報中，柯瑞爾有時提及小男孩失去了母親。有時他說小男孩之前曾有情緒失常的困擾，有時他只語焉不詳地說小男孩面臨「種種挑戰」。接著他播放影片：頭先的半分鐘，打上了馬賽克的羅賓在首度接受訓練的那一天與實驗室的技術人員攀談；接下來的四十五秒，羅賓躺在磁振造影儀裡，望著上方的螢幕接受訓練；最後一分鐘，時間已經是一年後，他跟他親愛的琴妮談天說地。頭一次看到這段經過剪接的影片時，我倒抽一口氣。他的姿勢與神態，他說話的韻律與聲調——那種感覺就像看著一個癌症患者接受免疫療法之前與之後。他判若兩人。他幾乎不是同一物種。

不管柯瑞爾在哪裡播放，這段影片總是能夠引發如雷的掌聲。他在美國公共衛生協會的年會為六百名觀眾放映。演講之後的酒會上，他故意在一群心理諮商師面前說溜嘴，暗示影片背後還有一段更動人的故事，從那時起，羅賓的未來漸漸非我所能掌控。

我幫他設計了一個密西西比河的尋寶遊戲。請你想像自己是一滴水，當你從明尼蘇達州的冰川湖泊流向南方的路易斯安那州和墨西哥灣，你會流過哪些州？你說不定會看到哪些魚類和植物？沿途你會聽到哪些聲響、看到哪些景觀？這個遊戲似乎很單純——三十年前說不定我也做過同樣的家庭作業。不過三十年前，那是一條不一樣的河川。

羅賓玩得有點過頭——他最近經常如此。尋寶遊戲變成持續一星期的遊覽訪勝。他繪製地圖和圖解，草繪小船、平底船、橋梁、充滿珍奇水生生物的河底世界。幾天後，他出現在我書房的書桌旁，遞給我一張五顏六色的圖表，圖表上詳列他所做的研究。拜託幫我的探索機升級。

「你的探索機哪裡不好？」

拜託喔，爸，你說那是一部「星球探索機」，其實只是初級的瀏覽器，我什麼都瀏覽不到。

「你想要瀏覽什麼？」

他跟我說他想要找什麼、怎樣才找得到。

「好吧，你今天可以用『席歐』登入。但找到你要的東西之後，你就得回頭用你自己的帳號。」

太好了，爸，你最棒！我一直都這樣覺得。密碼呢？

「你媽媽最喜歡的鳥類。但字母順序倒過來。」

他露出憐憫的目光，顯然遺憾我選用一個如此顯而易見的密碼。但他蹦蹦跳跳地回去做功課，看來欣喜若狂。

當我們都做完當天該做的事情，坐下來吃晚餐時，他看上去意氣消沉。我得誘導他開口。

「密西西比河近來如何？」

他舀了一杓番茄湯，思緒似乎遠在天邊。其實不太好。

相當不好，爸，你確定你想知道嗎？

「跟我說一說。」

「我應付得了。」

我不知道從哪裡講起。比方說，半數以上的候鳥都依靠密西西比河，但現在牠們辨不到，因為牠們的棲地愈來愈少。你知道吧？農夫在作物上噴灑的農藥汙染河水，兩棲動物因此發生突變。人們還把各式各樣的藥物丟進抽水馬桶沖掉，魚類全都嗑藥嗑得迷迷糊糊。你甚至不能在河裡游泳！如今這些廢料流到哪裡？河口？幾千平方公里都寸草不生。

他的神情讓我後悔給他密碼。真正的老師會如何處理這種狀況？他們會如何帶領學生沿河參觀，卻不提出虛構的數據，或是忽略明顯的事實？這個世界什麼時候變得不該容許學童們探索？

他把下巴靠在手臂上，整個人趴上桌。我甚至沒有辦法一一檢查！其他河川可能一樣糟。

我走近桌子，站在他身後。我雙手搭上他肩膀。他沒有抬頭。

大家知道嗎？

「我想大家都知道。最起碼大部分的人都知道。」

但是他們都不想辦法解決，因為……？

標準答案是因為經濟，說來荒唐。我當年求學時沒學到重點。現在依然錯失了什麼。我摸摸他的頭，手指徐徐游移，手指下的那個小小的頭顱裡，有些細胞已因近日的訓練而改變。「我不知道該說什麼，羅賓，但願我知道。」

他伸手握住我的手，但看也沒看我。沒關係，爸。這不是你的錯。

我相當確定他說錯了。

我們都只是一個實驗，對不對？不過你不是常說，一個呈現負面結果的實驗不見得是個失敗的實驗？

「沒錯，」我點頭。「你可以從負面結果學到很多。」

他站起來，看上去精力充沛，似乎準備繼續完成他的工作。別擔心，爸。我們可能想不通。但地球可以。

我跟他提起蜜歐斯星。在我們抵達前，蜜歐斯星已經興盛了億萬年。星球上的人們為路途遙遠、漫長耗時的探索建造了一艘星船，還在船裡裝滿智慧型器械。星船飛行數百秒差距[31]，直到尋獲一顆原料豐富的行星，星船在行星上降落，設立基地，進行維修，船體和飛航組員們自行複製，然後兩艘一模一樣的星船朝不同方向啓航，繼續飛行數百秒差距，直到各自尋獲新的行星，各自在行星上把整個程序再走一次。

這樣持續了多久？我兒子問。

我聳聳肩。「他們沒有必要停止。」

他們在找地方入侵嗎？

「或許吧。」

而且他們繼續分裂。宇宙裡肯定已經有上百萬個他們！

「沒錯，」我告訴他。「然後兩百萬、四百萬。」

天啊！他們肯定到處都是。

「宇宙很大。」

這些星船跟蜜歐斯星匯報嗎？

「是的，即使信息花了愈來愈久的時間才傳回母星。這些星船持續匯報，甚至在蜜歐斯星不再回覆之後，他們依然傳訊。」

蜜歐斯星怎麼了？

「他們始終不曉得。」

他們就這麼一直飛行，即便蜜歐斯星已經消失？

「他們的程式就是這樣設定。」

我兒子聽了暫不作聲。這樣讓人好難過。他在床上坐起，朝空中揮揮手。但他們說不定覺得這樣也還行，爸，你想想他們看到了什麼。

「他們看到了氦行星和氧行星、霓行星和氮行星、水世界、矽酸鹽世界、鐵硫世界，他們還看到了液態的渾圓星球，星球外圍裹覆著億萬克拉的鑽石。宇宙間總有更多行星，彼此不盡相同，延續至億萬年。」

太棒了，我兒子說。說不定那樣就夠了，即使蜜歐斯星已經消失。

「他們分裂複製，在銀河系廣爲散布，好像他們依然有理由這麼做。有一天，第六代星船的

---

31 parsecs，秒差距，天文學的長度單位，一秒差距等於三．二六一六光年。

其中一艘降落在一個凹凸不平、海域不深的星球上，星球身處一個怪異的小星系，整個星系繞著一顆Ｇ型星運轉。」

爸，直說吧。地球？

「星船在一個平原上降落，周遭盡是高聳入雲、搖擺晃動的物體，各個結構繁複、精美絕倫，飛航組員們前所未見。這些物體隨風飄搖，反射出明暗不一、多采多姿的光影。許多物體的頂端都美得驚人，但反射不出太明亮的光……」

等等。植物？花朵。你的意思是，那些星船很小？

我沒有否認。他看起來懷疑，卻也極感興趣。

然後怎樣？

「星船的組員們仔細研究搖擺晃動、龐大至極的綠色植物和鮮紅嫩黃的花朵，一看看了好久。但他們想不通這些東西是什麼，也猜不透其中的奧妙。他們看到蜜蜂飛入花朵之中、花朵追循日光的蹤跡。他們看到花朵枯萎凋零、化爲種籽。他們看到種籽落地、萌芽生長。」

我兒子舉起一隻手，示意我別再說了。等到他們想通了，爸，他們會傷透了心。他們會撥接通訊器，叫銀河裡每一艘來自蜜歐斯星的星船停駛。

他的話令我起雞皮疙瘩。在我的想像中，故事的結尾並非如此。「你爲什麼這麼說？」我問。

因為他們會看到。花朵一直在進步，而星船沒有。

我有課的時候就帶他到學校。他把他的書本散置在我的研究室的桌上，我講課或是開會時，他自修長除法、解應用題、讀詩、試圖搞清楚研究室窗外的樹木爲什麼染上澄紅和金黃的色彩。他再也不死讀書。他只是賞析事物，享受理解的過程。

研究生很喜歡當他的家教。十月的一個早上，上了一堂冗長的專題討論之後，我走進研究室看看羅賓在做什麼，碰巧看到薇維．布萊特一手托腮，跟我兒子隔桌而坐——薇維是我的研究生，正在鑽研宇宙Λ—冷暗物質模型。

「老闆，你有沒有想過樹葉裡頭是怎麼回事？我的意思是，你有沒有認眞想過？他媽的遜斃了！」

羅賓嘻嘻竊笑，顯然很開心把薇維搞得大驚小怪。喂！妳講髒話！

「什麼？」薇維說。「喔，我是說，遜斃了！你剛剛跟我說的那些事情，完全超出我的想像。」

其實不只如此。蔥鬱的林木相當忙碌。林木汲汲餵養大氣層，展現出種種前所未見的形貌，而羅賓一一記下。

午餐時分，我們走到湖邊看魚。湖面如鏡，平靜無波，羅賓發現偏光鏡片可以讓他瞧見前所未見的水底世界。我們凝視一群身長僅八公分的智慧生物，看得出神，就在這時，有人在一公尺之外大喊。

「席歐．拜恩？」

一位年紀跟我相仿的女子站在一旁，胸前緊抱銀白色的筆電。她配戴多件寶綠色的飾品，灰色長衫垂落到窄管牛仔褲。她的聲音低沉，語氣謹慎，似乎對自己的冒昧感到困窘。

「抱歉，我們在哪裡碰過面嗎？」

她微微一笑，看起來有點尷尬，也好像覺得我很有意思。她朝著我兒子轉身，而羅賓遵循他最喜歡的萬物有靈論儀式，拍打他正要享用的杏仁醬三明治。「你一定是羅賓！」

種種警訊發作竄過腦際，我的脖子開始發紅。我還來不及問她什麼事，羅賓就說，妳讓我想起我媽媽。

女子瞥一眼羅賓，哈哈大笑。艾莉和我的祖先一樣是非洲猿人，但跟她的祖先顯然是不同的分支。她又朝向我轉身。「抱歉打擾你。你有空嗎？」

我想問她：有空幹嘛？但我那位充分經過狂喜訓練的兒子說，我們當然有空。現在是我們的看魚時間。

她遞給我一張名片，名片的字體花俏，色澤鮮豔。「我叫做迪蒂．朗麥，我是『行星體』的製作人。」

這個頻道有數十萬名訂戶，收看人數高達百萬。我從未收看這個頻道，但我知道它的花招。

迪蒂．朗麥轉向羅賓。「我在柯瑞爾博士的影片裡看過你。你眞是太棒了。」

「誰跟你提到我們？」我難掩聲音中的怒氣。

「我們做了功課。」

我終於明白了。對一個閱讀科幻小說長大的人而言，我對於人工智慧、臉部辨識、交叉篩選的認知實在過於天眞，完全小看了網路科技的能耐。最起碼我不再傻傻地假裝客氣。「妳想幹嘛？」

我對一個陌生人這麼不禮貌，讓羅賓嚇了一跳。他繼續拍打他的三明治，手勁太強也太快。「行星體。爸，他們做過一個節目，節目裡那個傢伙讓馬蠅在他肩膀的皮膚裡孵化。」

迪蒂．朗麥驚呼。「哇！你有看我們的節目！」

「節目裡講到的世界很酷，所以我有看。」

「嗯，你的情況是我們見過最酷的事情之一。」

羅賓看看我，似乎尋求解釋。我回看他一眼。他臉上閃過理解的神情。網紅希望他提供一段三分鐘的影片：男孩重生，在他亡母的腦袋裡活了過來。這樣的影片完美至極。肯定能讓全球一百萬陌生人按讚。但如果剛好相反呢？說不定是男孩的亡母在他的腦袋裡活了過來。

錯誤一次次累進，拼湊出生命的面貌。到了迪蒂．朗麥出現在我們面前，提議把我兒子拍成電視節目時，我已經數不清我犯了多少教養子女的錯誤。

羅賓覺得跟其他奇怪的地球人一起出現在節目裡，說不定很有意思。他趁著我們一起吃冰淇淋時想拉攏我，而我在幾小時之前已經打發迪蒂．朗麥。說真的，爸，你想想，之前我好長一段時間過得很悽慘，現在可不一樣，大家說不定想要知道怎麼回事。這會很有教育性，你不是最重視教育嗎？爸，更何況那個節目很酷。

過了兩天，迪蒂．朗麥打電話給我。「妳不了解我兒子，」我跟她說。「他……不太一樣。我不能讓他變成一場公開的鬧劇。」

「他不會是一場鬧劇。他會是大家關注的對象，這樣的關注很合理，我們會尊重他，也會好好對待他。我們拍攝的時候，你可以在場。我們會避開任何讓你覺得不妥的題材。」

「他是個特別的孩子。他需要我的保護。我想我必須拒絕。」

「我了解。但你應該也知道，不管你們想不想參與，我們都會拍攝這支影片。我們可以任意使用手邊一切素材，我們覺得怎樣合理，就會怎麼拍攝。要不然你們可以參與，提供你們的意見。」

手機是科技奇蹟，讓我們成爲神祇。但手機沒有聽筒讓人砸到地上，單就這方面來看，手機反而最不文明。

我兒子在科技世界依然無名無姓。但「行星體」製作單位發現的事情，其他人很快也會發現。我已犯了錯，現在我若什麼都不做，只會讓情況更糟。最起碼我可以試圖掌控羅賓的經歷如何公諸於世。過兩天，等到我氣消了，我回電話給迪蒂．朗麥。

「影片的最終版本必須徵詢我的意見。」

「我們會的。」

「你們不准使用他的眞名，或是透露任何讓他被認出來的資訊。」

「沒問題。」

我兒子看得到夢遊般的世人難以瞧見的事物，因而心靈受創，焦躁不安。一種非比尋常的心理療法使他略爲開懷。如果讓他在鏡頭前呈現眞實的自我，說不定可以校正「行星體」製作單位借用柯瑞爾的影片和行銷宣傳所刻意營造的煽情效果。

當晚我們決定待在地球上的家中，羅賓窩在我的臂彎裡，跟我一起坐在客廳的沙發上。就像柯瑞爾博士講的，說不定這樣幫得上忙。

直到看了粗剪，我才領會羅賓的轉變。影片中，他叫做傑恩。當他入鏡，畫面頓時有了生命。他轉頭看看水鴨、灰色的松鼠、湖岸的椴樹，他的凝視讓它們感覺陌生，有賴鏡頭重新評估。

接下來他躺在柯瑞爾實驗室的磁振造影儀裡，藉由腦力移動螢幕上的圓點。他圓圓的小臉神情開朗，但也有點搞怪，顯然相當滿意自己的技巧。迪蒂．朗麥在旁白中解釋，傑恩正在學習如何模擬一組多年之前預錄的情緒反應。她的解釋其實無關緊要；那個潛心創造的男孩已經道盡一切。

接下來他坐在柳樹下的長椅上，柳樹枝條延伸，搖曳生姿，他的對面坐著迪蒂．朗麥，她問：「那究竟是什麼樣的感覺？」

他的鼻子和嘴巴微微抽動，雙手急急揮動，興奮地試圖解釋。你知道跟你喜歡的人們一起唱一首很棒的歌是什麼感覺嗎？每個人唱出來的音符都不一樣，但合起來的效果棒極了？

一時間，迪蒂．朗麥看起來有點哀傷。說不定她想起自己多久不曾跟朋友們一起歌唱。「你跟你媽媽說話的時候，是不是就是這種感覺？」

他眉頭一皺；他不太喜歡這個問題。我們什麼事情都悄悄地講，這樣算是回答妳的問題嗎？

「但你感覺得到她？你感覺得出來那是她？」

他聳聳肩。典型的羅賓。那是我們。

「你感覺她就在你身邊？你接受訓練的時候？」

羅賓猛然轉頭，似乎看著某個龐大得無法告訴她的事物。他伸手抓住一根低垂的樹枝，慢慢讓它從指間滑回空中。她現在人在這裡。

影片一閃一閃，然後鏡頭跳離畫面。

他們沿著湖岸散步。傑恩伸手拍拍她的背，好像他是一個正要告知病況的醫生，病況有點棘手，但不至於嚴重。她說：「你肯定一直都很難過。」

她一開口，我就想要對她尖叫。但他專注於世界，而非她的問題。

「你從什麼時候開始覺得難過？你媽媽走了之後或是之前？」

「走了」二字讓他眉頭一皺。但他很快就做出反應。我媽媽不是走了。她死了。

迪蒂．朗麥頓時猶豫，停下腳步。說不定這句話令她大吃一驚，她甚至願意住嘴聽他說話。說不定這句話讓她興奮極了，因爲這句話很怪，肯定會吸引更多人按讚。說不定是我太不厚道。

「但你學會了模擬你媽媽的腦波活動。所以她的一部分已經成爲你的一部分，是嗎？」

他微微一笑，搖了搖頭。他倒也不是不同意，如今他知道沒有一個大人了解他的感覺。他朝著草地、天空、橡樹、湖岸的椴樹伸出雙手，在清新的空氣中輕輕揮舞，似乎試圖攬入遠方各個看不到的鄰里、我執教的大學、親朋好友的家園、威斯康辛州的首府、州境之外的各州。每個人都在每個人的心裡。

影片跳接到他受訓初期。鏡頭中的小男孩彎腰駝背坐在一張塑膠椅子上，以單音節的字語迴避實驗者的問題，他緊咬下唇，稍不順心就大吼大叫，好像整個世界都跟他過不去。然後鏡頭一轉，聚焦於現在的他，拍攝他開心作畫，陶醉於線條與顏色之中。這段影片我不知道看了多少次，說不定自己就點擊過上千次。但看到這兩個男孩並陳並列，依然讓我震懾。

接下來他和迪蒂·朗麥又回到湖邊。「你以前似乎很難過、很氣憤。」

很多人都很難過、很氣憤。

「但現在不會了？」

他咯咯輕笑，跟起初接受實驗的那個男孩判若兩人。不，再也不會了。

在樹下的長椅上，迪蒂·朗麥把一本羅賓的筆記本擱在膝上，她一邊翻閱，羅賓一邊爲她解釋。那是一隻環節動物，妳得承認很不可思議吧。那是一隻陽隧足。這些小東西？牠們是水熊蟲，也被稱為緩步動物。牠們可以生存在外太空，說真的，我沒騙妳，牠們可以飄到火星。

畫面跳接到一個中景鏡頭，他帶著她沿著人行道往前走，好像要讓她看看某個東西。攝影機慢慢拉近，拍攝特寫鏡頭：一叢植物，橢圓的樹葉呈鋸齒狀，當天早晨下了雨，葉片上依然布滿小小的雨滴。他指著依然垂掛在枝頭的果莢。它長得就像這樣。小心！別碰它！

他好像在講笑話，而且等不及想要吐槽揭曉最關鍵的笑哏。迪蒂雙手托住果莢，果莢隨即劈啪迸裂，迪蒂一臉訝異，連聲驚呼。她剝開瞧瞧：迸裂的果莢靜置在她的手掌中，捲曲盤繞，青綠怪異。「哇！這是什麼？」

很有趣，不是嗎？指甲花。種子可以吃喔！

他在一圈圈噗噗爆破的果莢裡細細篩揀，挑出一顆淺綠的種子。迪蒂．朗麥朝著攝影機扮鬼臉——「我希望你說得沒錯，」——把種子扔進嘴裡。她看上去一臉驚訝。「嗯，很像堅果！」

我不記得曾經教過我兒子辨識指甲花。但我記得我從那個日後成為他母親的女人口中得知關於它的種種。逐年往事一一迸裂，彷彿手榴彈般靜置在我攤開的手掌中。

影片中，我兒子從未提到指甲花也叫做「別碰我」。他只說，這裡有很多可以吃的東西，如果你知道該往哪裡看。

我們都很灰心，他跟她說。他們坐在沙灘上一艘倒置的獨木舟上，看著西沉的夕陽煥放出種種顏色。兩艘小船並排張帆、全速航行，趁著夜幕低垂前返回船塢。

所以我們才是在破壞世界。

「我們在破壞世界？」

而且假裝我們沒有，就像妳剛剛那樣。她羞愧的神情僅僅出現在畫面凝滯的一瞬間。大家都知道正在發生什麼事，只不過我們全都把頭轉開。

她等著他詳盡說明，闡述人類出了什麼毛病，或者如何醫治。

他說，我但願我戴了太陽眼鏡。

她大笑。「爲什麼？」

他朝著湖面一指。那裡有魚！如果戴了太陽眼鏡，我們就看得到牠們。妳看過白斑狗魚嗎？

「這我倒是不知道。」

他的小臉蒙上不解的神情。妳會知道的。如果妳看到一隻狗魚，妳肯定知道。

一對身旁跟著兩個小小孩的夫妻走近他們。傑恩熱切地跟他們打招呼，兩隻手臂飛快轉動，看起來非常開心。他請大家注意湖面上三種不同的水鴨，還學了鴨子的叫聲，小小孩的爸媽不禁露出微笑。他跟大家講起水蚤和其他水生甲殼生物。他秀給大家看看怎麼找到沙蚤。小女孩和小男孩聽得入神。

縮時攝影呈現漸漸蒼茫的暮色。節目的主題曲自遠處傳來。傑恩和他新交的好朋友坐在倒置的獨木舟上，兩人被城市一閃一閃的燈光環繞。他說，我爸爸是個天文生物學家，他在尋找外太空的生命，要嘛到處都沒有，要嘛到處都是。妳希望是哪樣？

她抬頭一看，凝視他指向的漆黑夜空。她的神情閃爍不定，好像正在訓練自己，試圖讓自己面對某種她不願開口說，也不願正視的情緒。說不定她正想著如何打破對我的承諾，把羅賓說的最後那幾句話納入影片的最終版本。那幾句話實在太棒，豈可因爲道德倫理之類的小節而捨棄？

畫面中的迪蒂．朗麥仰頭凝視天際，搭配著她的話語：「大部分的人都認爲外太空之中只有我們。但傑恩不是。」

鏡頭一轉，羅賓又出現在畫面上，他凝視著她，神情中帶著那段時日他對世間眾人的大愛。他的臉似乎散發著來自心中的光芒。她把目光移回他身上，暮色中，她作勢微笑，日後的自我繼續發言，此刻的自我一語不發，停駐在畫面上。

「跟傑恩相處就像是在各處都看到親族，加入一個不會隨著你的消逝而告終的龐大實驗，感受到超越凡塵的愛意，我不知道大家怎麼想，但最起碼我非常想要聆聽那樣的反饋。」

但終究還是羅賓的話令人難忘。說真的，他笑笑地對她說，神情之中帶著全然的鼓舞。妳覺得哪樣會比較酷？

「行星體」的影片上傳一星期之後，柯瑞爾打電話過來，聲調忽高忽低，感覺內心五味雜陳。「你兒子爆紅了。」

「你這句話什麼意思？怎麼回事？」我以爲是我兒子的腦波掃瞄出狀況。

「六家來自三個不同洲陸的公司來信詢問我們的實驗，除此之外，我們還接到許多申請函，表示願意參加訓練。」

我想了想，一一否決我想要做出的回應，最後終於擠出一句：「我實在好恨你。」

電話線另一端靜默無聲，並非尷尬，比較像是慎思。然後柯瑞爾八成判定我只是誇張其辭，於是佯裝我什麼都沒說，開始跟我報告最近幾天發生了什麼事。

「行星體」把影片上傳到一個名爲「世界再度面臨滅亡，這下該怎麼辦？」的節目，而且在社群媒體大肆宣傳。其他媒體紛紛轉載，即便只是爲了達成每天的發文量。一位眼觀四面、耳聽八方、注意力一閃即逝的網紅看到羅賓的影片，這個女人有她自己的影片頻道，而且獲利可觀，她在節目中遊走世界各地，協助人們割捨他們始終不是眞正想要的物品。全球無數觀眾沉迷於她這種不假辭色的關愛，其中兩百五十萬人自認是她的朋友。網紅貼上連結，連結中有張羅賓的照片，照片中的他合掌捧著一個指甲花的果莢，她還加註說明：

如果今天早上你還沒有讓自己被感動，請你試一試這個連結。

發出邀請後，網紅隨後貼上幾個莫測高深的表情符號。其他形形色色的網紅和非網紅開始轉發，結果造成網路大塞車，「行星體」的伺服器當機了一小時，而一支影片若能免費點閱，還有什麼比暫時無法觀看更能引起網友們的興趣？

根據柯瑞爾所言，流量網紅在星期二和星期三蜂擁而至。主流媒體在星期四和星期五陸續到來，後知後覺的人們在週末相繼加入。有人下載影片，上傳到幾個檔案分享網站。有人剪下羅賓的影片片段，過濾他的聲音，讓他怪異的話語聽起來更怪異。人們紛紛在留言板、聊天室、簡訊裡分享影片，甚至把它附加在電郵的簽名中……。

我一手拿著話筒，一手在我的平板電腦上搜尋。輸入「每個人都在每個人心裡」，再加上雙引號，羅賓就出現在我眼前，看起來、聽起來都像是來自遙遠外太空的訪客。

「他媽的。」

羅賓的房間裡隱隱傳來笑聲。我聽到囉！

「你建議我該怎麼做？我該跟他說什麼？」

「席歐，重點是，記者也找上我們了。」

這表示他們過不了多久就會出現在我家臺階上。「不，」我幾乎衝口而出。「我受夠了。我們不會再跟任何人談。」

「這樣最好。其實我也建議這麼做。」

柯瑞爾聽起來格外沉著。但話說回來，他肯定會從這波突如其來的風潮中大賺一筆。羅賓可不會。

我看不出我們碰上多大的麻煩。說不定這波網路爆紅來得急、也去得快。按讚和分享影片的人們，說不定大多根本沒有從頭看到尾。或許這像是一場小雨，一天終了前，人們會再按讚分享幾支影片，而後雨過天晴，一一遭到淡忘。

但柯瑞爾叫我不要擔心的同時，難以計數的糾錯碼在環繞地表的電磁波中急遽增加。它們宛如高達三萬五千七百八十六公里的噴泉般直竄空中，然後以每秒鐘三億哩的速度傾瀉而下。它們流竄於光纖電纜之中，而後經由無線電波四處奔竄。數以億萬計的使用者無時無刻隨意點擊手中的觸摸式螢幕，數以千億萬計的訊息因而源源湧出，人類藉由如同汪洋般龐大的訊息轉移注意力，羅賓的影片不過是其中最微小的波瀾。若說人們當天所產製可供瀏覽的動態消息是八道菜餚的晚餐，數百億位元的資訊就像是餐後甜點一顆草莓上的一個小黑點。只不過這數百億位元是我兒子，重新組合之後，它們就能記錄下他的臉孔，讓我看到他一天傍晚在湖畔跟一個陌生人說：

每個人都在每個人的心裡。

柯瑞爾說：「先別激動，我們看看這件事怎麼發展。」多練習幾次，掛他電話就容易多了。

政府委員會[32]造訪麥迪遜。他們以前來過麥迪遜，但已經好幾年未曾造訪。當時他們拍攝我做簡報，簡報中，我提議把焦點放在光穿越星球大氣層的吸收線，藉此探測千兆公里以外的生命。在那之後，政府委員會的演講已經從學術研討會的餘興節目，搖身一變成爲大眾獲知科學研究進展的主要管道。

政府委員會的演講都是現場直播，每位主講者限定至多五分鐘。麥迪遜分會網站評分最高的影片光榮上傳到威斯康辛州分會網站，威斯康辛州分會網站評分最高的影片則會扶搖直升到中西部分會網站，然後繼續晉級到全美分會網站，最後名列眾人垂涎的世界大會網站。只有那些耐著性子、熬過整整一分鐘的收視者有權投票。投票者自己也藉由幫別人打分數爬升排行榜。這樣一來，知識不再操控於少數人之手，科學研究因而成爲群眾智慧。我自己那場演講只爬升到威斯康州分會，因爲我的演講提及宇宙，卻隻字不提天主，所以惹惱了數以千計的收視者，把我扣留在地方層級，不讓我繼續晉級。

麥迪遜分會的籌辦人員寄了電郵給我。我草草看了幾行，馬上匆匆回函表示不克參加，同時提醒他們我曾參加演講。兩分鐘之後，我收到後續電郵，澄清先前我太快回覆的那封郵件。他們並沒有邀請我，而是希望羅賓在馬提．柯瑞爾的「解碼神經反饋」演講中客串登場。

我勃然大怒。我足足跑了四百公尺，一路衝向柯瑞爾在校園另一頭的實驗室。幸好我跑得上氣不接下氣，所以當我看到他在他的研究室時，我已經沒有力氣痛扁他。但我確實扯著嗓門朝他怒吼。「你這個愚蠢的王八蛋。我們先前講好了。」

柯瑞爾畏怯退縮，但依然不讓步。「我不知道你在說什麼。」

「你把我兒子的身分透露給政府委員會。」

「我哪有做出這種事？我甚至從來沒有跟他們講過話！」他掏出手機，敲按出他的電郵。「這裡，你自己看看！他們想要知道我可不可以跟你兒子一起登臺。」

我們兩人終於恍然大悟。政府委員會先前直接找上我，他們花的功夫，其實跟迪蒂．朗麥和「行星體」的製作小組差不多。如今線索四處可尋，發掘傑恩的眞實身分不過是場益智遊戲。他已經被公開。如今大勢已去。

我雙手顫抖。我從他桌上拿起一個訓練邏輯的玩具，玩具中的木頭小鳥被關在鳥巢裡，鳥巢由十六個滑動的木塊拼裝而成，你必須移動木塊，巢裡的小鳥才可以重獲自由。唯一的問題在於每個木塊都不願移動。「他已經變成所有人議論的話題人物。」

---

32 Council of Government（COG）亦稱區域理事會、區域委員會，或是區域計畫委員會，是一種遍布美國的區域管理或協調機構。

「沒錯，」柯瑞爾說，他的口氣聽起來幾乎像是道歉。他端詳我的神情——這傢伙畢竟是位訓練有素的心理學家——我忙著驗證鳥巢玩具壞了、問題如何無解，只是出於自爽。「但他給了很多人希望。人們被這個故事感動。」

「人們也被幫派電影、抒情歌曲、手機資費廣告感動。」我又愈來愈激動。我一焦慮就會這樣。柯瑞爾只是靜靜看著我，等我再度開口。「我會問問羅賓。我們兩人都不能幫他做決定。」

柯瑞爾眉頭一皺，但點了點頭。我似乎多多少少嚇壞他了，而這也可想而知。我感覺自己像是小羅賓，快要滿十歲，頭一次看穿大人的世界。

羅賓很懂事，但也謹慎。他們要的是我，或者他們真正想要的是傑恩？

「他們百分之百要的是你。」

酷！但我得做什麼？

「你什麼都不必做。如果你不願意，你甚至不必答應他們。」

他們要我談一談我的訓練、媽媽的腦部？

「你講話之前，柯瑞爾博士會先把這些說清楚。」

那我應該做什麼？

「做你自己就行了。」這話說得不痛不癢，似乎毫無意義。

他的眼神飄緲恍惚。我這個膽怯害羞、多年來避免接觸陌生人的兒子，如今正在暗自盤算他若坐在大型舞臺的一角、當眾吐露生命的奧祕，不知道可以從中得到多少樂趣。

登臺前的一星期，我的情緒開始失控。我後悔讓他答應任何事情。如果他表現失常，他這輩子的心裡都將留下創傷。如果他表現超凡，他將在政府委員會各個分會的網站打開知名度，也將受到比現在高出十倍的矚目。這兩種可能性都令我抓狂。

登臺前一晚，他做完最後一組數學習題後走進書房找我，我坐在一疊大學部學生的考卷後頭，努力假裝正在改考卷。他繞到我的椅子後面，雙手擱在我的斜方肌上，大聲喊出往昔我叫他放輕鬆的指令。*水母體操！*

我讓全身軟趴趴。

卡緊緊！

我又繃緊。我們重複了幾次，然後他繞過來坐在我椅子的扶手上。*爸，放輕鬆！沒事的。我的意思是，我又不是被逼著上臺演講。*

他一上床睡覺，我馬上打電話給政府委員會的當地籌辦人員，也就是那個長相酷似托洛茨基，柯瑞爾和我都得跟他打交道的傢伙。「我還有一個條件。你們拍了那場演講之後，如果我不喜歡，你們不可以上傳。」

「這得由柯瑞爾博士決定。」

「嗯，我需要否決權。」

「我認爲這不太可能。」

「好，我認爲我兒子明天不會上臺。」

你若不是非贏不可，談判的贏家始終是你，想來有趣。

三百位觀眾擠滿禮堂，早上的各場演講已經結束，人們依然陸續湧入。好戲登場前的十五分鐘，我們三人站在後臺。一位技術人員幫柯瑞爾和羅賓配戴耳機，跟他們解釋各項程序。

「你們會看到舞臺前方有個紅色的計時鐘。四分四十秒的時候……」他伸出食指作勢割喉，還發出呼嚕咕嚕的聲響。柯瑞爾點點頭。羅賓哈哈笑。我好想吐在木地板上。

直到柯瑞爾在觀眾的掌聲中走到舞臺中央，我才察覺演講已經開始。我伸手攬住羅賓，好像我一鬆手，他說不定就直衝舞臺。技術人員站在他的另一側，揮舞著一具手控式監視器，朝著耳機式麥克風輕聲說話。

這不知道是柯瑞爾第幾次在大眾面前推銷他的研究，但他聽起來倒不像是經驗老道。他依然帶著訝異的口吻提及他的研究，好像實驗結果令他大爲驚奇。他花了五十秒鐘描述神經反饋、四十秒鐘解釋功能性磁振造影和人工智慧軟體、三十秒鐘總結成效，然後演講進行到第三分鐘，他這才播放羅賓的影片，觀眾們頻頻驚呼，顯然已被打動。我兒子也是；他站在我身旁，置身在一片漆黑、座無虛席的禮堂一側，再度觀看影片。*天啊，那就是發生在我身上的狀況？*

第四分鐘揭示重大機密。柯瑞爾輕描淡寫，彷彿那只是另一個數據；先前不幸辭世、使得男孩每況愈下的母親，如今藉由這種方式回來修復調養，讓他重獲身心健康。羅賓在我臂彎裡微微抽動，我低頭看著身邊這顆玲瓏的行星，他的肩膀顯然被我掐得太緊，但他咧嘴一笑，好像覺得那個受到拯救、不再每況愈下的男孩很有意思。

最後半分鐘，柯瑞爾忍不住做出詮釋。「我們僅是匆匆瞥見這些技術的潛力。唯有未來才會彰顯得出種種可能。在此同時，請你想像這樣一個世界，在那裡，你的怒氣被另一個人的沉著撫平，你內心的恐懼被一個陌生人的勇氣紓緩，你的傷痛可以藉由訓練消失無蹤，就像上鋼琴課一樣容易。我們可以學習在這樣的地球上生活，無需害怕，無需恐懼。現在請大家跟我的朋友打聲招呼，讓我們歡迎羅賓．拜恩。」

我身旁的小小人兒甩開我的手臂，就這麼拜拜。我一手搭在頸背，看著他走過舞臺。我看過一個跟他身材同樣矮小的孩童在紐約莫肯音樂廳演奏《莫札特第八號鋼琴協奏曲》。女孩的小手幾乎彈不了八度雙音，我不明白她怎麼辦得到，或是她爸媽為什麼讓她上臺，此時此刻，我心中升起同樣的困惑。我的兒子已經成為一個小天才，彈奏著專屬於他的樂曲。羅賓快步走向被泛光燈照得通明的舞臺中央，觀眾瘋狂地鼓掌。他一手擱在胸前，彎腰一鞠躬，掌聲更加熱烈，笑聲更加高昂。

這段影片我看了好多次，在我的記憶中，我甚至相信自己也坐在漆黑的觀眾席上。柯瑞爾肯定以為羅賓會微微一笑、揮一揮手，然後兩人告辭下臺。但他們還有整整一分鐘可以自由運用。整座禮堂的人都想問他：那是什麼感覺？你的感覺如何？那是不是依然是她？但柯瑞爾把話題轉到另一個方向。他問：「跟你開始接受訓練的時候相比，你現在哪裡最不一樣？」

羅賓揉揉嘴巴和鼻子。他花了太久才回答。你看得出柯瑞爾的信心開始動搖，也可以聽到觀眾們愈來愈煩躁。你是說真實生活裡的我？

他講得有點口齒不清。觀眾們嘰嘰喳喳。柯瑞爾不知道羅賓有何打算。但他還來不及把情況拉回正軌，我兒子就大聲說：沒什麼不一樣！

觀眾又哈哈笑，即使聽來有點勉強。這個問題惹惱羅賓。他多多少少想說：你們都知道怎麼回事。即使你們都約好了不說，但你們每個人都知道。這種情況不可能持久。在此同時，他的右手垂到身側，手腕不停轉動，臺下數百名觀眾都沒有注意到這個奇怪的姿勢，但我知道如何解讀。

我只是再也不害怕。我整個人被加進一個非常龐大的東西裡頭。這一點最酷。

柯瑞爾朝著觀眾比個手勢，臺下爆出如雷的掌聲。他把手擱在羅賓的頭上。我兒子的母親的情人。還剩十秒鐘，演講結束。

在尼薩星上，我們幾乎盲眼。在十種主要知覺中，視覺最不管用。但除了搜尋緩緩移動、閃閃發亮的細菌之外，我們無需多看。我們間距適中的耳朵聽得出顏色，我們藉由皮膚感受壓力，精準無比地判定周遭。我們品嘗得到遙遠一端的微小變化。我們擁有八顆不同的心臟以不同的韻律跳動，使得我們對時間的節奏格外敏感。熱梯度與磁場指引我們必須身在何處。我們以無線電波交談。

我們的農業、文學、音樂、運動、視覺藝術都足以比擬地球，文明演化亦是睿智平和，但我們從未在無意間發現火種、印刷、金屬器械、電力，或是任何尖端科技。尼薩星可見熔化岩漿、氧化鎂，以及其他種種形勢的燒灼，但星球上沒有火。

酷！我兒子說。我要去探索。

我叫他不要離開地表太遠，尤其是地表上的噴氣孔。但他年紀尚輕，一旦碰上星球最棘手的挑戰時，尼薩星對年輕人可是毫不留情。在尼薩星上，「永遠」相當於「永不」；這樣一個星球可真是苦了星球上年輕的世代。

他的探索爲時極短，很快就回到地表。他很洩氣。除了天空，上面什麼都沒有。他抱怨。

天空硬得跟石頭一樣。

他想要知道天空的上方有些什麼。我沒有嘲笑他，但我也沒幫他。他四處打聽，我這一輩和他那一輩的人們全都不留情面地嘲笑他，於是他揚言要鑽鑿探勘。

我沒有試圖勸他打消此意。我想他說不定花幾百萬拍子的時間試一試，然後宣告放棄。

他把螺殼加熱，用筆直細長的尖端當作工具鑽鑿，進度遲緩枯燥，花了億萬次心跳的時間才鑿出一個洞孔，洞孔的深度僅若一根伸長的觸鬚。但碎石從空中掉落，在尼薩星簡直是前所未見的奇觀。洞孔成了眾人的笑柄、猜忌的目標、異端教派的祭拜禮俗。物換星移，時光流逝。尼薩星的世世代代看著他微乎其微的進展，我兒子以世間所有的時間，在臨睡前好整以暇地持續鑽鑿。

千生萬世之後，他鑿到了空氣。種種領悟接踵而至：我兒子發現了凝冰、地殼、水、大氣、星光、困陷、永恆、他處，尼薩星因而遭逢巨變，天下萬物無一倖存。

我們的華府之行讓羅賓樂不可支。我必須前往華府挽救我的研究計畫，以便繼續探索宇宙間的生命，我最忠誠的全職學生跟著去湊熱鬧。

我幫這趟旅行製作東西，好嗎？

他不肯跟我說他打算製作什麼。但身爲羅賓依法認定的老師，我一向留心合適的教材，最起碼必須比我在網路上看到的那些令人沮喪的社會課有意義。（我怎樣存錢？何謂利潤？我需要工作！）前往美國的首都遠足，再加上自製圖表報告，似乎恰好符合需要。

他叫我在車裡等他，自個兒帶著他的畢生積蓄進去美術用品店。幾分鐘之後，他抱著一紙袋的用品走出來。回家之後，他把這袋寶貝藏在他的房間裡，著手開始工作。他的門上冒出一個牌示，他原本圓滾的字跡變得比較俏皮，頗似艾莉的字跡——他每做一次反饋訓練，他們母子的字跡就愈來愈像。

工作區
禁止入內

除了一捲寬達四十五公分，笨重到藏也藏不了的白色牛皮紙，我不知道他有何盤算。我問了又問，結果只引來嚴正告誡，叫我不要問東問西。所以我們父子各自準備我們的華府之行；我兒子專注於他的祕密計畫，我細細推敲我將在國會獨立審查小組作證的證詞。

審查小組受命做出一個單純的建議：要嘛回答世間最古老、最切身、至今依然無解的問題，要嘛索性撒手不管。接下來的幾天，數十位我的同僚將以太空總署的立場發言，為「類地行星探索者」請命。我們的任務很簡單：央求撥款委員會切勿砍削這座太空望遠鏡的預算，讓這個世界再過幾年就可以在鄰近的星系看到生命。

當權者對探勘其他地球沒興趣。審查小組的議員們威脅要把我們的「探索者」打入冷門計畫的墳場，讓它加入太空總署其他與日俱增、經費受到腰斬的研究計畫。但橫跨三大洲的科學家們紛紛揚棄所謂的中立立場，用盡我們所知的任何方式為探勘請命。這就是為什麼一個騙徒之子、一個綽號「瘋狗」、初入社會時以打掃化糞池為業的小夥子，現在居然搭機前往華府，為了一座有史以來威力最強大的望遠鏡作證。我兒子隨同前往，帶著他自己的征戰上路。

他走在我的前頭，沿著走道開開心心、蹦蹦跳跳地前進，跟飛機上每一位乘客打招呼。當我把他的背包放進座位上方的行李箱，他高聲喝斥。小心！爸！別壓壞它！他要坐靠窗的位置。他看著行李輸送帶和地勤人員，好像他們正在興建金字塔。飛機起飛時，他緊緊抓住我的手，但飛機一升空，他就安然無事。航程中，他迷倒空姐們，還跟坐在我右側的經理人提起「幾個不錯的非營利團體」供他參考贊助。

我們得在芝加哥轉機。羅賓在登機區幫人們素描，然後把素描當作禮物送給大家。航廈大廳的另一頭，三個小孩一邊講悄悄話，一邊指指點點，好像從沒看過網路哏圖出現在現實生活中。轉機起飛時，他的狀況好多了。當飛機航向目的地，穿越雲層準備下降，他在轟轟隆隆的引擎聲中大喊：天啊！華盛頓紀念碑！跟書裡一模一樣！

附近幾排的乘客哈哈大笑。我指了指他肩膀後方。「那是白宮。」

他壓低聲音回答。哇，好漂亮！

「政府三權？」我考他。

他伸出一隻手指揮了揮，好像跟我比劍。行政、立法，還有……有法官的那一個。

我們搭計程車到旅館，沿途觀賞華府，他一臉敬畏。你打算跟他們說什麼？

我給他看看我準備的講稿。「他們還會問問題。」

怎樣的問題？

「喔，他們什麼都會問。爲什麼『探索者』的經費一直增加？我們希望發現什麼？爲什麼我們不能用些比較不花錢的方式探索生命？如果『探索者』無法完工，會有什麼差嗎？」

羅賓凝視計程車窗外，驚奇地望著一座座紀念碑。駛進喬治城，快要抵達我們的旅館時，計程車放慢車速。羅賓想事情想得入神，試圖幫我化解危機。我撫平他的頭髮，當年我們一家三口一起出門時，艾莉也經常這麼做。我感覺我倆好像乘坐著一艘小小的船舶，航越當今全球超級強國的首府。強國位居一顆地表凹凸不平、體積不大不小的星球上，瀕臨星球第三大洲陸板塊的海岸。星球處在一顆G型矮星適居帶的內環，飄浮於距離棒旋星系邊緣三分之一之處，星系緩緩飄過疏散分布的本星系群，與系群中的各個星系同處於無垠宇宙的正中央。

計程車慢慢開進旅館的環狀車道，司機說：「Comfort Inn[33]，我們到了。」

33 美國著名的平價連鎖旅館。

我把信用卡插進計程車的讀卡機，付款額隨即從一個隱約坐落在瑞典北境凍原的伺服器農場，瞬間傳送到司機在虛擬空間的手中。羅賓下車，從後車箱拿下他的背包，望著眼前非常平價的連鎖旅館，讚賞有加地吹了一聲口哨。天啊，我們過得像國王一樣！他不肯讓門僮幫他拿背包。背包裡有東西！

一走進我們那間在旅館九樓，陳設非常普通，俯瞰波多馬克河的房間，他又吹了一聲口哨。寬廣的街道在他下方呈輻射狀延展，條條都是恰當的公民課程教材。他一手貼在窗上，凝望著所有的可能性。我們走吧！

我們走到自然歷史博物館二樓的「骨骼廳」之後就再也不走了。形形色色的骸骨似乎勾住了羅賓的腦幹，怎樣都不肯放手。他拿著他的素描簿站在一櫃髗形目魚類的前方，對每一副魚骨的線條和尖刺投以高度關注。我站在展廳的另一頭看著他，無法移開視線。他一身鬆垮垮的擋風夾克和牛仔褲，望似另一個物種的耆老，而那個身形矮小、老派過時、風塵僕僕的物種億萬年來勤於紀錄，爲一個曾經繁茂興盛，而後卻消失得無影無蹤的星球，留下種種紀錄。

我們找到一家素食餐廳用餐，然後走回旅館。回到我們的房間之後，他又認眞起來。他坐在床沿，雙手托著小臉。爸？我本來想要等到明天再拿給你看，但是說不定現在就應該讓你瞧瞧？

他走到房間另一頭，從他的背包裡拿出一捲牛皮紙，牛皮紙在旅途中被壓得有點皺。他把紙捲擱在床腳旁的地板上，拿個枕頭壓住一端，慢慢攤開。這個橫幅比我們兩人的身高加起來還長，而且以各色各樣的油彩、螢光筆、水彩作畫，橫幅自左至右寫了幾個大字：

讓我們醫治受到我們傷害的生物

橫幅的用色和設計都非常大膽，似乎又是直接從他媽媽那裡學來；艾莉生前也是如此，而她揮灑的畫布，始終龐大到我無法眼見。橫幅上的字母被種種生物環繞，好像出自一位比他成熟的畫者。鹿角珊瑚漸漸白化。鳥和哺乳類動物逃離火焚的森林。橫幅底端，一排長達二十五公分的蜜蜂朝天仰躺，蜂眼裡都畫上一個小叉叉。

我的意思是授粉昆蟲一天天減少。你覺得大家看得懂嗎？

我說不上來。我甚至不知道該如何開口。但話說回來，他並不等我回答。

但你不能讓大家喪氣。這樣只會嚇到他們。你應該讓大家瞧瞧美好的生活。

他拉起橫幅的一端，叫我抓住另一端。我們協力把整個橫幅翻面，如果剛才那面宛若地獄，現在這面簡直就像天堂。橫幅的中央寫了兩行字：

祈願眾生

棄苦得樂

　　橫幅兩端擠滿種種生物：有些覆著羽毛，有些覆著毛皮；有些尖細如刺，有些形若星星；有些長了鰭，有些長了鱗；有些龐大笨重，有些流線輕巧；有些側生，有些枝生；有些呈放射狀，有些呈根莖狀；有些人盡皆知，有些無人知曉。種種生物以天馬行空的顏色和形狀呈現，全都徜徉在蓊鬱的林木和深藍的海洋之間。以艾莉的腦波圖受訓之後，他的雙手和雙眼似乎得到釋放，畫作因而更加耀眼。

　　他低頭看看地板上的作品，思量著哪裡不妥。應該是離苦得樂，我不會寫離。

　　「你可以問我。」

　　但你就會知道。

　　「羅賓，這樣已經很好了。」

　　真的嗎？爸，老實跟我說。我只要聽真話。

　　「羅賓，我是說眞話。」

　　他瞇起眼睛，低頭看看，然後搖搖頭。爸，你知道嗎？我們都非常、非常富有，如果大家都知道就好囉。他把雙手往前一傾，好像捧著滿掌微生物和珍寶。

「你對橫幅有何打算？」

喔，我在想啊，你跟審查小組談完之後，我們可以舉著橫幅站在外頭，比方說以那些很酷的建築物當作背景，我們可以請人幫我們拍照時，然後把照片上傳到網路，用我的名字當作標籤，當大家搜尋我那段好笑的影片，他們就會看到這個橫幅。

我們把橫幅捲起來，準備上床睡覺。黑暗中，數十種功能不明的電子用品發出微光，閃閃爍爍，我們半躺在我們的雙人床上，簡直就像置身在一艘曲速引擎探索艦的指揮站，一時之間被困在某個水坑，無法繼續進行我們無止無盡的探索。

我兒子的聲音劃破黑暗。那些人？他們當真嗎？

「哪些人？」

那些連結到我的影片的人？

他的聲音帶著一絲懷疑，我的心一沉，感覺天旋地轉。「他們怎麼樣？」

他們多少人只是在嘲笑我？

六種不同頻率的聲音在房間裡嗡嗡作響。任何答覆都顯得怯懦。我花了好久才開口，他也因此得到答覆。「人類啊，羅賓，這個物種靠不住。」

他想了想，衡量一下變成話題人物的意義何在，臉色隨之陰沉。

「羅賓，我很抱歉，我犯了大錯。」

但在窗戶反射出的微光中，我看到他搖搖頭。不，爸，一切都ＯＫ。別擔心。你記得信號吧？

在重重光影之中，他舉起細瘦的手臂，把手窩起來，前後左右地轉動。好幾個月之前，在另一個時空之中，他教過我這個他自創的手勢，意思是一切都ＯＫ。

你知道大家有時候會擔心別人是不是生他的氣？嗯，如果人人都有這個顧慮，我跟這個世界就過得去。

自助式早餐讓他非常開心。他在盤子裡堆了好多燕麥方塊酥、藍莓馬芬、酪梨吐司，數量多到任何跟他個頭差不多的生物一天內應該都吃不完。他一邊講話，榛果巧克力醬就從他唇邊滲出來。有史以來最棒的遠足！而活動甚至還沒開始！

我們打算趁著我作證前到國家廣場[34]走走。我們討論一下想要參觀什麼。他想要再回去自然歷史博物館。我要看植物。爸？大家幾乎都不曉得，但所有事情都是植物在做。其他生物只是寄生蟲。

「小傢伙，你說對了！」

我的意思是，植物吃日光？太瘋狂了吧！比科幻小說更棒！他沉下臉。這麼說來，科幻小說為什麼覺得植物很嚇人？

我還沒回答，一個年紀大我兩倍、矮小瘦弱、眼鏡鏡框跟護目鏡一樣大的女人出現在我們的

34 National Mall，華府特區的綠地公園，從林肯紀念堂延伸到國會大廈，面積廣闊，是國家慶典儀式，或是遊行示威的首選，廣場兩側還有多座博物館，包括著名的史密斯森美國藝術博物館和自然歷史博物館。

雅座旁。「抱歉打擾你們吃早餐，」她邊說，邊看著羅賓。「但是你……？你是不是影片裡那個小男孩？那段影片精采極了。」

我還來不及問她有何貴幹，羅賓就露出微笑。說不定是我。嗯，其實就是我。女人後退一步。「我就知道。你有某種特質。你眞的很了不起！」

每個人都很了不起，他說。這句話似乎在爲自己的影片背書，他們兩人聽了都大笑。她轉向我。「他是你兒子嗎？他眞的很了不起。」

「沒錯。」我說。

她被我的粗率嚇了一跳，胡亂說了幾句對不起、謝謝，然後掉頭走開。當她走遠，聽不到我們在說什麼，羅賓張口結舌地瞪著我。拜託喔，爸，她只是表現友善，你不必對她那麼刻薄。

我那個知道大型兩足動物都不可信任的兒子到哪兒去了？我眞希望他回到我身邊。

審查小組在國會山莊對面的「瑞本眾議院辦公大樓」會面。羅賓四處晃蕩，滿心愛國情操，興奮不已。我拉著他往前走，好讓我們準時抵達預定的會面地點。會議室有如巨穴，鑲嵌著原木，垂掛著國旗。長排並列、逐級上升的皮革座椅面朝一個架高的講臺，講臺上擺了一張厚重的木桌，名牌和塑膠瓶裝水沿著桌沿排列。會議室最裡頭還有一張張邊桌，桌上擺滿咖啡和小點心。

我們通過安檢，耽擱了一些時間，遲遲才走進一個擠滿人的小房間。與會者都是我的同僚，來自全國各地，其中兩、三位看過羅賓先前擅自闖入視訊會議，因此記得他是誰。其他幾位同僚開開羅賓的玩笑，問他是不是打算做個簡報。我敢打賭我可以說服他們，他說。

會議開始了。我叫羅賓坐在我旁邊。「小傢伙，乖乖坐好，還有好久才可以吃午餐。」他舉起他的素描簿、粉蠟筆、一本圖像小說，小說描寫一個小男孩如何學習在水底下呼吸。他可眞是裝備齊全。

講臺上坐滿政治人物，人人望似昨日的美國。他們點名一位太空總署的工程師，請他說明「探索者」的最新規畫。「探索者」將停駐在木星軌道附近，部署它那面巨大無比、自行組裝的主鏡。另一座儀器「掩星探索艇」將飛行到數千公里之外，自行定位在確切的地點，遮擋發自各個星球的光，好讓我們的「探索者」能夠觀測各個星球。工程師做個示範。「這就像是你伸手遮住手電筒，好讓你看得到誰拿著手電筒。」

連我聽了都覺得不可思議。一位選區在德州西部的議員率先提出問題。他一口慢吞吞的南方口音，聽起來像是爲了在大庭廣眾前發言而刻意雕琢。「嗯，你的意思是說，就算沒有附加那個飛行燈罩，『探索者』已經跟『新世代太空望遠鏡』一樣複雜？然而我們甚至沒辦法讓那座該死的『新世代』升空！」工程師提出異議，但議員的聲勢蓋過他。「『新世代』已經延遲幾十年，超支幾十億，你們怎麼可能用你們要求的預算建造一座比『新世代』複雜兩倍的望遠鏡？」

情勢自此急轉直下。另外兩名工程師試圖挽回頹勢，重振大家的信心。其中一位幾乎是慷慨激昂。今早的會議眼看著還沒起頭就要被取消。羅賓始終專注於手邊的事情，幾乎一點都不煩躁。當我們走出會議室去吃午餐，他舉起一張圖畫尋求我的認可。當中是另一個星球，好像透過「探索者」的視角所見，圓碟般的星球被藍綠白三色渦漩所環繞，星球上顯然有生命跡象。

畫得眞棒，我想把它納入我的投影片中。我們有一小時的時間。但我得先帶著我們排隊領取餐盒。有些餐盒標示著「素食星人」，有些餐盒標示著「牛郎星人」。「你看了應該會哈哈大笑。」我跟我兒子說。

我不會，因為我很Sirius[35]。

「哈哈，很好笑。你顯然已經讀過『太空人笑話大全』。」

沒錯，那本書讓我笑得很霹靂[36]。

我們窩在角落。羅賓用餐時，我把他那張華美的圖畫擺在地上，用我的手機拍了一張照片，上傳到我的筆電，即刻裁剪修飾，加入那疊當天下午我將爲眾人播放的虛擬投影片中。我從小到大讀了無數科幻小說，但沒有一本料想得到這樣神奇的過程。

午餐之後輪到幾位科學家上臺，人人的研究都必須仰賴「探索者」。我是第三個上臺。我走向講臺，會議室的眾人卻正因爲飽餐一頓而昏昏欲睡。我講述光學造影爲什麼是尋找生命最有效的方式。我爲大家展示現今最清晰的一張系外行星照片，照片中頂多只是一團模糊不清的灰黑，即便如此，也足以令人折服，因爲我的博士論文的指導教授曾信誓旦旦地保證，我們此生絕對看不到這樣的影像。

我下一張投影片略具戲劇效果：我想像透過「探索者」的物鏡探看那個系外行星，然後以數位化的方式模擬，呈現出我們最佳的揣測。眾人倒抽一口氣，好像國會說「要有光」，宇宙就欣然順從[37]。我特意強調，一張這麼清晰、數據這麼豐富的照片，說不定可以辨識星球上是否有生命。最後我高舉羅賓的畫作，同時朗誦薩根[38]的名言：「我們勇敢提問、深度探索，藉此讓我

35 Sirius（天狼星）和 Serious（正經、嚴肅）的發音相似。
36 原文是「I got a Big Bang out of it」，羅賓用天文學的名詞跟他爸爸開玩笑。
37 原引自《創世紀》第一章第三節，神說：「要有光」，就有了光。

們的世界意義非凡。」

然後我準備承受一切魯莽的提問。那位西德州的議員率先開炮。「你的大氣模型分辨得出哪個世界住了有趣的生物、哪個世界只有細菌嗎？」

我說一個住滿了細菌的遙遠星球，無異是最有趣、最令人驚喜的發現。

「你看不看得出來一個星球有沒有智慧生物？」

我試圖用二十秒時間解釋或許可以怎樣達成。

「好，勝算有多大？」

我想要搪塞，但這樣毫無助益。「我們全都認爲勝算並不大。」失望的嘆息聲此起彼落。另一位議員提問：「如果『新世代』望遠鏡眞的啓用，你可不可以用它來進行你的研究？」

我解釋說，「新世代」太空望遠鏡宏偉精良，但連它都無法直接觀測大氣層。一位老邁落伍的蒙大拿州議員把這兩部望遠鏡扯在一起。「如果這些昂貴的玩意跟我們說，全宇宙最聰明的生物原本可以把幾十億美金花在這裡，讓這個全宇宙最有趣的星球善加利用這一大筆錢呢？」

我當下就知道這些人打算砍掉這個計畫。預算超支只是藉口。即使「探索者」不花一毛錢，這個國家的執政黨照樣反對。尋找類似地球的星球是全球主義者的花招，必須視作「巴別塔」般將之棄置。如果我們這些學術殿堂的菁英發現宇宙各處都有生命，那麼人類在上帝的眼中還稱得上特別嗎？

我從講臺上走下來，心情糟透了。我頭暈目眩，視線漸漸模糊，搖搖晃晃地走回我的座位。行進時，我聽到我兒子高聲歡呼：爸！你好棒！我刻意讓他看不到我的神情。

會後我們在會議室外的走廊上待了一會兒。我和我的同僚們驗收戰果，剖析得失。有些人依然充滿信心。有些人已經放棄希望。一位矮小精悍，頗具阿法男特質的柏克萊學者建議，我若多列舉一些數據、少秀幾張孩童的圖畫，說不定結果會好一點。但一位全球知名的庶民天文學者繞著羅賓團團轉，直到他臉紅。「你棒極了！」她跟他說，然後轉頭對我說：「你實在很幸運。我實在搞不懂我那幾個兒子爲什麼會對《星際大戰》的興趣大過星辰。」

38 薩根（Carl Edward Sagan, 1934–1996），美國知名天文學家、天文物理學家、宇宙學家、科幻作家，亦是非常成功的科普作家。

我們沿著獨立大道往前走。羅賓牽起我的手。我覺得你剛才表現得很好，爸。你覺得呢？

我現在想說的話有點兒童不宜。「人類啊，羅賓。」

人類喔，羅賓同意。他暗自微笑，然後抬頭看看國會山莊圓頂上的自由女神雕像。你覺得外星人已經發現比民主制度更好的制度嗎？

「嗯，在不同的星球上，所謂的『更好』或許全都不同。」

他點點頭，似乎提醒自己必須記得這一點。每件事情在不同的星球上看起來都不同。這就是為什麼我們必須找到它們。

「我但願我剛才在會議室裡這麼說。」

他舉起雙手，好像試著擁抱國會山莊。你瞧瞧這個地方！我們的母艦！

我們沿著其中一條蜿蜒的步道越過草地。羅賓用手肘推推我，示意我走向階梯。當我察覺他有何打算，我的心一沉。那捲牛皮紙從他的背包裡突出來，好像太空衣的接收天線。

這個地點還不錯，對吧？

恐懼和興奮肯定只是一線之隔。就在那時，一位今早一起開會的太空總署工程師沿著步道走過來。我跟那人招招手，然後跟我兒子說：「羅賓，我們開始行動！」反正這件事頂多只花一、兩分鐘，最起碼我們其中一人可以帶著勝利感回家。

羅賓從背包裡取出橫幅時，工程師和我聊起今天的聽證會，謹慎評估戰果。「這只是作秀，」他說。「他們當然會提供經費。他們又不是山頂洞人。」

我問他介不介意幫我和我兒子拍一、兩張照片。羅賓和我攤開他的傑作。微風吹起，橫幅幾乎從我們的手中飄走。爸！小心！我們一拉一扯，橫幅整個攤開，翻騰飄動，好像太空探索儀吸滿了太陽風的吊臂。午後日光燦燦，他手繪的生物更是栩栩如生，我也看到先前在旅館裡沒有瞧見的細節。

工程師非常興奮，咧嘴大笑，露出一口不怎麼整齊的牙齒。「哇！你畫的？太棒了。如果我有你這種本事，我當初絕對不會玩無線電收音機。」

我把我的手機遞給他，午後的光影變化萬千，他從不同的角度和距離拍了幾張照片。一個小男孩、小男孩的父親、瀕臨滅絕的鳥獸、橫幅底端那排遭逢浩劫的昆蟲，背景中那一棟棟緬懷自由，卻由奴隸興建的砂岩、石灰石、花崗岩樓宇——工程師全都想要完美呈現。另外兩個早上一起開會的太空人遠遠看到我們。他們走過來欣賞橫幅，指示工程師如何拍攝。工程師把手機翻過來，讓羅賓看看手機的鏡頭。「我們太空總署設計了數位攝影機，那座造價十億美金、在火星軌道附近失蹤的攝影機，就是由我幫忙建造。」

其中一位太空人趾高氣昂地說。「最初還不是我們太空人逼著你們這些太空總署的呆瓜裝上攝影機！」

平民大眾和參訪的觀光客停下腳步，羅賓的橫幅和三個興高采烈朝著彼此大喊大叫的老傢伙引起大家注意。一個跟我媽媽同樣年紀的老太太圍著羅賓團團轉。「你畫的？這些全都是你自己畫的？」

沒有人可以事事自己來。羅賓還小的時候，艾莉曾經跟他這麼說。我不知道他怎麼記得。我們把橫幅翻過來。旁觀的群眾看到另外一面，不禁高聲喝采，紛紛擠過來觀看華美的細節。工程師緊張地跑來跑去，忙著叫大家後退，好讓他再拍幾張照片。人行道那一頭傳來一聲驚呼。「我就知道！」在社群網站數以億萬計、一再循環的貼文中，一位少女顯然看到其中幾則，貼文之中，一個古怪的小男孩嘰嘰喳喳說了一些古怪的話。這會兒少女漫無目的地遊走於這群臨時集結的迷哥迷姐之中，匆匆點擊各個連結，找到了「行星體」的影片片段。「他是傑恩！他就是那個跟他死了的媽媽連線的男孩！」

羅賓沒聽到。他忙著跟兩位中年婦女暢談人類如何讓地球再度適居。他一邊開玩笑，一邊說故事，顯然相當開心。那個認出他是誰的少女肯定開始發送簡訊，因爲過了幾分鐘，其他青少年漸漸從國家廣場東側晃過來。有人從背包裡掏出一把烏克麗麗。他們高歌〈黃色計程車〉。他們齊唱〈多麼美好的世界〉。人們拿出手機拍照發文，分享零食點心，即興辦起野餐。羅賓有如置身天堂。他和我高舉橫幅站在原地，偶爾換手交給四個想要參與的少年。這就像是他媽媽試圖籌辦的活動。他這輩子只怕從來沒有如此開心。

我完全沉浸在歡樂的氣氛中，甚至沒注意到兩名國會警察把警車停在廣場一側，下車走了過來。青少年們開始出言挑釁。我們只是在這裡唱歌跳舞，你們幹嘛不去抓真正的罪犯！

羅賓和我把橫幅緩緩擱在人行道上，好讓我跟兩名警察談一談。兩個青少年拾起橫幅，好像放風箏似地舉著橫幅轉來轉去。這可沒讓情況降溫。羅賓試圖當個和事佬，弭平他的支持者和警察之間的不愉快。他的胸膛只搆得上警察們配著槍的腰帶。

資深警察的名牌上寫著「朱福士官」。他的警徽識別證號碼是個迴文質數。「你們沒有許可證。」他說。

我聳聳肩。我說不定不應該這麼做。「我們不是示威。我們只是想要拿著我兒子畫的橫幅，在國會山莊前面拍幾張照片。」

朱福士官看看羅賓。他瞇起眼睛，似乎在思索複雜的法律條文。他顯然跟我一樣忙了一天，身心俱疲。近來華盛頓特區相當多事；我怎麼忘了這一點？「在任何公共建築物的入口聚眾集會、妨礙通行，都是違法行爲。」他說。

我瞄了一眼國會山莊的入口。就算有人強逼著我，我八成也沒辦法把一顆棒球投得那麼遠。我應該就此罷手。但他怎麼可以糊里糊塗，阻撓這個帶給我兒子希望的活動？「我們可沒有這麼做。」

「在任何街道或是人行道聚眾集會、妨礙通行，都是違法。執法人員勒令禁止之後，若是持續聚眾集會、妨礙通行，也是違法。」

我把威斯康辛州核發的駕照遞給他。他和他的執勤夥伴退回車裡。我高中的時候曾因在便利商店行竊被捕，但之後從來沒有犯過法，甚至連超速的罰單都沒拿過。現在我卻間接鼓勵一個小男孩擾亂地球上的生活秩序。這樣的行爲可不會被社會所接受。

五分鐘之後，兩名警察已經備有一切關於我和羅賓的資料。這些資料誰都查得到，瞬間可得。其實他們不需要額外的資料判定羅賓和我站在哪一方。他們看看橫幅就會知曉。

我兒子在三權分立的課程裡尚未學到，但國會警察隸屬國會，並非由總統管轄。無奈過去四年間，諸如此類的區別已經漸漸消失。如今國會聽命於白宮，總統任命的諸位法官也已聽命行事。昔日的規範持續遭到破壞，雖然全國不到半數民眾樂見這樣的狀況，但國家的三權已被統歸到總統之下。法律雖然沒有明文規定，但這兩名警察甘於受總統擺布。

兩名警察從警車旁走開，拖著腳步朝著我們這群人走回來。他們走近時，那兩個舉著橫幅的青少年繞著他們轉圈，朱福在原地打轉。「我們必須請你們馬上解散。」

「這個問題可不會解散。」其中一個高舉橫幅的青少年說。

但大多數群眾的政治動員意願已經消耗殆盡，人群逐漸慢慢離去。朱福和他那個名叫菲金的夥伴走向高舉橫幅的青少年，兩個毛頭小夥子馬上丟下羅賓的傑作，拔腿落跑。橫幅軟趴趴地飄過人行道。羅賓和我追著跑，橫幅至今依然留有皺痕和當時我一腳踩踏、以免它被風吹走的腳印，腳印下的那隻動物肯定是隻穿山甲。

兩名警察看著我們在勁揚的風中撫平紙張，揮除塵土，捲起橫幅。你現在說不定很難過。羅賓對朱福說。這個時代讓人活得很悲傷。

「趕快把橫幅捲起來，」朱福士官說。「我們走吧。」

羅賓停手。我也跟著停手。如果昆蟲死了，我們就沒辦法種植食物。

菲金警員試圖拿取橫幅，動手捲收，爲這場鬧劇收場。羅賓嚇了一跳，急忙把橫幅緊緊抱在胸前。菲金不敢相信這麼一個小傢伙居然抗命，於是伸手抓住羅賓的手腕。我丟下我這端的橫幅，放聲大喊：「別碰我兒子！」兩名警察立刻朝向我作勢迎擊，於是我被逮捕了。

他們當著我兒子的面上手銬，然後把我押進警車後座，關上車門，載著我開往四條街之外的美國國會警局總部。羅賓看著我按指紋，眼睛發亮，神情中夾雜著驚恐和讚嘆。他們控告我違反華盛頓特區刑法第二十二條之一三〇七。我沒有太多選擇。我可以排定出庭日期，大老遠再來一趟華府。要不我就坦承妨礙通行，付三百四十元美金的罰款外加行政費用，就此了事。其實也就是所謂「無罪申訴」。畢竟我犯了法。

我們在漆黑中走回旅館。羅賓纏著我不放。他忍不住露出得意的微笑。爸，我不敢相信你居然做出這種事。你力挺地球眾生！我給他看看我墨黑的指尖。他非常開心。這下你有前科了！

「這樣……哪裡有趣？」

他抓住我的手腕，就像菲金先前試圖抓住他的手腕一樣，然後拉著我一起站在憲政大道的人行道上。你太太愛你。這點我很清楚。

隔天早上我們只到得了芝加哥。歐海爾國際機場進入高度戒備，至於原因爲何，官方以安全爲由拒絕跟大眾透露。我們慢慢走向登機門時，身穿裝甲防彈衣的武裝警衛牽著警犬在航廈各處巡邏，我得攔著羅賓，以免他過去摸警犬。

登機區混雜著飛機散發的機油味和焦慮乘客們釋放的費洛蒙。往昔宣稱的異常氣候現今幾乎已成常態，結果造成航班接二連三延誤，甚至遭到取消。我們飛往麥迪遜的轉機航班也延誤。我們坐到一排電視之前，四臺電視播放四個不同的頻道，在意識形態光譜上的立場也不盡相同。溫和自由派的頻道報導，無人機在大平原各州散播更多有毒的化學農藥。中間保守派的頻道採訪一隊私人民兵，這些民間出資贊助的傭兵即將被派往南方邊界。我掏出手機，埋頭處理堆積了兩天的工作。羅賓坐著觀看來來往往的人們，細細端詳，一臉驚嘆。

每次抬頭看一眼登機區的螢幕，我便得知我們的班機又延遲十五分鐘。登機區的執勤人員顯然打算盡量拖延，不願意一下子告訴大家壞消息。

即時通知傳遍登機區每個人的手機。新近設立的「全國通報服務」傳來簡訊，人人手機螢幕隨之一閃。簡訊內容來自我們的總統——最近兩個月以來，他下達一連串行政命令，眼看無人反對，他也愈來愈猖狂。

> 美國，看看今天的經濟數字！百分之百難以置信！我們一起來防堵——謊言、讓那些唱反調的人沒話可說、徹底擊敗失敗主義！

我按下手機的靜音，繼續工作。羅賓低頭素描。我以爲他在素描登機區的人們。但當我再回頭看，他畫了放射蟲、軟體動物、棘皮動物，種種生物讓地球看起來像是一九五〇年代版的《驚愕故事》，瘋狂至極。

我埋頭工作，不理我左邊那個女人坐在椅子上動來動去。她相當富態，頭轉來轉去，對著她的手機怒吼：「外頭到底出了什麼事？」

手機以輕快的聲音回答她，聽起來好像一個年輕的電影女明星。「以下是今天伊利諾州芝加哥地區最精采的活動！」

女人迎上我的目光。我把頭轉開，盯著眼前那一排電視螢幕：一團綿延數公里的丙烯腈廢氣飄過德國魯爾區。十九人因而喪生，數百人送醫治療。一隻小手緊緊抓住我的臂膀。羅賓看著我，一臉驚愕。

爸？你曉得一次次訓練改變了我的腦部吧？他朝著周遭揮揮手，意思是指航廈裡的種種紛擾。這些改變了其他每個人的腦部。

我左邊那個女人再度開口。「有些事情他們瞞著我們。連電腦都不知道發生了什麼事。」我不知道她在跟我，或是跟她的數位幫手說話。周遭所有人全都低頭滑手機，迷失在掌中的袖珍宇宙。

機場廣播響起。「登機區的各位女士先生，我們剛剛接獲通知，機場的所有班機至少再過兩小時才會起飛。」

我們的座位周遭響起一陣怒吼，宛若一群受到挫折、蓄勢待發的小動物。我左邊那個女人把手機攤放在面前，好像準備享用一個開面三明治。「他們只說我們不准起飛。是喔，誰都不准起飛。」

機場廣播再度響起，聲音聽起來單調乏味，肯定是電腦合成。「事先沒有料到必須在芝加哥過夜的旅客們，請至服務櫃臺參加旅館折價券抽獎。」

羅賓輕輕踢了一下我的小腿。*我們今天晚上回得了家嗎？*

航廈另一頭的吼叫聲蓋過了我的回答。我叫羅賓不要亂跑，然後走過去瞧瞧怎麼回事。隔壁第三個登機門的一位旅客氣餒之餘拿起手機的觸控筆，猛戳一位票務人員的手。我回到我們的座位，那個富態的女人正在跟她的手機說話。「這是掩飾，對不對？一定是那些『嚎哮幫』的激進派，我說得沒錯吧？這比你想像中嚴重。」

我想要警告她，近來你在大庭廣眾提到某些言論，說不定會被視爲違法。

羅賓看著登機門，自個兒輕輕哼歌。我靠過去聽聽。他在哼唱法蘭克・辛納屈的〈High

Hopes〉。High apple pie in the sky hopes。羅賓還是小嬰孩時，艾莉經常一邊幫他洗澡，一邊輕輕哼唱這首歌。

我們總算回到家。羅賓在實驗室做了先前錯過的神經反饋實驗，我忙著處理一連串危機。過了幾天，他帶我出去賞鳥。靜立不動、凝神觀看已經成爲他最喜歡的活動，他理所當然地認爲，這樣的活動也會誘發我最美好的一面。其實不然。我靜立不動。我凝神觀看。我看到的卻只是往昔我太太屢屢帶我出去賞鳥，而後終於放棄，帶了別人一起上路。

我們造訪一個市郊二十五公里處的保護區，瞧見溪河匯流而成的大湖，湖畔一片低濕的草地，綠樹成蔭。那裡！羅賓大喊。牠們喜歡邊界。牠們喜歡在一個世界和另一個世界之間飛來飛去。

我們在一塊大石頭旁邊的草叢裡坐下，藏匿我們的身影。那是澄淨清朗的一日。我們共用艾莉那具瑞士製造的雙筒望遠鏡。羅賓在乎的不是搜出每一隻鳥，反而比較喜歡聆聽盈滿曠野的聲聲鳥鳴。直到他一一指認，我才察覺曠野中居然有多種不同的鳥鳴。我聽到一個非常奇異的鳥叫聲。「哇！那是什麼鳥？」

他嘴巴大張。真的假的？你聽不出來？那是你最喜歡的鳥類。

橿鳥、紅雀、一對茶腹鳾、一隻簇山雀；他甚至辨識出一隻條紋鷹。黃、白、黑三色閃過眼前。我伸手拿取艾莉的雙眼望遠鏡，但我還來不及把望遠鏡湊到眼前，那隻珍奇的小東西已經消失無蹤。「你有看到那是什麼鳥嗎？」

但羅賓專注於其他思緒，遼闊的空中傳來種種信息，來處不明，而他照單全收，他凝視遠方的地平線，久久靜立不動。最後他終於說：我想我說不定知道大家在哪裡。

費米悖論。我花了好一會兒才想起來，許久之前在大煙山的一個星夜，他曾緊抓著這個問題不放。「嗯，那就把他們交給我們。我們不會動武，什麼都不多問。」

記不記得你曾經說過或許會有一個巨大的障礙？

「沒錯，我們稱之爲『大過濾理論[39]』。」

比方說最剛開始的時候，當分子快要演化出生命，地球上出現了大過濾現象。或是當地球上頭一次試圖演化出細胞，或是當一個個細胞學習結合在一起。說不定甚至是演化出第一個大腦的時候。

「的確很多瓶頸。」

我剛剛在想，我們看看聽聽，已經找了六十年。

「沒有證據並不表示絕對沒這回事。」

我知道。但是說不定大過濾理論不是過去式。說不定我們還沒碰到。說不定我們正開始撞見。狂野暴力、威力強大的智慧生靈，成千上萬，甚至在機械推波助瀾下，爆炸成長，數以億萬計，雖勢不可擋，卻因不穩定而旦夕可危。

因為若非如此……你說宇宙幾歲了？

「大約一百四十億年。」

若非如此他們會在別的地方。他們到處都在，對不對？

他的雙手朝向四方揮舞，忽然之間，空中隱隱顫動，他的雙手赫然停格。羅賓先看到牠們，一家沙丘鶴，依然只是三個小小的黑點，成列往南飛向幼鶴未曾見過的冬季棲地。牠們來晚了。但整個秋季遲到了幾週，正如來年的春季將提早幾週。

牠們沿著一道流線般的路徑飛過來，鳥翼有如鑲了黑邊的大圍巾，忽而弓起，忽然落下，初級羽的羽尖墨黑，遠遠望去，宛若鬼魅的光點。飛翔時，牠們拉長身子，鳥喙至鳥爪，狀似箭矢。在纖長的頸腳之間，鳥身的中段卻鼓鼓的，似乎笨重得難以高飛，即使是拍動著那對驚人的鳥翼也沒辦法。

鳴聲再起，羅賓緊緊抓住我的臂膀。先是一隻，然後是另一隻，然後三隻沙丘鶴齊聲高歌，叫聲高亢冷硬。牠們飛得好近，我們甚至看得到牠們頭頂的一抹鮮紅一閃而過。

爸，恐龍。

---

39 The Great Filter，九〇年代由經濟學家羅賓．漢森（Robin Hanson）首度提出，根據這個理論，生命的演化需要經歷各個階段，每個階段都是一道關卡，渡過之後才有希望進入下一關，只有極少生命能在演化進程中突破這道障礙，發展到星際文明。

沙丘鶴飛過我們上空。羅賓動也不動，看著牠們展翅飛向不明的遠方。他似乎既是膽怯，亦感渺小，不確定自己怎麼來到了湖畔這個林木和天空的邊界。最後他終於鬆開緊抓著我臂膀的手指。我們怎麼可能了解外星人？我們甚至搞不懂鳥類。

我們遠遠就看到席米利斯星。星球渾圓靛藍，完美無瑕，閃爍著反射自鄰近群星的光芒。

那是什麼？我兒子問。肯定是人們建造的。

「那是太陽能板。」

一張覆蓋整個星球的太陽能板？太瘋狂了！

我們繞著星球轉了幾圈，確認他說的沒錯。席米利斯星是一個儲集能源的世界，試圖捕捉任何一絲照射到星球的光能。

這簡直是自殺，爸，如果他們獨佔所有的能源，他們怎麼種植食物？

「說不定席米利斯星的食物跟我們不一樣。」

我們降落到星球的表面瞧瞧。周遭跟尼薩星一樣漆黑，但寒冷多了，而且四下寂靜，只有持續不斷的嗡嗡聲，彷若某種背景聲效。我們隨著嗡嗡聲前進，沿途望見湖泊和海洋，水面全都結了一層厚厚的冰。我們低頭穿過凌亂乾枯的斷枝，曾幾何時，此處必然是茂密的森林。我們還看見一片空無的曠野和牧地，地面寸草不生，只見熔渣和碎石。道路全都遭到廢棄，城鎮和都市空空蕩蕩。不過並沒有任何戰亂或是暴力的殘跡，一切似乎只是慢慢地自行衰敗。整個世界看起來好像居民們早已走出家門，被帶往空中。但空中則是布滿太陽能板，全力產製電能。

我們隨著嗡嗡聲走向下一個山谷，山谷中，我們發現只有建物依然完好，好像一個龐大的工業區，由隨時保持警惕的機器人監控維修，一條條巨大的導管把太陽能板吸收的光傳輸到散漫延伸的園區。

誰建造了這個？

「席米利斯星的居民。」

這是什麼？

「這是一個電腦伺服器農場。」

爸，大家出了什麼事？居民都到哪裡去了？

「他們全都待在室內。」

我兒子眉頭一皺，試圖想像那幅景象：一棟電路大廈，室內的規模比戶外大得難以比擬。成千上百極富創新、無可限量、豐富獨特的文明，世世代代心懷希望、恐懼、探奇、渴求，在此生而復死、死而復生、一再儲存、一再刷新，如此持續不歇，直到能源中斷。

十歲生日的那一天，從前那個非得像吼猴一樣斷喊才肯起床的小男孩，居然把早餐送到我的床上：糖漬水果、吐司、山胡桃起司，樣樣精心地排放在托盤上，旁邊還擱了一束手繪的雛菊。

起床囉，老骨頭。我今天得受訓。還不都是因為你，所以我們去實驗室之前，我還得做好多功課。

他想要走路過去柯瑞爾的實驗室。實驗室距離我們家步行約六公里，一趟就得兩小時。我可不想花半天時間探險，但他只想要這樣的生日禮物。

楓葉燦燦，火紅橘橙，映著深藍色的天色。羅賓帶上自己最袖珍的一本素描簿，他把簿子擱在臂彎，邊走邊在簿子裡塗鴉，最普通的事物也足以讓他放緩腳步。一個蟻垤。一隻灰松鼠。人行道上一片葉脈有如甘草糖般豔紅的橡樹葉。他和他的媽媽已經把我甩在後頭，朝著大地走去。我必須跟艾莉獨處一會兒，重溫那種她始終未曾對我透露源起的狂喜。柯瑞爾已經拒絕過我一次，不肯讓我接受訓練。但今天早上我打算下最後通牒。

儘管我一再催促，我們還是晚了十分鐘才到實驗室。我連聲抱歉地走進門，琴妮和兩個實驗室助理擠在一起講話，他們看到我們時嚇了一跳，話講到一半就不說了。琴妮搖搖頭，神情沮喪，「兩位，真的非常對不起。我們必須取消今天的實驗，我應該先打電話給你們。」

我搞不清楚發生什麼事。但我還來不及逼問她，柯瑞爾就從走廊另一頭現身。「席歐，我們可以談一談嗎？」

我們走向他的研究室。琴妮拍拍羅賓的肩膀。「想不想看看海蛞蝓？」羅賓精神大振，她隨即帶他走開。

我從未見過馬提．柯瑞爾的腳步如此緩慢。他揮揮手，請我坐下。他依然站著，在窗戶附近踱步。「我們的計畫遭到擱置。『受試者保護中心』昨晚寄來禁止令。」

我最先想到我兒子是否安全。「實驗方式有問題嗎？」

柯瑞爾猛然轉頭看著我。「潛力無窮算是問題嗎？」他揮手致歉，穩定一下自己的情緒。「我們被勒令暫停每一項由『衛生與公共服務局』全額或是部分補助的研究計畫，聽候中心審查我們是否違反受試者保護條款。」

「什麼？『衛生與公共服務局』？這怎麼可能？」

我的抗議顯然不中聽，他的嘴角再度下沉。他繞過來坐到桌邊，敲起鍵盤，過了一會兒，他把螢幕上的字句唸給我聽。「本中心顧慮貴處的研究程序違反實驗受試者的完整性、自主性、神聖性。」

「**神聖性？**」

他聳聳肩。這說不通。「解碼神經反饋」是一種簡易單純、自我調節的治療方式，而且成效甚佳。全國各地的實驗室進行著更危險的研究。天天都有成千上百的孩童接受更極端的實驗。但不知怎麼地，華府卻熱衷於執行這一套新近擬定的受試者保護準則。

「政府不會無緣無故中止合理的研究。你是不是做了什麼事，惹惱了某位重要人物？」

柯瑞爾深深吸口氣，我這才明白：他什麼都沒做，我兒子的哏圖才是禍首。選舉將至，兩黨聲勢不分軒輊。惟恐天下不亂的當權者為了搏版面，以人類的神聖性為訴求，一舉討伐環保運動，踐踏科學研究。為了迎合基本票倉，當權者也以幫納稅人省錢為由，中止了這項新穎的研究計畫，以免危及藥廠的既得利益。

馬提直視我的雙眼，沒有移開目光——或許這也是一種神經反饋。目前的狀況同樣對他造成困擾。當權者試圖簡化一切，要求我們提出一個比較簡單的解釋。無奈我們提不出來。他往後一退，滑輪式辦公椅從桌邊滑到一旁，雙手揉了揉臉。「這下當然沒希望申請專利。如果我是個偏執多疑的人……」他已經非常偏執多疑，不然幹嘛不把話說完？

「你打算怎麼做？」

「配合中心調查，向申訴委員會陳情。不然我還能怎麼做？說不定到頭來只是虛驚一場。」

「在此同時……」

他斜眼看我。「你想要知道他如果沒有繼續接受治療、情況將會如何？」

我感到慚愧，但他說的沒錯。我們都受制於演化所布下的圈套；人類或許瀕臨險境，但我依然最先擔心我的兒子。

「我老實跟你說：我們不知道。我們有五十六位受試者接受某種形式的反饋訓練，人人都被迫中止。我們處於未知的領域，沒有數據告訴我們，下一步會如何。」他環顧研究室，看著勵志海報和訓練腦力的益智玩具。「如果運氣好，說不定他已經步上常軌，有辦法靠自己持續進步。但『解碼神經反饋』也可能像是任何一種運動。當你不再鍛鍊，你在健康方面的進展就會下滑，身體狀況也會倒退，漸漸回到原點。生命是一種自動調節的機制。」

「如果他改變了，我該怎麼做？」

他似乎想要站在科學研究者的立場，請求同僚將心比心。「如果我辦得到，我會請你繼續帶他過來做評估。但是在調查結束之前，我辦不到。」

「明白。」我說。可惜我一點都不明白。

我們走路回家，羅賓倒是豁達。這一切都還是實驗，對不對？不管發生什麼事，我們都可以學到一些有趣的事情。

我不確定他是在安慰我，或是幫我上一堂科學方法論。我想到每一項從現在到大選當天之間即將停擺的科學研究，這些研究都合情合理，卻只因政治的反覆無常而中止，誠如馬提所言，我們確實處於未知的領域。

「這是暫時。他們只是把實驗暫緩一陣子。」

他們覺得實驗有危險嗎？

橘橙的楓葉太火紅。我手機的郵件通知嗶嗶作響。我可以聞到三千公里之外，三天後即將到來的冬日氣息。羅賓拉扯我的袖子。

不會是因為華府那樁事，對不對？

「喔，不，羅賓，當然不是因爲華府那樁事。」

我的語氣讓他輕輕打顫。我的郵件通知又嗶嗶響。羅賓在人行道邊站定，說了一句非常奇怪的話。爸？如果你去了海邊或是戰場……如果你出了什麼事？如果你非死不可？我就站定不動，想著你走路的時候兩隻手怎麼擺動，就好像你還在我身邊。

晚餐後，他要我用各州州花的閃示卡幫他小考。上床睡覺前，他說了一個故事逗我開心，故事中的星球一天只持續一小時，但一小時卻比一年還要漫長。每一年的天數都不同，時間可快可慢，端視你身處哪個緯度而定。有些老年人比年輕人更年輕。很久以前發生的事情有時感覺不過是昨天的事。事事極度困惑，到後來人們索性放棄追蹤時間，湊合著活在當下。那樣的世界眞好。我很高興他創造了那樣一個世界。

他親了我一下，跟我說聲晚安，他六歲的時候始終堅持這麼做，現在同樣的舉動卻令我心驚。請相信我，爸。我百分之百沒問題。我們可以自己繼續訓練。你和我就行了。

十一月的第一個星期二，網路的陰謀論、出了瑕疵的選票、成群的武裝抗議者，削弱了六個搖擺州選票的正當性。國家陷入三天的混亂。星期六，總統宣布選舉無效，下令重來一次，同時宣稱至少需要三個月的時間準備。半數有選舉權的選民嚴正抗拒。其他半數則卯足全勁準備重來一次。當人人心懷疑慮，事實取決於多少人按讚，除了重來一次，我們哪有辦法繼續往前走？

我心想，我該怎麼跟半人馬座阿爾法星的人類學家解釋目前的危機。這樣的星球、這樣的物種、受困於這樣的科技，到後來連單純的數人頭計票都不可行。純粹只因詫異與困惑，我們才免於陷入內戰。

我看到他在後院畫畫，時值深秋，天氣卻過暖，他拿著彩色鉛筆在筆記本裡聚精會神地畫圖，好像手中的鉛筆是把解剖刀。當我的影子漫過他前方的草地時，他抖了一下，急忙闔上筆記本，行動鬼祟，讓我訝異。他換成數學習題簿，開始練習兩位數乘法，悄悄將那本令他心虛的筆記本塞到盤起的大腿下，好像本子說不定就會消失在草地和泥土中。

我一點都不想再偷窺他心底的祕密。但有鑑於目前的狀況，看一下還是比較好。我等了三天，直到他下午騎腳踏車沿著鐵道尋找遷徙中的帝王斑蝶，我才搜索他的書架和他臥室各個藏匿處，最後終於找到那本筆記本。田野紀錄之間有一張跨頁的圖畫，畫中的線條和色彩看起來像是孩童版的康丁斯基[40]，蘊藏著現代畫派創作者的激奮，似乎即將在藝術的火焰中化為灰燼。圖畫底下是他顫抖的小小字跡：記住她是什麼感覺！你有辦法記住！

---

40 康丁斯基（Wassily Kandinsky, 1866–1944），俄國著名的畫家，亦是知名的藝術理論家，線條大膽，色彩斑斕，是現代抽象畫派的鼻祖。

星期一早上，我得走進他的臥房、叫他起來吃早餐。我炒了他最愛吃的豆腐鬆，但當我試圖哄他起床，他卻朝著我大吼，聲音大到連他自己都嚇一大跳。爸！對不起，我真的很累，我沒睡好。

「是不是房裡太熱？」

他閉上眼睛，似乎凝視某些殘留在眼瞼裡的影像。沒剩多少隻小鳥。我夢到了。我夢裡就是這樣。

他打起精神起床。我們吃了早餐，度過還算不錯的一天，即使如今他必須花久一點的時間寫功課。我們在公園裡玩滾球。他贏了。回家途中，我們看到一隻老鷹捕食一隻哀鳴的白鴿，撕扯的鳥喙讓羅賓膽顫心驚，但當我們回到家中，他依然憑著記憶畫了出來。

我的教學進度嚴重落後，甚至面臨終身職被撤銷的危險。但晚餐後，我拍拍他的肩膀說：

「你今天晚上想要怎麼過？說個星系吧。」

他知道他想要怎麼過。他伸手一指，作勢告誡，命令我坐到沙發上，然後他幫我倒了一杯蔓越莓汁——家裡也只有蔓越莓汁看起來最像葡萄酒——走向書櫃取下一本破爛的詩選，放在我的雙手之中。

幫我朗讀契斯特最喜歡的詩。我大笑。他踢踢我的小腿。我是說真的。

「我不確定牠最喜歡哪一首。我幫你朗讀你媽媽最喜歡的詩。」

他根本懶得聳聳肩，只是輕揮一下他的小手。我幫他朗讀葉慈的〈爲女兒祈禱〉。說不定這並非艾莉最喜歡的詩。說不定這只是我記憶中艾莉唸給我聽的詩。詩很長。當年我三十多歲，就已經感覺詩很長，羅賓才十歲，肯定感覺有如天長地久。然而他乖乖坐著聆聽。他仍有一些殘存的注意力。我眞想直接跳到最後一段，但我不想讓他過了二十年之後，赫然發覺我欺騙了他。

我讀得很順，直到讀到第九詩節。其中有些長長的停頓，我繼續朗讀：

思及至此，仇恨因而驅逐散盡，
心靈重拾初始的無邪
終將得知它可自娛自樂，
自安自得，自驚自嚇，
自身的良願即是天國的良願；
哪怕每一張面孔愁容慘澹，
每一個處所狂風怒號，

每一只風箱爆破迸裂，但她依然能夠歡喜。

羅賓靜坐聆聽，從頭聽到尾，當我朗讀完畢，他甚至動也沒動。他窩在我身邊，扯著尖細的嗓門說，我聽不懂，爸。契斯特說不定比我懂得多。

幾個月前我曾對他許下承諾，答應跟他討論再養一隻狗。我始終沒有貫徹承諾，原因只在於我自私膽怯。我挪動身子推推他。「我們還是得幫你買個生日禮物，羅賓，我們是不是應該再找一隻契斯特呢？」

我以為這句話會讓他精神大振，但他甚至沒有抬頭。或許吧，爸，說不定會有幫助。

我們從購物中心開車回家的路上，他首度失控。車子開到我們幽靜的社區附近，離家裡只有六條街，這時，我撞上了一隻松鼠。說起松鼠啊，牠們把車子視爲獵食者，而在演化過程中，松鼠們養成了一個習慣，一碰上獵食者，牠們就急急往回跑，即便當時你正開車沿著街道前進。

那隻小東西衝上來，毛茸茸的身軀撲通撞上車輪。羅賓猛然轉頭，盯著那個有感知能力的小生物躺在我們後方的馬路上。我也從後視鏡裡看到牠軟趴趴地躺在柏油路上。我兒子放聲尖叫。在密閉的汽車裡，尖叫聲聽起來更狂亂、更響亮，一聲聲夾雜著爸、爸、爸，讓人毛骨悚然。

他解開安全帶，打開乘客座的車門。我高聲尖叫，一把抓住他的左手臂，以防他跳出行進中的汽車。我開到前方住宅區的街道上，緩緩把車停下。他依然嘶聲喊叫，含著淚水甩開我的手，試圖跳下車。我抱住他，直到他不再掙扎。但不再掙扎，並不表示他不再嚎叫，最後他終於鎮定下來，再度開口怒斥。

你殺了牠！你真的殺了牠！

我跟他說那是個意外，事情發生得太快，我根本無從選擇。我道歉。但我說什麼都沒用。

你甚至沒有減速！你甚至沒有……媽媽寧願自己死了也不殺負鼠，而你甚至沒有把腳從油門上移開！

我試圖摸摸他的頭髮，但他把我推開。他轉頭看著後擋風玻璃。「羅賓，」我說。但他依然緊盯著路上那軟趴趴的一團。我請他講講話，跟我說說他的感覺。但他把臉埋在雙手中。我什麼都不能做，只能啓動引擎，開車回家。

到家後，他直接走進他的臥房。晚餐時分，我敲敲門。他微微打開房門，從門縫裡問說他可不可以不吃晚餐。我說如果他想要，他可以在他的房間裡吃。我在碗盅裡盛滿他愛吃的炸蘋果。但當我七點半進房間看看，碗盅沒被碰過，他穿著他的格紋睡衣躺在床上，關了燈，雙手托住後腦勺。

「你想不想到哪個星球上看看？」

不了，謝謝，我有個星球了。

我坐在書房裡，假裝在工作，感覺過了好久才熬到應當上床休息的時刻。我從惡夢中驚醒，感覺一隻小手緊抓著我的手腕。羅賓站在我的床邊。漆黑中，我看不出他在想些什麼。爸，我一直在退步。我感覺得到。

我躺在床上，半睡半醒，腦筋遲鈍。他必須講清楚一點。

像是那隻老鼠。爸，像是阿爾吉儂。

在那段白晝愈來愈短的日子裡，我努力讓羅賓持續專注於他的功課。他喜歡我跟他坐在一起寫作業。但我一做起自己的事，他馬上出神發呆。

我們熬過了冬至，節慶尤其難熬。我欺騙艾莉的家人們，謊稱我們打算到其他地方過節。協商過後，我們都同意父子兩人各自過節。我們穿上雪靴，漫步穿越市郊覆滿白雪的玉米田。羅賓剪下筆記本裡的素描製作裝飾品，用來妝點聖誕樹。新年的第一天，他只想拿那組我在聖誕節時送他的美東鳴禽紙牌，一直玩對對碰。不到八點他就睡了。

一月期間，他小步小步地悄悄退縮，整個人似乎從五彩繽紛褪爲昔日的灰黑蒼白。二月初，我突然宣布放他一星期的假。他需要一個假期。他在電腦上玩幾個月沒碰的農場遊戲。當我叫他休息一下，他還滿臉不高興。一星期還沒過完，他就想要重拾課業。他無法集中注意力，頂多只能坐個半小時，但他急著想要學習。如果這種情況繼續持續下去，我知道我得帶他去看醫生。

我們來玩尋寶遊戲，爸。玩什麼都行。

「你那捲帶去華府的牛皮紙還剩下多少？」

他做鬼臉。別跟我提起華府。我害你惹麻煩。

「羅賓！別這麼說。」

我害柯瑞爾博士的實驗停擺，你看看現在出了什麼事！

「你想多了。我兩天前跟柯瑞爾博士通過電話。他說實驗室很快就會重新運作。」

多快？

「我不知道。說不定夏天之前。」在那一刻，我不覺得自己在說謊。這話馬上讓他像隻提高警戒的土撥鼠似地坐直。我願意再說一次。

一想到實驗只是暫緩，似乎讓他精神一振。光是想像接受訓練，幾乎如同眞正受訓。宇宙之中的某一處，有些生靈始終認爲這樣就夠了。他拉扯他的鞋帶，動也不動，似乎後悔先前說了那些話。他盯著鞋子說，那捲牛皮紙還剩很多。

其實大概剩下三公尺。我們把一端裁掉三十公分。「兩百七十公分。太棒了。我們在客廳裡把它攤開。」

真的假的？他多少聽了進去。他在客廳中央攤開紙捲，一條牛皮紙小徑隨之貫穿室內。

「好，兩百七十公分，四十五億年，算一算就是每三十公分五億年。我們來製作時間軸。」

他精神稍微振奮，豎起大拇指。他走進他的臥房，拿著一桶畫筆和軟筆刷回來，然後我們蹲到地上，開始工作。我標示出主要的時間點，比方說在紙捲攤展至三十公分處寫上冥古宙，表示冥古宙自此告終。在那之後，地球幾乎立刻出現生命的跡象。羅賓手繪初現的微生物，紙上布滿數以百計、五顏六色的小圓點，你幾乎得用放大鏡才看得清楚。接下來的一百二十公分，他在紙上畫滿七彩的細胞。

紙捲攤展至一百五十公分處，我標示出轉折的時刻，在那個時間點，競爭被聚合所取代，複雜細胞蜂擁而現。羅賓的細胞脹大了一點，紋路也比較複雜。其後六十公分，他手繪的生物變成蠕蟲和水母、海草和海綿。當我終於叫他停手，他幾乎又是昔日的他。

今天真開心，我幫他蓋被子時，他大聲說。

「同意。」

我們甚至還沒進行到最重要的部分呢。

隔天早上我醒來的時候，他已經在客廳裡塗塗改改、修飾潤色、等候我標示出最重要的時刻。我提筆寫上「寒武紀大爆發」——約莫再三十公分，紙捲就攤展到末端。

爸，沒有地方可以畫了。一切才剛開始呢！我們需要寬一點的紙。

他兩隻手臂用力揮舞，然後垂落到身側。熱情還是苦惱已無分別。我讓他自己畫畫，回頭專注於我自己那個受到忽視的研究模型。整個早上，他專心畫畫。種種大型動物昂首邁步，行遍整面紙張。他窩在他那不停擴張的傑作前，坐在地上吃午餐。用餐後，他站起來，後退一步，嘴巴一張，看起來既驕傲，也惱怒。他低頭端詳了一秒鐘，然後再蹲下來忙東忙西。

整個下午，我們並肩工作。我偶爾看看他在做什麼，但他正全速進行他浩大的工程，完全不需要任何人的協助。下午五點，我寫程式寫得頭昏眼花，決定停手準備晚餐。今天過得眞是平順，我想要獎勵他一下，於是我做了蘑菇漢堡和炸薯條當作晚餐。

洗洗切切之際，我戴上耳塞式耳機聽新聞。危及中國和烏克蘭四分之一小麥產量的稈銹病已在內布拉斯加州現蹤。北極圈漸漸消融，融冰化爲淡水湧入大西洋，海面迴旋打轉，好像有人從霧氣騰騰的煙雲中往下按壓。一種可怕的病毒感染了德州的養牛場。

我聽得忘我，也忘了我兒子趴在另一個房間的地上。我爆粗口咒罵，沒有察覺自己罵得這麼大聲。我戴著耳機，所以直到羅賓拉扯我的襯衫，我才意識到羅賓走了進來。我嚇得跳起來，他結結巴巴，試圖爲自己辯護。嗯，你可別不理我！怎麼回事？

「沒事。」我拿掉耳機，關閉應用程式。「只是新聞。」

發生什麼不好的事情嗎？一定是的。你罵得很凶。

我犯了一個錯誤。「沒事，羅賓，別擔心。」

他整個晚餐都板著臉，猛摔碗盤餐具。但他很快就不跟我計較。直到我打開一罐可可杏仁，他才又笑容滿面。我沒多想，眞是愚蠢。

晚餐結束，他回到他在客廳裡的老位置，我回到我的電腦前。我正忙著修改我那套計算火山爆發的演算程式，家裡的另一頭砰砰響。我又開口咒罵。聽起來似乎有隻小動物鑽進羅賓臥室的牆壁裡，而且正在管線支架之間築巢。我得把它從牆壁裡弄出來才保得住這棟屋子，但我怎能大興土木而不妨害我兒子的情緒再度失控？

砰、砰、砰，節奏極爲規律，只有人類搞得出這樣的聲響。聽起來像是有個水電師傅在惡搞。我走過去看看。

聲響來自羅賓的臥房。我打開房門，看到他縮在牆角，懷裡抱著他的「星球探索機」，用頭去撞牆。他慢慢地、輕輕地、試探性地撞向牆壁，好像正在嘗試最後的告解。

我一邊大喊，一邊衝向他。我還來不及把他從牆邊推開，他就搖搖晃晃地站起來，鑽過我的腋下，衝出他的房間。我稍作停頓，剛好讓我有足夠的時間查看一下平板電腦。螢幕上，一群神智不清的牛互相踐踏，牠們控制不了自己的軀體，其中一隻滑倒在地，困惑地哞哞叫。特寫鏡頭隨之跳接到空拍，地面上一大群牛，數以百計，步履蹣跚，令人怵目驚心。

這則新聞已經傳遍網路：牛畜病毒性腦炎在德州四百五十萬頭牛之間迅速散布，以工業化的規模從一個養牛場蔓延到另一個養牛場。羅賓用了我的密碼登入我的帳號，看到這則新聞。他知道我拿什麼當作密碼，他也知道我的密碼從來不變：他媽媽最喜歡的鳥類，字母順序倒過來。

尖叫聲從屋外傳來，伴隨著那段怵目驚心的影片聲聲迴盪。住手！夠了！住手！我從臥室衝到屋外。他一個人站在黑暗的後院裡。四下不見威脅，周遭不見人影，只有我那個厲聲哭嚎的孩兒。我一走近，他就沉重地倒下，當我試圖抱住他，他哭嚎得更淒厲。夠了！住手。住手！

我跪下來，托住他的臉。我自己也哭嚎地低語，半是安慰，半是哄騙。「羅賓，噓、噓。別這樣。沒事、沒事。」

「沒事」二字惹得他尖聲叫喊，叫聲如此失控，離我耳邊這麼近，聽得我心碎。我震懾畏縮，他趁機掙脫，我還來不及站起來，他已經衝過後院，繞過屋角，我追著他進屋，他又蜷縮在他房間的角落，不停用頭撞牆。我從門口衝進去，把自己擋在牆和他的頭顱之間，但我一衝到他身邊，他就停下來。他軟趴趴地倒在我懷裡，嘴裡發出嗚嗚的聲響，間歇不斷，挫敗哀戚，聽起來比尖叫聲更駭人。

我抱住他，輕撫他的頭髮。他沒有抵抗。艾莉在我最需要她的時候卻已不再跟我悄悄耳語。我絞盡腦汁想要說幾句不會讓他勃然大怒的話，但任何嘗試似乎都沒有意義。我們活在一個牲畜飼養場受到補助、反饋治療卻寸步難行的時代。我應該絕對不要讓他誕生在這個星球。

「羅賓。世界上還有其他地方。」

他抬頭瞪著我，小小的眼睛發出冷硬的目光。哪些地方？

他整個人軟趴趴，怒氣耗盡了他的精力。我讓他多休息一會兒，然後扶他起來，帶他走進廚房，在裡面幫他冰敷額頭。他呆呆地走進浴室刷牙洗臉，右眼的眉毛上方腫了起來，瘀青好像皮蛋般烏黑。

他不想看書，也不想聽我朗讀，而且厲聲拒絕跟我同遊宇宙。他在床上躺下，盯著天花板。爸，你為什麼瞞著我？

因爲我生怕會發生現在這種狀況。這才是實話，但我依然隱瞞。「我不該瞞著你。」

接下來會怎樣？

宰殺。

「他們會被宰殺。他們說不定已經被宰殺。」

「沒錯。」

病毒不會傳播嗎？牛群擠成那樣？而且被趕著到處跑？

當時我跟他說我不曉得。現在我知道了。

他躺在他窄小的床上，看起來好蒼白。他從被子裡伸出一隻手，蒙住他的雙眼。你沒看到牠們嗎？你沒看到牠們怎麼走動嗎？他猛然抽搐，好像那種快要入睡之前的抽動。他抓住我的手試圖穩住自己。他的上臂軟趴趴，使不上力。

上個月，我……，他說，然後忘了他想說什麼。上星期？我應付得了這種事情。

「羅賓，每個人都會起起伏伏，你會——」

爸？他聽起來好像非常害怕。我不想變回以前的我。

「羅賓，我知道這感覺像是世界末日，但這不是。」

他拉高被子蓋住臉。你走吧。你不知道發生了什麼事。我不想跟你講話。

我留在原地，動也不動。我說什麼都可能再讓他尖叫地衝回黑暗的後院。他悄悄掀開被子，露出他的臉蛋，從枕頭上撐起身子。

你為什麼還在這裡？

「難不成你忘了？祈願眾生——」

他舉起一隻軟弱無力的小手。我要改變祈禱詞。祈願眾生擺脫我們。

隔週星期一，他們登門造訪。那時還不到十點，我正在閱讀太空總署的留言串，電郵裡提到「探索者」的最新發展，看來不樂觀。羅賓佔用飯廳的餐桌，學習辨認加拿大的各個省分。他們按了大門電鈴。一男一女，兩人都穿著厚厚的大衣，男人把公事包捧在胸前。我把門打開一點點，他們的手從門縫裡擠進來，遞上兩人的識別證：莎莉絲．席爾和馬克．佛洛伊，「衛生與公共服務局」孩童家庭處的個案工作員。我有權不讓他們進來。但這樣似乎不智。

我接下他們的大衣，帶著他們走到客廳。羅賓從屋裡另一頭大喊。誰來了？一時之間，他聽起來像是影片裡的那個男孩。像是傑恩。他慌慌張張地走進客廳，看到大白天家裡來了陌生人，頓時一臉困惑。

「羅賓？」莎莉絲．席爾問。羅賓好奇地端詳她。

我說：「我有客人，羅賓。你要不要出去騎腳踏車？」

「坐一下吧。」馬克．佛洛伊命令。

羅賓看看我。我點點頭。他爬進艾莉最喜歡的蛋型旋轉椅，雙腳一抬，搭在椅凳上。

佛洛伊問羅賓。「你在忙什麼？」

我沒在忙。我只是做個地理遊戲。

「怎樣的遊戲？」

他幫我製作的遊戲。他伸出大拇指朝著我一比。他懂很多，但他有時候會搞錯。

佛洛伊不停逼問他的課業，羅賓一一回答。如果州政府的用意是察看他的課表，他們應該已經得到滿意的答覆。莎莉絲．席爾看著兩人一問一答。過了一會兒，她往前一傾，開口問道：「你撞傷了你的頭？」我終於恍然大悟。她站起來，走過去看看他的瘀青；他右眼的眉毛上方突出一個藍寶石般的腫塊。「你怎麼撞傷的？」

羅賓略為遲疑，不願跟一個陌生人提及自己失控。他匆匆看我一眼。我的頭幾乎動也不動。我確定席爾和佛洛伊都看在眼裡。

我撞到頭。他的語氣聽來猶豫，幾乎像在發問。

席爾伸出兩隻指頭幫他撥頭髮，我想要叫她別碰我的兒子。「怎麼撞到頭？」

羅賓吐露實情。我用頭撞牆。誠實是他的致命傷。

「甜心，怎麼回事？」席爾聽起來像是學校的護士。

羅賓偷偷看我一眼，眼神之中帶著膽怯。我們的兩位訪客察覺到了。我兒子摸摸他的瘀青，低頭往下看。我得說嗎？

他們三人全都望向我。「沒關係，羅賓，你可以跟他們說。」

他抬起頭來，面帶挑釁，持續了約莫五秒鐘，然後又低下頭。我當時很生氣。

「氣什麼?」莎莉絲・席爾問。

那些牛。妳不會生氣嗎?

她暫停質問。一時之間,我以爲她感到羞愧。但她臉上那個最細微的變化意味著困惑。她不知道他所謂的「那些牛」是什麼意思。

情況正在急轉直下。我迎上羅賓的目光,朝著大門微微點頭。「你要不要出去查看一下貓頭鷹?」他聳聳肩,被大人們的愚蠢打敗。但他依然跟訪客們喃喃說聲再見,悄悄從家裡走出去。他帶上門,我朝著兩位審問者轉頭,他們佯裝客觀專業,我看了非常火大。

「我絕對不會對我的小孩動粗。你們知道自己在幹嘛嗎?」

「我們接到密報,」佛洛伊說。「一定是出了事才會有人打電話來提出警告。」

「他嚇壞了。牛隻感染腦膜炎病毒讓他非常氣憤。他對一切有生命的東西都很敏感。」其實我們全都應該嚇壞了,但我沒有加上這句我應該說的話,因爲當時依然感覺只有孩童才會害怕這種事。

馬克・佛洛伊把手伸進他的公事包,拿出一個檔案夾。他把它放在我們之間的咖啡桌上,緩緩翻開。裡面塞滿這兩年的文件和紀錄,諸如羅賓三年級第一次被學校停課,或是我在華府因爲一樁公共事故遭到逮捕,還把我兒子拖下水。

「這是什麼?你們一直在收集我們的情報?難不成你們在收集全國每一個問題孩童的情報?」

莎莉絲・席爾對我皺皺眉頭。「沒錯,我們確實如此。這是我們的職責。」

「嗯，我的職責是以我所知最恰當的方式照顧我兒子，我現在就是這麼做。」

我不記得接下來如何。流竄在我腦中的化學反應讓我聽不進兩位個案工作員說些什麼。但重點相當清楚：羅賓是體制中確認的個案，而體制正在監看我們。倘若再發生一樁讓人聯想到虐待孩童，或是照顧不當的事件，州政府就會出面干涉。

我好不容易保持懺悔的神情，勉強熬到把他們送出家門，沒有製造出更多麻煩。我站在臺階上看著他們的車子緩緩駛離，羅賓跨騎在腳踏車上，連人帶車停在街尾，等候可以安然返家的時刻。我揮手叫他進屋。他在車座上立起身子，踩著踏板全速前進。騎到家門口時，他飛快跳下車子，把腳踏車扔在草地上，快步走向我，緊緊抱住我的腰，我得使勁把他拉開，然後他才開口，頭一句冒出來的話卻是，爸，我害你過不下去。

演化的支序如同河流般綿長。在演化至今、數以千萬計的物種當中，人與牛算得上是表親。因此，病毒若在生命的邊陲立足，諸如一股只能合成出十二種蛋白質的核糖核酸，它也可以在另一個相近的物種中尋獲宿主。

洛杉磯、聖地牙哥、舊金山、丹佛：任何一地的稠密性都比不上工業級的養牛場。一切正是人類的遷移流動和沒完沒了的消費行為所造成。儘管如此，二月時，人們還不太擔心。病毒橫掃肉牛產業，但搶盡風頭的卻是總統。一週又一週，他不斷延遲已經改期的大選，宣稱還有好幾州的數位保全並不完備、外國勢力依然打算干預。

當三月第三個星期二終於到來，各地的投票所果真開放投票，疲憊不堪的全國民眾莫不大吃一驚。但當另一波選舉違規被視爲無關緊要、總統聲稱自己勝選，全國卻只有我們這一半民眾感到震驚。

信號來自仙妮亞星。這個星球很小，位於螺旋星系其中一條旋臂頂端的中型恆星系統之中，星球上的一夜等同地球上的數年。夜幕降臨時，某個類似孩童的身影高舉某個不太像是手電筒的手電筒，指向某個絲毫不像地球夜空的夜空。

孩童附近站著或許是最近似父母的一個生靈。在仙妮亞星，星球上的智慧生靈合力集結母源生殖細胞質，以此培育出各個新生兒。但每一個仙妮亞星人都負責撫養一個孩童。在這個星球上，每個人都是其他人的父母，亦是其他人的孩兒，人人都可以同時是兄弟姊妹。當一個生靈辭世，所有人也都隨之消失，但你也可以說每個人也都依然存在。在仙妮亞星，畏懼、慾望、渴求、疲憊、哀傷等無常的心緒，全都遺落於共享的恩慈之中，如同個別的星體消失於白日的陽光中。

「那裡、那裡，」類似父親的生靈對著它類似孩兒的生靈說，聽來幾乎像是話語。「再高一點。好，就在那裡。」

小小的生靈往後一仰，飄浮在智慧生靈散發出的親情暖意中。它察覺自己不太像是臂膀的臂膀被輕輕一推，受惠於一股地球上沒有人知道如何命名的助力。

「那裡？」年幼的生靈問。「就在那裡？他們爲什麼始終沒有回答？」

年長的生靈做出答覆，但不是以聲音或是光線作答，而是以周遭空氣的變化回覆。「我們傳送了大量信號，他們數千個世代以來都沉浸在我們的信號中，我們試了每一個想得到的法子，但始終沒辦法引起他們的注意。」

年幼的生靈散發出一系列化學物質，或許不全然是笑聲，而是眞心的判定，甚至是太空生物學的理論根基。「一定是因爲他們始終太忙。」

白晝增長。日光強勢回歸。我兒子卻沒有。他確信他讓我失望，也讓每一種他被迫比它們活得更久的生物失望。他要不是窩在艾莉的蛋型椅裡，就是彎腰駝背地坐在餐桌前盯著功課，一坐就是一小時，整個人依然軟趴趴地動也不動。有次我瞥見他把手掌舉到面前，好像想不透時光爲什麼照常流逝。

我幫得了他。現在不是懼怕或是講求原則的時刻。我只需要坦然接受未來會有一些風險，我就可以減緩他現在的痛苦。他需要藥物。

一天晚上，他洗了澡之後在浴室裡逗留好久，我不得不過去看看他怎麼了。他站在原地，浴巾裹住他稚幼的身軀，凝視著浴室的鏡子。不見了，爸。我甚至想不起來我不記得什麼。

這就是他最讓我想念的一點。即使當他心中的光芒已經消散，他依然不停探索。

再過幾天我就放春假。我最近一直偷偷準備，這會兒稍微跟他提及。「我們來玩一個規模非常巨大的尋寶遊戲，好不好？」他肩膀一垂。他已經不想再尋寶。「不、不，羅賓，這次是玩眞的。」

他帶著懷疑的眼光看我。什麼意思？

「穿上你的睡衣，到我的書房跟我碰面。」

他乖乖照辦；他太好奇，沒辦法說不。當他在我的書桌旁露面，我遞給他一張紙，紙上寫滿植物名稱，總計二十四個，全都是春天美麗的花草：獐耳細辛、五月花、鸞鳳玉、胭脂石竹、六種延齡草。

「你知道這些是什麼嗎？」他起先或許搞不清楚，但等到開始點頭，他肯定已經琢磨出來。

「你可以找到幾種畫畫看？」

他手腳急急顫動，心煩氣躁地怒罵。爸！我握住他的臂膀，幫他鎮定下來。

「我是說眞的。幫它們寫生。」

他困惑不解，所以才沒有忽然大發脾氣。他把手朝外甩幾下，似乎央求我理智一點。怎麼寫生？在哪裡寫生？那副神情好像花朵絕對不會爲了一個如此消沉的人綻放。

「去一趟大煙山如何？」

他搖搖頭，拒絕相信。真的假的？真的假的？

「百分之百眞的，羅賓。」

什麼時候？

「下星期，好嗎？」

他細細端詳我的臉，想看看我是不是在說謊。幾個星期以來，他頭一次洋溢著希望的光采。

我們可以住在上次那間小木屋嗎？我們可以在戶外露營嗎？我們可以去那條有急流，你和媽媽去過的小溪嗎？然後生命的種種不快再度向他襲來。他把那張寫滿野花名稱的紙舉到眼前，洩氣地哀嘆。我怎麼可能在一星期之內學會這些名稱？

我發誓我們從林間回來之後，我會跟他的醫生約個時間，開始爲他進行新的治療。

南下大煙山的車程令他焦躁不安。如今他連最枝微末節的念頭都需要無止無休的再三確認。他沒辦法不問起過去。我們開過大半個伊利諾州，他一路都在講艾莉，一直講到我們開過印第安那州和肯塔基州。他想要知道她在哪裡長大、她在學校學些什麼。他問起我們如何相遇，我們花了多久決定結婚、他出生之前我們造訪過哪些地方。他想要知道我們在大煙山度蜜月時做了哪些事情，這些山嶺哪一點最讓艾莉喜歡。

沒有盤問我的時候，他就研究我幫他買的阿帕拉契山野花圖鑑，圖鑑以顏色當作索引、以開花的時間進行分類。什麼是春天的短命植物？

我糾正一下他的發音，然後跟他說明。

它們為什麼凋謝得那麼快？

「因爲它們生長在林地的陰暗處。它們必須趁著樹木長出葉子之前發芽、開花、結果、散播種子，不然就沒戲唱了。」

媽媽最喜歡哪一種春天的野花？

曾有一時，我肯定知道。「我不記得。」

她最喜歡哪一種樹？你不記得她最喜歡的樹？

我想要趁著我還沒忘記僅知的一丁點事情之前，竭盡全力讓他別再問了。

「我可以跟你說她最喜歡哪一種鳥。」

他開始跟我嘶聲喊叫。這趟車程十分漫長。

我設法租到那間我們好久之前待過的住處，也就是那間露臺環繞、得以盡覽林木與群星的小木屋。我們追逐婆娑的樹影，喀嚓喀嚓地開下鋪滿碎石的陡峭車道。羅賓衝下車，兩步作一步跑上門前階梯，我提著行李跟在後頭，屋裡所有電燈開關依然貼上標籤——玄關燈、門廊燈、廚房燈、頂燈——櫥櫃上依然貼滿用顏色標記的指示。

羅賓衝進客廳，撲向那張繡滿一列列野熊、麋鹿、划艇的沙發，三分鐘不到就沉沉入睡。他的呼吸非常平穩，所以我讓他在沙發上睡到天亮，當晨光漫入屋內，他才醒來。

那天早上我們去健行。我發現一條登山步道，步道離公園的邊界不遠，沿途向陽，但山側的岩脊濕涼，每隔二十公尺，我們就看見岩層的露頭，岩床濡濕，比一座生氣蓬勃的迷你玻璃花房更熱鬧。你可以切下一角，將之送上星際星船的貨艙，用它在遙遠的星河繁衍出一個超級地球。

羅賓緊緊抓住他的單子。他左看右看都是新發現的花朵。但他已無法為事物定名。爸，這些是不是唐松草葉銀蓮花？

他找到一叢跟他的圖鑑裡一模一樣的花草。「我不知道。你認為呢？」

嗯，花瓣對不太起來。中間那個小東西比較長，而且長很多。

我看看圖片，然後看看他。他失去了往昔的信心。四個月前，他會指正書中的錯誤。「相信你自己，羅賓。」

他心煩氣躁，朝著空中揮手。爸，跟我說吧。

我認可他的猜測。他畫了一小叢歪七扭八的唐松草葉銀蓮花。接下來他找到玉竹，再次舉棋不定，有些顧慮確有其事，有些顧慮卻是無中生有。然後他也畫了玉竹。

只有畫畫帶給他片刻寧靜。只要有支削尖的鉛筆可以畫、有截圓圓的原木可以坐，他就依然沒事。但他花了好久才畫出春美草飄渺精微的線條。他的山慈姑也畫得有點模糊，讓他火冒三丈。老實說，他的畫技略為生澀枯涸，不像一個月前那麼行雲流水、大膽奔放。

他持續清點手中的單子。他找到十種、十二種短命植物，植物的花朵都已盛開，你若不是在地人，絕對無法想像花開得那麼快。每找到一種野花，他的心中就興起一股鍥而不捨的成就感。我們走不到半公里，他已經找到每一種我列在單子上的花草。他回頭看看陽光普照的小徑，沿途的岩牆陰涼濡濕，布滿各種協力配合的生物，共同進行演化的試驗。不管發生什麼事，春天會一直回返，爸，是不是？

是或不是，各有強力的論證。從烈焰到白雪，地球已經走過種種歷練。火星失去了它的大氣層，淪落為嚴寒的沙漠，金星對無情的狂風低頭，地表的溫度比冶煉廠更高。生命可能覆滅，也可能繁衍，全都可能發生在一夕之間。我的模型如是說，這個星球上的岩石也這麼講。我們置身於此，周遭飛快地轉變為另一片地景，但我們對未來的預測卻靠不住，因為我們的樣本，自始至終只有這麼一個地球。

「是的，」我跟他說。「你可以指望春天。」

他朝著自己點點頭，繼續走上山脊。我們爬過陡坡，地勢漸趨平坦，林間視野愈來愈開闊。低矮蔥鬱的月桂樹漸漸消失，取而代之的是一片片橡樹和松樹。我的手機乒乓響。連在這裡都收得到訊號，讓我非常驚訝。但手機原本就該涵蓋地球上任何無法涵蓋之處，這是它的職責。

我查看手機。我無法不查看。我點開鎖定畫面，螢幕上是艾莉和羅賓一起慶祝羅賓七歲生日，母子兩人都是花臉，畫得像隻老虎。六個簡訊串裡的十七個訊息等著我閱讀。我抬頭看看羅賓，他沿著步道往前走，步履幾乎跟往昔一樣輕盈。我擔心發生了最糟糕的狀況，偷瞄一眼簡訊，但我想像不到情況居然這麼糟。

「新世代太空望遠鏡」壽終正寢。三十年的規畫和巧思、一百二十億美金、數千位二十一世紀才智菁英的工作成果、天文學界全體的企盼、人類頭一個與其他星球相遇的良機，全都付諸流水。我們這位剛連任的總統興高采烈地宣判它的死刑：

這是繼那些未遂政變的指控以來，對所有忠實信徒們最惡劣的詐欺!!!

我的同僚們難以置信，一股腦兒宣洩憤怒與哀傷，人人感到一敗塗地，張皇失措。我胡亂打了五個字，試圖表達我與大家同在。但訊息在手機螢幕一閃一閃，送不出去。

步道另一端，羅賓跪在一棵鐵杉的樹基前，專注看著某個東西。我把手機收起來，朝他走去。我一走近，他就站起來。媽媽有沒有走過這個步道？

愛如死之堅強[41]。「你剛剛在看什麼？」

他一直盯著溪谷那一頭的杜鵑花叢。她有沒有？

「我想沒有。爲什麼？」

嗯，我們可不可以去河邊？那條她喜歡的河？

「小傢伙，現在還早，我想不如吃完午飯再去。我們今晚在那裡露營。」

我們可以現在就去嗎？拜託？

我們往回走，沿著滲水的岩壁和斑爛的花叢前進。他衝下山腰。我試著叫他放慢腳步觀看山景。「你瞧瞧胭脂石竹。我們先前上山的時候，它們才剛開花。你能相信它們一小時就開得這麼燦爛嗎？」

他看了看，表示很驚奇，其實心不在焉。

我們從山邊走出來，回到車上。我開到另一條步道的入口，一年半前，我們曾在這條步道上健行，在那之前的十年，我和我太太度蜜月時也走過這條步道，我們一邊健行，我一邊講故事勾動她的芳心，我爲她描述宇宙中數以千計的系外行星，但在人類歷史中，我們卻一個都沒看過。

我們什麼時候才會找到小綠人？

「小綠人眞的很小，」我跟她說。「說不定不是人類。說不定甚至不是綠色。但我們會活到見得到他們的時候。」我錯了；我們都活不到那時候。

我們從車裡拿下健行背包、扛到肩上時，羅賓察覺到我不太對勁。等到我們沿著步道走了四百公尺，踏上第一個彎道時，他在一棵剛剛開花的花楸樹下止步，抬頭斜著眼看我。你心煩。

我直覺心想，就算我一直瞞著他，他說不定還是會知道。「沒事。我只是在想事情。」

因為我，不是嗎？

「羅賓，別亂講！」

我在家裡尖叫，害我們被保護孩童的單位盯上。他們會把我從你身邊帶走，對不對？

摟抱一個身高只有你一半的小孩可真不容易，尤其當兩個人都扛著健行背包的時候。我試著摟抱他，卻只證實他的猜想。他推開我，邁步往前走，走了幾步之後，他停下來，轉身勾起手指頭搖一搖，他在警告我。

你不應該因為想要保護我，所以跟我說謊。

「我沒有說謊。」我舉起一隻手在空中塗鴉，草草畫了三條直線和兩條橫線，表示劃掉我剛才說的話，意思是：對不起，我犯了好多錯。他的頭微微一低，意思是：我也是。

「羅賓，對不起。我剛聽到一個華府傳來的壞消息。」

41 語出舊約聖經雅歌第八章第六節。

他們決定放棄「探索者」？

「比這更糟。他們決定放棄『新世代』。」

他遮住耳朵，嘴巴一張，輕聲叫喊。太過分了。你們花了好多年、好多錢，工作得好辛苦。他們沒聽你的發言嗎？

我強自嚥下苦笑。

「探索者」呢？

「目前沒什麼希望。」

永遠沒希望？

「最起碼我活著的時候不可能。」

他無法不搖頭。等等，這樣不對。他眉頭一皺，在心裡做起算術。構思打造「新世代」花了多少年。設計建構「探索者」虛擲了多少年。還得等多少年才會有人膽敢再次提起太空望遠鏡。我還能再活幾年。數學不是羅賓的強項。但即使數學不行，他也算得出來。

他們打算怎麼處理它？

這個問題肯定讓各國的太空人和十歲大的孩童睡不著覺。這座儀器造價一百二十億，據稱可以推進到比「哈伯太空望遠鏡」距離地球更遙遠的外太空。儀器十八個六角形的鏡面精準排列，誤差度小於萬分之一毫米，用以窺視宇宙的邊際。如今這座精良昂貴的儀器卻可能被當作廢鐵般撿拾，一車一車地載走，豈非有史以來耗資最鉅的失事船骸？

爸，一切都在退步。

他說的沒錯。而我不曉得爲什麼。

步道愈來愈窄，到後來僅能一人通行，一路穿過盛開的北美杜鵑，有如一條長長的隧道。我看著他走在前面，扛著他的背包和沉重的現實。走著走著，他忽然停下來，我幾乎撞倒他。

那些文明的外星人，他們會想知道為什麼始終沒聽到我們的訊息。

我們抵達隱沒於河彎的營地，河水滾滾，水勢湍急，羅賓卸下笨重的背包，變回往昔那個小男孩。

我們可不可以先在河邊坐一坐再紮營？

天氣清朗，還有幾個小時才會天黑，而且降雨機率是零。「你需要花多少時間搞清楚，我們就在河邊坐多久。」

搞清楚什麼？

「搞清楚人類。」

他拉著我走了十幾公尺來到河邊。河水聞起來清新宛如初生，我們各自在岸邊挑了一塊岩石坐下，他單手浸到湍急的河水中，河水冷得他把手縮回來。我們可以把腳泡在水裡嗎？

「新世代」壽終正寢。「探索者」也完了。我的模型將永遠無法測試。我的判斷力蕩然無存。白花花的瀑布氣勢奔騰。「我們可以試試看。」

我脫下靴子和厚厚的登山襪，猛然把瘀青的雙腳泡進渦漩的河水中，河水有若寒冰，感覺既是紓解，卻也冷得發痛。直到把腳抽出冰冷的河水，我才察覺雙腳發麻。羅賓全身發抖，雙腳在淺水處踏來踏去，試圖藉此暖腳。

「今天到此爲止，好嗎？」

他踏出河裡，雙腳發硬，小腿肚一片磚紅。哎喲，紅腳鰹鳥！他苦惱地抓住腳趾頭，試圖幫雙腳解凍。他笑了笑，聽起來卻像在痛苦啜泣。他在河裡仔細搜尋。我不敢問他是在搜尋什麼。一個不同的小男孩，曾在不同的年紀、不同的世界跟我說，他媽媽變成了一隻蠑螈。我跟著他一起遙望下游，希望果眞可以找到什麼來補救這一天。

羅賓率先斬獲。蒼鷺！

我沒想到他還有辦法保持鎮靜。蒼鷺佇立在河中，一隻腳深入水底三十公分，似乎視而不見。我兒子同樣凝滯在時光中，一直站了好久。他們似乎想以目光恫嚇彼此；我兒子正眼注目，蒼鷺斜眼睨視。解碼神經反饋的效力已經漸漸從羅賓身上消退，但他依然知道如何鎖定閃閃爍爍的回授。有朝一日，我們都將再度習知如何在這個適居的星球上接受栽培，深諳如何保持靜立如同翱翔天際。

高高的蒼鷺昂首而行，每隔五分鐘踏出半步，有如一截直立的浮木，連魚兒都忘了牠的存在。當蒼鷺終於往前一捅，羅賓大聲尖叫。蒼鷺襲向前方六十公分，身軀卻幾乎動也沒動。不一會兒，當蒼鷺再度直立，嘴裡已叼著一條美味的大魚，魚看上去大得不像話，蒼鷺應該怎樣都吞不下。只見牠鬆弛的咽喉一張，不到一秒鐘就把魚吞下肚，頸脖甚至沒有鼓起。

羅賓高聲呼喊，蒼鷺被聲音嚇得飛起。牠往前一傾，拍拍那對龐大的翅膀，展翅高飛時，牠看起來甚至更像史前時代的翼手龍，深沉的嘎叫聲聽起來比情感更悠遠。羅賓目不轉睛地盯著牠穿過灌木叢飛向天際，甚至繼續凝視蒼鷺消失蹤影的盡頭。過了好一會兒，他轉頭跟我說，媽媽在這裡。

我們穿上鞋子，轉身走向上游。我們沿著多石的河岸跋涉了九十公尺，走向我們一家三口都在這裡游過泳的急流。當我們走近，我大聲咒罵了一句。羅賓被我的咒罵嚇得臉色發白。怎麼了？爸，怎麼了？

我指了指，他這才看到。整段河岸布滿石堆。河岸兩側、溪流中央的大圓石石頂，處處都是堆疊的石塊，宛如新石器時代的立石，或是錐形的積木高塔。

爸，這些東西哪裡不對？

「這些東西是你媽媽最可怕的惡夢。它們毀了河裡種種生物的家。你可以想像來自來自另一個世界的生物忽然出現在我們的空中，而且一次又一次破壞我們的鄰里嗎？」

他飛快一瞥，搜尋白鮭、米諾魚、鱒魚、蠑螈、河藻、螯蝦、水生幼蟲、瀕臨絕種的石鮰和美洲大鯢，種種生物都因爲這種標註地盤的藝術而犧牲。我們必須拆掉它們。

我至感疲憊。我本來想要暫緩生活腳步，把一切擱置在河邊。但我們反而開始行動。我們拆毀搆得到的石堆，我把我的石堆踢倒，羅賓把他的石堆一塊一塊卸下，然後凝視清澈的河水，看看哪裡最適合把石頭擺回去。我們解決了靠近河邊的石堆之後，他遙望溪流中央的石堆。我們把剩下的石堆也一起解決。

一條條布滿岩石，總計長達四公里的溪河流經這些山嶺，遲早會布滿人類製造物。我們可以整個夏天、整個秋天，天天都到河邊動手拆除，但明年春天，石塊又將再度堆疊。

「那些石堆太遠，水流也太急，你已經感覺到河水多冷。」

他的雙眼陰沉，你一看到十歲的孩童露出這種表情，就知道接下來肯定吵得沒完沒了。羅賓躊躇了一下，似乎很想挑戰我敢不敢出手制止他。然後他在一塊布滿地衣的岩石上坐了下來。

媽媽就會動手。

唉，他媽媽，他的蠑螈。

「羅賓，今天不行。河水是百分之百的融雪。我們七月再回來。到時候依然四處都是石堆。我跟你保證。」

他盯著河畔綠樹成蔭，直下林間與山谷的溪河，鶇嚶嚶啼叫，似乎讓他平靜下來。他的呼吸漸趨沉緩。成群蚊蚋在急流上方飛舞，青白色的粉蝶繞著他腳邊一灘清水輕飄飄地飛旋。身在此地，任何人都不可能一直記得自己心情鬱悶，我兒子也不例外。他朝向我轉身，跟我又成了哥倆好，轉變得也未免太快。*我們晚餐吃什麼？我可以用爐子嗎？*

在營區，沒有人碰得了我們。我們把帳篷搭在靠近河岸的地方，捲開我們的睡袋，攤放在地上。我們以一個焦黑的營火圈權充廚房，羅賓用番茄、花椰菜、洋蔥做了扁豆湯，這頓餐點讓他幾乎願意原諒我的一切。

我們跟上次一樣把背包掛在河邊一棵古老的懸鈴木上。夜空透過鵝掌楸和山核桃映入眼簾，看來如此清澈澄淨，於是我們再次決定碰碰運氣，又把帳篷的頂布拉下來。不久之後就天黑。我們並肩仰躺在透明的紗網下，看著藍得發黑的夜空，夜空中，繁星時時刻刻變幻閃爍。

他用肩膀輕輕推我一下。銀河裡有幾十億顆星星？

這孩子讓我覺得世界依然美好。「幾百億。」

宇宙裡有多少星系？

我也用肩膀輕輕推他一下。「眞是個好問題。一個英國的研究團隊剛剛發表一篇論文，聲稱宇宙裡說不定有兩兆個星系，比我們先前以爲的多出十倍！」

他在黑暗中點頭，認同我的說法，然後舉起手在空中揮舞，表示提問。天空到處都是星星，我們數都數不清？這麼說來，為什麼天空還是一片漆黑？

他的話語遲緩，帶著一絲哀傷，我聽了寒毛直豎。我兒子又提起「奧伯斯詭論」。遠離了我們好久的艾莉靠過來貼在我耳邊，他真的很了不起，你知道的，不是嗎？

我盡可能跟他解釋清楚。如果宇宙恆久穩定，而且一直都存在，那麼來自四面八方的星光應該會讓黑夜變得跟白天一樣明亮。但我們的宇宙只存在了一百四十億年，每一顆星星都匆忙地跟我們分離，而且速度愈來愈快。我們的宇宙年紀太輕，擴張的速度也太快，使得星光無法抹去黑暗。

我們靠得好近，我甚至可以感覺到他的思緒在黑暗中奔騰。他的目光在群星中迅速游移，暗自在腦海中作畫，繪出他自己的星座圖。當他終於開口，聲音聽起來渺小但睿智。你不該難過，我的意思是，爸，你不該因為望遠鏡而難過。

他的話嚇到我。「為什麼不該難過？」

你覺得什麼比較龐大？外太空……？他伸手碰碰我的腦袋。還是腦子裡？

我年少時奉為聖經的科幻名著《造星主》在腦海裡轟然現形，斯塔普雷頓[42]的字句在眼前閃爍，我已經幾十年沒想起這本小說。整個宇宙萬萬不及一個完整的意識……完整的意識無限龐大，宇宙的種種要素皆植基於此。

42 奧拉夫・斯塔普雷頓（Olaf Stapledon, 1886-1950），英國哲學家暨科幻小說家，《造星主》是他的代表作，對後世的科幻寫作影響甚鉅。

「腦子裡，」我說。「絕對是腦子裡。」

好。這麼說來，幾百萬顆從未發射太空望遠鏡的星球，說不定跟幾百萬顆已經發射太空望遠鏡的星球一樣幸運。

「或許吧。」我說，然後望向遠方。

那邊那顆星球，他指了指。發生了什麼事？

我告訴他：「那顆星球啊，那裡的人斷成兩截，但又長了回來，變成兩個不同的人，記憶卻都還是一樣。但這種情況一輩子只發生一次。」

他的手臂揮向遙遠的天際。「那一顆呢？那邊那一顆呢？」

「喔，那顆星球上的人啊，他們皮膚上的色素體總是洩露出心裡的感覺。」

酷！我真想住在那裡。

我們在宇宙間翱翔了好一陣子。再過兩天就滿月，漸盈的明月升過山緣，群星一一迷濛。他指了指最後一道明亮的星光。木星。

那一顆呢？你的記憶力永遠不會減弱、你記得的事情永遠不會消失。

「是喔，連骨頭斷了都記得？還有你跟誰吵過架？」

媽媽聞起來的味道。還有看到的那隻蒼鷺。

我望著他指向之處。星光在盈盈的月光中漸漸暗淡。「你想要去那裡嗎？」

他身子一抬，瘦弱的肩膀從睡袋裡冒出來。我不知道。

林間傳來聲響。叫聲劃破黑暗，迴盪在隆隆的水聲中，可能是痛苦或是喜悅，也可能是哀傷或是慶祝。羅賓猛然顫慄，緊緊抓住我的手臂。他噓聲叫我安靜，即使我沒有發出任何聲響。叫聲再起，聽來遙遠。遠處傳來回應，一唱一和，譜出最狂野的和弦。

然後叫聲歇止，暗夜之中盈滿其他聲響。羅賓轉身，把我抓得更緊，小臉被月光照得發亮。每一種生物都感受到它們天生就該感受的事物。

爸，你聽聽，我兒子跟我說。你能相信我們在哪裡嗎？他的話語永遠不會減弱，字字句句永遠不會消失。

我們的帳篷裡暗暗的，溫暖而舒適，黑暗中，艾莉在我眼前二十五公分的地方悄悄說，為什麼這件事如此重要？

我們先前健行了八小時，直到我的雙腳出血。我們還一起在瀑布間的急流裡游了泳。我眞的好累，甚至連點個爐子、燒頓晚餐都大費工夫。我不記得我們吃了什麼。我只記得她說她要再來一份。

我眞想一頭埋進我們充氣式的枕頭、死睡一星期。她卻想拉著我徹夜不眠、暢談哲學。如果這件事發生在別的地方，有什麼差別嗎？但它發生在這裡，果眞就很重要，是嗎？

我累得無法思考，幾乎主詞動詞都連不起來。「一次是意外，兩次是難免。」

她貼在我胸前說，結婚的感覺眞好。她聽起來訝異，好像這個發現就足以解決所有問題。

「如果我們在任何地方找到任何跡象，我們就知道宇宙想要生命。」

她笑得好厲害。喔，老公，宇宙的確想要生命。她翻身躺到我身上。玲瓏的她，宛若行星。而且現在就想要。

有那麼一分鐘，我們是彼此的一切。然後我們只是我們。完事之後，我肯定是睡著了，因爲我在一個飄渺的聲音中醒來。有人在黑暗中唱歌。我起先以爲是她。三個流暢優美、循環不已的音符；旋律雖短，但試探著無止無盡的和弦。我看看艾莉。她的雙眼在黑暗中睜得圓滾滾，好像那個惆悵的三音符旋律是貝多芬的樂曲。她作勢驚恐地抓住我的手臂。

親愛的！他們降臨了！他們來了！

她知道聲響發自什麼鳥。但我當時沒問她，如今我永遠也無法知曉。她聆聽，直到鳥安靜下來，林間隨即充滿其他生物的低鳴，如一張四面散開的網，漫過我們周遭六種不同的森林林區。她靜止不動，陷入全然的心醉神迷，有朝一日我們的兒子將會在偶然間習知同樣的狂喜。

這就是生命，她說，如果我可以把這一刻永遠留在身旁……

此刻與永遠，其間的差異是微乎其微。

我睡得昏昏沉沉，渾然不察。帳篷的拉鍊被拉開，吵醒了我。我搞不懂他怎麼可能在我察覺之前就穿好衣服，半個人已經跨出帳篷。「羅賓？」

噓……噓！他說。我不知道為什麼。

「你還好嗎？」

我沒事。爸，我很好。

「你要去哪裡？」

上一號，爸。我馬上就回來。月光中，他的手腕懸空轉動，像是一顆閃閃發光的星球，他始終用這樣的信號跟我說一切都ＯＫ。我躺回充氣枕頭上，拉著厚得足可抵禦冬寒的睡袋繞住脖子，繼續呼呼大睡。

我在寂靜中醒來，立刻注意到兩件事。一，我睡得比預期中久。二，羅賓不在我身邊。

我穿好衣服，走出帳篷。我們紮營的草地被露水浸濕。他的鞋襪擱在空地上。手電筒也是；皓月當空，大地宛若一幅栩栩如生、藍灰雙色的蝕刻版畫，無需手電筒照明。我穿行於樹根和岩石之間，好像在街燈下行走一樣容易。

我大聲呼喊，但沒有聽到任何回應，四下唯有急流的聲響。我繞著營區走一圈，喊得更大聲。「羅賓？羅賓！小傢伙？」河中傳來悶悶的呻吟，離我約莫幾公尺。

我幾秒鐘就跑到河邊，在銀白的月光下，湍急的河水有如紛亂的玻璃碎片。他曾跟我說，外頭愈暗，我從眼角往兩邊看，卻是愈來愈清楚。我猛然轉頭，從下游望向上游。他蜷伏在河流中央的大圓石上，緊緊抱住圓石。

我踏入河中，才往前走了一．五公尺就打滑，一塊石頭在我腳下轉動，我滑了一跤，右腳膝蓋和左手手肘撞上石頭，被刮得皮開肉綻。河水翻騰，冰冷刺骨，我被沖向下游，漂流了九公尺才在另一塊大石頭上站穩腳步。我匍匐爬行，從一塊石頭爬到另一塊石頭，慌慌張張爬回上游，動一步彷彿都要花上幾分鐘。快要爬到大圓石時，我看懂了。他剛才一直忙著拆除石堆，試圖再次讓河流成爲安全的家園。

河水一路浸濕到他的胸前，他整個身軀劇烈顫抖。他想要伸手抓住我，但手臂軟趴趴地在空中揮動，使不上力。他嘴裡發出聲響，含含糊糊，急促不清，聽起來不似話語。他整個人在我懷裡發抖，好像一隻受驚的小獸。他摸起來好冷。

時序錯亂。我無法決定我應當做什麼。他的脈搏非常微弱，我幾乎害怕抬起他。如果我背著他爬到岸邊，他說不定會沉到冰冷的河水裡，恐怕活不了多久。於是我抱起他走向河岸，走了兩步就失去平衡，他撲通一聲沉到水裡，嘴裡發出可怕的聲響。沒有人可以抱著重物逆流穿越這些濕滑的石頭。

我把他抬到他先前緊緊抱住的大圓石上，一邊扶著他躺好，一邊爬到他身旁。我脫下他的長褲和運動衫，衣物貼緊他的肌膚，我花了好久才褪下。他的運動衫皺巴巴地堆疊在狹長的石面，他小小的牛仔褲滑到水裡，順著河水流走。他抖得更厲害。我試圖擦乾他的身子，但水分一蒸發，反而讓他更冷。

我拚命保持冷靜，努力專心思考。我必須拿個溫暖的物品包住他，但我自己的衣物已因滑入水中濕透。他的呼吸短淺，好像吃力嘆氣。我把他的膝蓋靠在他的胸口，脫下我濕透的襯衫，雙手環抱他，讓他貼在我的懷裡。但我的肌膚跟他的肌膚一樣又濕又冷。

我抬頭，周遭一片銀白，凝滯靜默，似乎連滾滾翻騰的河水都慢了下來，感覺極不眞實。我們離步道入口相當遠。山間收不到手機訊號。翻過山脊才碰得到人。但我依然大聲喊叫。我的喊叫聲讓羅賓更不安，呻吟得更厲害。就算有些人奇蹟似地聽到我的喊叫，他們也絕對來不及找到我們。

我搓揉他、輕拍他、呼喊他的名字。輕拍轉爲掌摑。他不再呻吟、不再做出任何反應。生存的意志從他體內流逝。即使我一再搓揉、一再掌摑，他的膚色依然從紅潤轉爲藍白。我又傾身一靠，伸出潮濕的手臂抱住他，但一切都是枉然。我必須想出其他辦法爲他取暖。春寒可畏，他若光著身子躺在冷冽的空氣中，肯定再過幾分鐘就沒命。

我抬頭一望，我們的帳篷就在河邊，距離這裡頂多六公尺，帳篷裡有我那個防寒保暖的睡袋。我頹然坐在圓石上，緊緊環抱著他，試圖將他包覆在暖意之中。他依然顫抖，但我聽不到心跳聲。

我聽到一個聲音：試一試。我讓他蜷縮在圓石上，自己跌跌撞撞越過急流，朝河岸前進。我慌張地爬上布滿碎石、綠樹成蔭的河岸，氣極敗壞中扯壞了帳篷的拉鍊。我一把抓住睡袋，回頭衝回河岸。在河岸上，我把睡袋裹在頸間，啪啪啪涉水走回大圓石旁，不知爲何居然沒有滑跤。我手忙腳亂地把他包進睡袋，拉好拉鍊，然後用身體蓋住他，儘可能地護著他，在隆隆水聲中尋找他的心跳。

過了好久，我終於接受事實：他再也不需要我了。

有那麼一個星球，它搞不懂大家去哪裡了，終究孤單寂寥地消逝。光是在我們銀河系，已經發生過億萬次。

學校讓我請喪假。我被羅賓的親戚們和視我們為朋友的眾人折騰了幾天，葬禮之後，我覺得自己再也沒有必要跟任何人交談。我待在家裡，閱讀他的筆記本，翻看他的圖畫，寫下記憶中我們相處的每個時刻，這就夠了。

大家帶來食物。我吃得愈少，他們帶來愈多。我提不起勁付帳單、割草、洗碗，或是看新聞。兩百萬名上海的民眾失去他們的家。鳳凰城沒有水可用。牛畜病毒性腦炎從牛隻傳播至人類，人們卻過了好幾個星期才察覺。我白天睡覺，徹夜不眠，為一屋子曾經無所不在，如今一無所有的眾生朗讀詩歌。

我不接電話，偶爾隨便聽聽留言、瞄瞄簡訊。沒有什麼事情值得回覆。反正我也得不到答案。

然後有一天，柯瑞爾傳來訊息。如果你想跟羅賓在一起，你可以。

「好，」那個我已不再憎恨的男人說。「放鬆，別動。看著螢幕中央那個圓點。好，現在讓圓點移到右邊。」

我不知道該怎麼做。他說這再簡單也不過。等圓點自己移動。然後停駐在那樣的情緒狀態。

他爲我冒了很多風險，觸犯了法律。我們遲早都會觸犯法律，但馬提的作爲不僅只是違反法規。他動用了他沒有取得的預算，運用了再過不久用盡任何方式都難以取得的能源啓動這些儀器。他自己操作掃描器，因爲他已經解聘每一個研究人員。他的實驗室跟許多其他研究單位一樣面臨停擺。

我躺在磁振造影儀裡，讓自己專注於羅賓的腦波圖。去年八月，羅賓狀況最佳時，他們存錄了這張腦波圖。光是置身此處，我就放得下心。我學著移動圓點，讓它變大變小，改變它的顏色。一晃眼過了兩小時。柯瑞爾說：「你想不想明天再過來？」

我不確定他爲什麼幫我。這不僅只是出於同情。他跟許多科學家一樣，始終執著於救贖。他非常關切我的進展。至於原因何在，只怕必須仰賴更加尖端的腦神經研究做出解釋。老實說，這也是天文生物學想要解釋的疑點。適居帶行星可以把雨水、岩漿、少量的能源轉化爲生命的動力。或許天擇可以把利己轉變成利他。

我隔天又過去，再隔一天也過去。我學著升高和降低豎笛的音調，我可以讓音調變快變慢，甚至把豎笛變成小提琴，而我必須做的，只是讓自己比照他的情緒狀態。反饋指引著我，而我持續不休地學習，人腦時時模擬著它的所愛。

然後有一天，我兒子出現了。他來到我的腦中，有如生命一般確切。我太太依然是他的一部分，於是也隨之出現。如今，我感受得到他們的種種感受。什麼比較龐大？外太空或是腦子裡？

他什麼都沒說。他什麼都不必說。我知道他對我有什麼要求。他只想看看天外有些什麼。光以每秒鐘三十萬公里的速度行進，從宇宙的一端行進至另一端，其間相隔九百三十億光年，途中經過黑洞、脈衝星、似星體、中子星、先子星、夸克星、藍脫序星、雙恆星系統、三合星系統、球狀星團、超緻密恆星星團、冠狀星系、潮汐星系、銀暈星系，反射星雲、脈衝星雲、星體、星際、星系際、暗物質、能量、宇宙塵、絲狀物、空洞，而這些全都源自小得不能再小的振動。宇宙是活生生的物體，我兒子想要趁著還有時間，帶我出去看一看。

我們一起升至軌道中，俯瞰這個我們近來探訪的星球。他興起一個念頭，我也明白。你能相信我們剛才在哪裡嗎？

喔，這個星球眞好。我們也不賴，如同灼熱的日光、微刺的雨絲、芬芳活絡的大地，在在讓人稱心，而且這個無論如何算計都不可能存在的世界正在改變，無止無休地揭示著答案，亦是同樣美好。

推薦跋

如果這是我的孩子

謝哲青　作家

這是一本，關於無路可退的黑暗、無可慰藉的困頓，與無言以對的迷惘，並嘗試突破與超脫的自我追尋旅程。

繼二〇一八年非比尋常的林棲幻想曲《樹冠上》後，再一次，理察．鮑爾斯向世人展現一部內容廣泛、精巧和美麗的小說，更加專注在我們心中，那些微不足道，卻也無與倫比的幽暗細節。

小說《困惑的心》專注於兩位要角，以及他們之間的關係。主述者席歐．拜恩是一名天文生物學家，負責對太陽系外行星上的生命進行模擬編程，不過，隨著故事的推衍，我們會了解，席歐最主要的工作是他特別的兒子——羅賓。父子兩人，各自以自己的方式，哀悼只留存在回憶，因交通意外而離世的艾莉莎。

羅賓對於大自然，有著異於常人的專注與執著，同時，在受到挫折或挑戰時容易失控暴走。在學校被霸凌，唯一的情緒出口，是用熱水瓶重毆另一個男孩的顴骨。

我闔上書頁，想像著，如果這是我的孩子，該怎麼辦？

「到目前為止，」身為父親的席歐挖苦地指出：「他兩次被診斷說是亞斯伯格症，一次說他可能是強迫症，一次說他可能是過動兒。」面對科學解釋也模稜兩可的心靈模式，席歐非常愛他的兒子，拒絕當局敦促的藥物治療方案。理由很簡單：「他才九歲！他的腦部還在發育。」但隨著羅賓的行為變得越來越古怪、暴躁，席歐不得不做點什麼。

相較於多線發展，擁有廣闊視野的《樹冠上》，《困惑的心》是一篇心理環境更加狹隘侷促的作品。但在理察．鮑爾斯充滿能量的筆觸之下，讓小兒子羅賓的情緒鋒刃，以非凡銳利的可信度和敏感性呈現。而父子之間的愛，那些具有真實重量的生動情感，更加令人心碎。

小說的視線焦點，緊密地貼在父子兩人身上，讓純真在這個窮凶極惡的現實中，顯得更加蒼白，也更加令人心痛。情緒的巨石在父子與世界之間來回滾動，讓《困惑的心》化成薛西弗斯式的悲劇，不知不覺中，也讓小說滲透出卡夫卡式的幽閉恐怖。

除了入微細膩的心理描寫以外，我個人特別偏愛書中關於荒野漫遊的種種細節：拜訪森林、探索河流，在星空下靜靜入睡。關於大自然的描摹，鮑爾斯的寫作，一如瑞秋．卡森的《海風下》或聖修伯里的《航向阿拉斯》般，同樣讓人回味無窮，在文明以外，羅賓是快樂，是自由的。但父子兩人不可能永遠生活在大自然中，羅賓必須回到學校，而席歐也要返回工作崗位。相較於大自然的完整豐腴，他們所回到的世界卻是破碎且荒蕪。在小說中，同樣令人憂心的是，雖然小說家沒有具體說明，但看起來非常像極了川普的第二任期，「你們有沒有看到總統的推文？」環境秩序崩潰失速，氣候危機迫在眉睫，師出無名的武裝民兵為了抵抗「不明外國入侵者」而四處遊蕩，民主共和價值瓦解。

小說中，這位憂心忡忡的九歲男孩，看著YouTube上那位「留著緊辮子的橢圓臉女孩」說道「自閉症是我的特殊資產」，小說家用一則微妙的比喻：彷彿是顯微鏡、望遠鏡和雷射瞄準儀放在一起。意識到自己的存在後，男孩決定要以自己的方式，拯救世界。

當然，並不是每一場戰役，都可以像《舊約聖經》中大衛對抗巨人歌利亞般，取得燦爛的勝利，大多時候，虛軟與無力會牢牢抓住我們，就像是小說中困惑的羅賓一樣不明白，爲什麼大人們看不到世界正在毀滅的緊迫，爲什麼大人不爲這個世界付出些什麼，做點什麼呢？

我闔上書頁，想像著，如果這是我的孩子，又該怎麼辦？

同樣的，小說《困惑的心》也可以被歸類爲「軟科幻」，小說家以某種形式重現丹尼爾·凱斯的經典科幻《獻給阿爾吉儂的花束》（一九六六），不僅僅針對烏托邦式的未來提出的推理論說，也對其他星球上可能存在生命進行描述。故事中另一項近未來的裝置，一種稱爲解碼神經反饋的技術，透過人工智能介導，讓使用者能夠「進入」其他人大腦的神經結構。羅賓使用這項技術，來更親近已故母親的精神景觀。

「男孩從他死去的母親身上學到了歡愉」，但如果你讀過《獻給阿爾吉儂的花束》，你就會對《困惑的心》發展方向有所了解。

《困惑的心》的文字風格，一如既往地廣闊而富有詩意。這並不是因爲小說採用好讀易懂的好萊塢模式，就作品本身而言，它更像是一部易卜生式的悲劇，不需要令人窒息的文字密度，也能讓你感到窘迫。事實上，在最好的情況下，悲劇也可以是廣闊、令人振奮的。回歸到小說本身，理察．鮑爾斯在寫作上加入了更多古老的安提戈涅辯證法，更多衝突力量的平衡。小說中的羅賓，對於大人們漠視傷害與不安的情感近視，感到憤怒與失望。讀著讀著，突然驚覺，曾幾何時，爲什麼我們慢慢變成討人厭的大人呢？

對我來說，閱讀小說的體驗，一直都是眞實而明確的，而這本新穎而動人《困惑的心》，同樣，帶給我無言可喻的悸動。

推薦跋

星光，指引地球的未來

潘康嫻

人類是天生的科學家。我們生來就想知道為何星星會閃爍，想知道為何太陽會升起。

——加來道雄

地球上有一群人總喜歡抬著頭，看著夜空中點亮大地的星燈，這些星光夾藏著宇宙的祕密，穿透無數個光年，抵達藍色的星球。除了欣賞夜色之美，這一群人更試圖從中看出點端倪，這些熠熠星光是怎麼來的？宇宙是什麼樣子？爲什麼會有地球？生命從何而來？還有其他如地球般的星球嗎？那裡也有文明嗎？好多個「爲什麼」是大自然帶來的啓發，而人類尋找答案的行動，卻是宇宙裡不可思議的精彩。

人類的世界觀從曾經的地球放眼到太陽系，隨著科學與科技的進步，二十世紀的物理學開創宇宙論的發展，至二十一世紀天文觀測的黃金年代，不停歇地向深邃的星空探索，走出新的視野。近二十多年的諾貝爾物理獎，多達三分之一肯定天文學的貢獻，例如二〇一九年獲獎的三位學者，一位建構宇宙大霹靂理論模型，另兩位發現一顆繞著另個太陽類型恆星公轉的系外行星。宏觀的宇宙視野，加上相對微觀的行星視角，近代的天文學一再刷新人類對宇宙演化及地球定位的認知。

天文望遠鏡和太空科技的進展，讓現代的天文學家得以挖掘宇宙暗藏的驚奇，透過紅外線觀測，我們看到隱藏在可見光背後恆星誕生的搖籃，也發現了宇宙考古學的線索。二〇一九年諾貝爾物理學獎得主之一詹姆士．皮博斯（James Peebles）花費大半輩子，帶領我們梳理宇宙一百三十七億年演化的歷程，如今我們知曉實質物體的總質量佔宇宙的百分之五（其餘爲百分之六十八的暗能量，與百分之二十七的暗物質）。在這百分之五的質量中，粗略估計大大小小星系中的星點，加總起來約略有10^{27}顆恆星。假使每顆恆星誕生時也伴隨著行星系統的發展，在如此龐大的總數下，是否也有另一顆適合生命發展的星球？

放眼望去，茫茫星海，僅吾唯一？以地球人的角度思考外星生命的可能性，德雷克公式（Drake equation）將文字的問號轉成可運算的概念，考慮環境因素和發展文明的可能性，估計銀河系中存在著少則一千，多則一億的文明數量。但這些年，沒有人聯絡我們，我們也沒有找到對方，費米悖論提醒了估算與現實的落差。天文學家藉著太空科技的發展得以主動探尋，一九七二年的先鋒號和一九七七年的航海家，帶著人類寫給外星人的科學密碼信函，至今持續在星際間航行。除了寫信，還可以像發電報一樣，一九七四年的阿雷西波訊息（Arecibo message），對著遠在兩萬五千光年外的M13球狀星團發送訊號，寄望能在高齡星團中找到高智慧文明存在的可能性。然而，這一去一回，收到回音得等上五萬年，已不知道是人類幾代以後的事了。

一如十五至十七世紀的大航海時代，歐洲船隊面對大海，莫不引頸期盼能在望遠鏡裡看到遠方的陸地。行星猶如當時的目標，由於行星不會自行發光，尋找行星的難度如同在千里之外的明亮燈塔旁邊瞧見一隻蚊子，然而技術的困難並未讓人退卻，科學的精彩就在於想辦法突圍。

一九九五年米歇爾．麥耶（Michel Mayor）與迪迪爾．奎洛茲（Didier Queloz）藉由分析恆星光譜中的都卜勒效應（目標物遠離觀測者時，其光譜會往長波方向拉長稱作紅移，反之靠近則往短波壓縮稱之藍移），在飛馬座找到繞著太陽類型的恆星公轉的第一顆系外行星飛馬座51b（51 Pegasi b），爲系外行星大發現時代展開序幕，也讓他們在二〇一九年共享諾貝爾物理獎的殊榮。至今近二十五年觀測資料的累積，尤其有了克卜勒太空望遠鏡和接續的凌日法系外行星巡天衛星（Transiting Exoplanet Survey Satellite，ＴＥＳＳ），系外行星數量自二〇一四年開始大幅增加，截至今年二〇二三年六月統計，約有五千五百顆系外行星，依據型態將系外行星分成四類：氣體巨行星（又稱熱木星）、類海王星、超級地球、類地行星。天文學家從統計數量和行星形成動力學模型中獲得豐富的訊息，也讓太陽系的形成與演化有了更進一步的認識。以一個系統中的行星質量做序列可以分成四種：由小至大（太陽系即爲此類）、由大至小、混合、和大小相似，科學家發現像太陽系八大行星的排序反而非常稀有，像TRAPPIST-1系統中七顆行星大小雷同的類型倒是常見，人們才驚覺原來太陽系與其八大行星的組合是如此與眾不同。這個獨特也包含太陽系的氣體行星木星，有顆大質量的木星在外，像吸塵器一樣讓闖入太陽系的天體轉向（例如一九九四年的舒梅克—李維彗星撞擊木星事件），減少外來者體撞擊內太陽系的機會，使得位在適居帶的地球有足夠安全的環境與時間孕育生命。原來要有機會誕生生命，先決條件也要天時地利「星」和。

有沒有一種可能，其實有外星訊號，只是現今的科技還無法察覺和解讀？二十一世紀的新視野多來自百年前科學家所闢的路，例如愛因斯坦在廣義相對論提出對重力的新見解，物體質量造成的空間扭曲，只是改變的幅度之小不易測量，直至二〇一五年天文學家終於在絞盡腦汁精細設計之下，成功打造觀測重力波的天文望遠鏡（Laser Interferometer Gravitational-Wave Observatory，LIGO），二〇一七年人類首次觀測到雙中子合併事件，解開化學元素週期表上的重金屬形成之謎。在天文學的領域，一個計畫從靈感發想、規劃藍圖、開工建造、出發觀測、收集資料到計畫結束，從開始到最後的時間跨度，往往超過科學家本身的職業生涯。科學家年輕時的構思，常須藉由後生晚輩接棒執行，有生之年不一定看得到科學成果，而這一路上牽起了一代又一代的傳承，一起讓科學的進展跑得更遠，跑向遠在未來的新發現。本篇文章談及的計畫，在筆者的學生時代，早已如火如荼地展開，伴隨著計畫的執行和觀測資料的回傳與分析，是前輩們的堅持與努力，也是帶給新生代天文學家的禮物和邀請：現在的成果來自於我們過去的努力，而未來要由現在的你們來開創。

太空望遠鏡的升空協助天文學家得以更清晰地遙望遠方，讓系外行星的發現轉爲低風險的冒險之旅，安全地帶著大家想像另一個世界的雛形，正當書中的主角，天文生物學家拜恩教授，爲兒子羅賓說起異星見聞時，好似向星空開啓一扇扇門，父子倆得以一起遨遊宇宙。

穿越都市的水泥叢林，遠離學校與人群，當我讀到書中拜恩教授帶著羅賓前往國家公園露營，徜徉在大自然的聲音與光影，兩個人在星光下深度傾聽彼此，爲人生的焦慮與困惑尋找方向，令我不禁想起，曾經只是爲了想看星星，所以去登山的自己，無意間在山林尋回自己的心。臺灣的山勢陡峭地形多變，得要十分專注在腳下的步伐與眼前的山徑，此刻陪伴自己的只有呼吸和心跳。踩著吃力的腳步，一瞬間，世界難得寧靜，只聽得見自己的聲音，「離目標還有些距離，繼續是前進，回頭是放棄。若是堅持，不知還有多少難關？若是放棄，我能接受放棄的自己嗎？難道是走錯路或迷路，所以才這麼難行，那麼路又在何方？」爲一睹繁星，在光害日趨嚴重的情況下只得越走越深山，不只用腳感受臺灣地貌的鬼斧神工，還要感官全開地觀察瞬息萬變的天氣，多認識她才能做出適當的應變確保登山安全。白天的路上觀察自然的氣息，與重建內在的自己，晚上終見美麗的星空，走在一條條的山岳路線，整頓人生朝著目標向前行。

天文學總是背對著地球往外尋找新的未知，試圖解讀新收到的觀測資料與訊息，然而來自腳下的訊號呢？地球也是行星，是離我們最近的行星，她孕育了這世界的美好，但她的語言，我們眞的懂了嗎？羅賓對外界的反應多來自於他所觀察到的地球，作爲父親的拜恩教授要怎麼回應孩子呢？

當我們汲汲營營想向外拓展新知識、新世界時，可曾留意腳下正在發燙？若將地球的呼喊換成人類的語言，環境變遷的種種跡象就是地球發燒的訊號。以往科幻災難片當中的賣座奇觀，漸漸成爲生活新聞，熱浪、野火、水災旱災、劇烈天氣變化，讓全球不只要解決眼下的困境，也要未雨綢繆地做永續經營的規劃，即刻採取行動已是迫在眉睫。

二〇二一年，聯合國政府間氣候變遷專門委員會（ＩＰＣＣ）公布第六回的全球氣候變遷評估報告，提及全球暖化現象在冰河面積、海平面上升、全球氣溫，及海洋酸化等等的科學研究報告中，出現許多令人擔憂的新紀錄，並指出二氧化碳與溫室氣體排放量的關聯性，巨變的環境讓各類生物物種面臨生存威脅。因應這場危機，全球達成共識目標於二十一世紀的地球平均氣溫，相比十九世紀最多僅能上升攝氏一・五度，並且在二〇五〇年達成全球淨零碳排放。今日世界各國包含臺灣正積極發展替代能源減少碳排放，同時開發技術增加碳匯，企圖集結眾人的力量把大氣中的碳存回大地。但我們能在有限的時間內力挽狂瀾嗎？假使目標如期達成，是否就高枕無憂了呢？地球和我們的日子就美好了嗎？

從人類張開眼睛認識日月星辰，建立了神話、曆法和文明，發展農耕，再到科學與工業革命，一路解析宇宙和地球的起源、歷史、環境、命運。星星帶給人類的啓發，讓人類的足跡已從地球走向太陽系，從更高的視野回頭凝視地球那令人屏息的湛藍，離開地球的探索，讓我們重新看見地球。文化藝術與科技文明的發展一直以來與大自然息息相關，進步固然帶給人類生活和思維的改變，然而過度的開發讓環境失衡，讓現在的我們必須啓動地球生命保衛戰，永續經營之前要先理解，如何理解則引發更多的提問，解答提問的過程中人類將深刻感受地球的脈動，爲身爲地球人感到驕傲。BE-WILD-ER-MENT的故事在過去已開始，現在的行動是創造機會、還是命運？未來，讓我們和這顆有心跳的藍色星球一起來回答吧。

本文作者為中研院環境變遷研究中心博士後研究員。

推薦跋

平行宇宙中的解碼神經反饋

謝伯讓

我第一次見到渡邊岳夫（Takeo Watanabe），是在二〇〇五年美國佛羅里達州的視覺科學會議上。渡邊教授當時是波士頓大學視覺科學研究室的主持人，專長在於人類的知覺學習現象。當年的渡邊教授早就已經名滿天下，一般學者的發表，大約要好幾年才有機會在頂級期刊（例如《自然》、《科學》和《當代生物學》）上出現一篇論文，而渡邊教授的論文，則幾乎是以每年好幾篇的速度出現在頂級期刊上。渡邊教授除了聰明博學，還有著讓人印象深刻的幽默個性，大概每講三句話，就有一句是在開玩笑。當年我常常被他的玩笑耍得不知所措，有時我甚至懷疑他的每句話都是玩笑。

二〇一一年，渡邊教授一如往常地又在《科學》上發表了一篇文章。在這篇文章中，他和其博士後研究員柴田和久（Kazuhisa Shibata）想要知道人類的「知覺學習」表現可否經由「神經反饋」的訓練來增強。而這項研究成果，就是《困惑》世界中的關鍵科學技術。

所謂的「知覺學習」（perceptual learning），就是我們在經年累月不斷接觸某種刺激後，通常對該種刺激的知覺敏銳度就會上升。比方說在不斷觀視左傾四十五度的線條後，我們對於此類線條的區辨能力就會越來越敏銳。又比如腫瘤醫師在不斷觀看X光片之後，對於特定異常病徵的偵測能力也會越來越強。一般來說，知覺學習總是要經過漫長的練習才會逐漸增強。有鑑於此，渡邊教授便突發奇想，他想要知道能否通過神經反饋的技術，去直接且快速地增強受試者的知覺學習表現。

那什麼是「神經反饋」（neurofeedback）技術呢？簡單來說，神經反饋就是把受試者的神經訊號即時反饋給他自己，例如把受試者某個腦區的神經活動量直接呈現在他眼前的螢幕上，如此一來，受試者就能「看見」自己腦中某個腦區的神經活動量，並透過嘗試去增強或降低螢幕上的訊號，來達到改變自己該腦區中神經活動的目的。舉例來說，如果我們想要治療某位容易出現負面情緒的受試者，那就可以透過腦造影儀器，把他的杏仁核腦區（一個和負面情緒有關的腦區）活動量以數字的方式即時呈現在他眼前的螢幕上，接著受試者就能嘗試去降低螢幕上的訊號數字大小，並藉此壓制杏仁核的活動，若能成功達成此訓練，受試者的負面情緒就會下降。

渡邊教授在二〇一一年《科學》的那篇文章中，就是試圖透過神經反饋技術去增強受試者的知覺學習表現。他們先測量了受試者在觀視特定傾斜角度線條（例如左傾四十五度）時的視覺腦區反應模式。接下來，他們只需要把視覺腦區中的這種反應模式活動量呈現在螢幕上給受試者看，並讓受試者去調控增強螢幕上的這個訊號，此訓練完成後，受試者對於左傾四十五度的線條敏銳度就會增強。換言之，受試者不需要再經歷傳統的重複式視覺刺激訓練（不需要一直觀視左傾四十五度的線條），只要單靠神經反饋，就能達到一樣的功效！

這項技術被稱爲「解碼神經反饋」（DecNef，decoded neurofeedback），後來也被廣泛應用在各種場域。例如在二〇一六年的《自然—人類行爲》期刊和二〇一八年的《美國國家科學院院刊》上，柴田和久、牛津大學的西摩（Ben Seymour）、日本ATR計算神經科學實驗室的川人光男（Mitsuo Kawato），以及現任教於日本理研的劉克頑（Hakawn Lau）等人，就透過這項技術成功減緩了恐懼症患者對於特定事物的恐懼感。

輕微的恐懼症患者，通常可以透過簡單的「曝光療法」來減輕恐懼：只要在安全的環境下，以最輕微的刺激強度去逐步讓患者接觸令其害怕的事物，就能達到治療的效果。比如說病患害怕蜘蛛時，一開始可以讓病人先觀看模糊或長相可愛的小蜘蛛照片，然後再逐步變成觀看玻璃牆後的眞實蜘蛛，並進步到眼前玻璃罐中的蜘蛛等等。然而嚴重恐懼症的患者，常常卻會連最基本的曝光治療都無法進行，因爲嚴重恐懼症患者只要眼前或腦中一出現會令其恐懼的事物影像，就會崩潰而無法繼續治療。

有鑑於此，上述的團隊就採用了「解碼神經反饋」技術來進行治療協助。他們先找來一般的正常受試者，透過腦造影去收集這些正常受試者在觀看蜘蛛時的視覺腦區反應模式。接下來他們就找來蜘蛛恐懼症患者，然後同樣利用腦造影的方式去即時觀察其視覺腦區反應模式。而其中的關鍵操弄就是：只要蜘蛛恐懼症患者的視覺腦區反應模式和正常受試者在觀看蜘蛛時的視覺腦區反應模式很相似時，就給馬上給予正向獎勵（金錢獎勵）。結果發現，這個方法可以有效減緩患者對蜘蛛的恐懼反應！這也就表示，恐懼症患者可以不用再經歷「曝光療法」，透過這種新的方式，他們可以不知不覺的情況下戰勝恐懼。

渡邊教授的「解碼神經反饋」技術，已經在我們的現實社會中嶄露頭角，目前不但可以用來和緩恐懼反應，也可以減輕創傷後壓力症候群的病徵。而在理察．鮑爾斯所創造的平行奇幻宇宙《困惑》中，這項技術更是經歷著驚人的蛻變。這個源自現實世界的腦神經科學技術，會如何在《困惑》的科幻領域中展現出不同的奇特樣貌？這項技術是否會撼動人類的心靈、是否能扭轉物種間的互動？鮑爾斯的《困惑》，將帶領我們探索科學與科技、心智與人性，以及道德與命運之間的微妙關聯，並在其中展開一場全面的深刻反思！

本文作者為臺灣大學心理學系副教授，著有《大腦簡史》。

導讀

鮑爾斯的洞穴寓言

洪廣冀

《困惑的心》是鮑爾斯的第十三本小說，出版於新冠疫情肆虐之際的二〇二一年。繼佳評如潮的《樹冠上》後，書迷都在期盼，這位麥克阿瑟天才獎與普立茲獎得主，以及住在大煙山的隱士，會以何種尺度與格局來訴說人與非人之間的交織？

對已讀過《樹冠上》的讀者來說，《困惑的心》，讓人意外，但也不會讓人太意外。意外的是，相較於《樹冠上》的紅木巨靈及其連結的人與非人，《困惑的心》的書中主角僅是父子兩人。不太意外的是，透過父子間的互動與情誼，鮑爾斯還是帶出其擅長的主題：人、非人與科技間的相互形塑，從中探問人性的矛盾與幽微，以及人類該如何看見與關懷那些與人類共享這個地球的芸芸眾生。

如鮑爾斯在訪談中點出的，以及在《困惑》中也可見到端倪的，在撰寫該書時，他有他的繆思：《獻給阿爾吉儂的花束》。這本由美國作家丹尼爾・凱斯於一九六六年出版的的小說，曾獲得雨果獎與星雲獎等大獎，也曾改編爲電影與舞臺劇。

阿爾吉儂是一隻實驗用的老鼠，受了新藥測試後，智力突飛猛進。主導新藥開發的科學家大爲振奮，將新藥用在一位智能不足的少年查理・高登身上。如同阿爾吉儂一般，查理的智商倏地拔高，直臻天才的水準。然而，他開始感到困惑與痛苦。原本他不懂也因此無法在意的隻字片語，乃至於周遭投來既畏懼又欣羨的目光，開始充滿了含義。他滿懷怨懟；以他超越世人的絕高智商，他開始反擊。不知道是幸還是不幸，新藥的時效有限。當阿爾吉儂開始退化，乃至於步向死亡，查理的智力也回到原先水平。即便如此，他再也回不去原來的樣子了。

凱斯在此用了柏拉圖著名的「洞穴寓言」。囚犯們在洞穴裡看著移動的光影，以爲這就是眞實，還建構出關於此「眞實」的理論。因緣際會之下，有名囚犯受到引領，離開了洞穴，看見洞穴外的事物，也看到那個讓人無法直視的巨大光源：太陽。他返回洞穴，告知同伴，表示眼前的光影其實只是虛像，眞實存在洞穴之外，還有個名爲太陽的眞理之光。可以想像，他的同伴不會全都買單。有的可能會掙脫身上的枷鎖，拋棄既有理論，走出洞外一探究竟，但一定有人斥之爲異端學說。就柏拉圖而言，如此離開洞穴而看到光，回到洞穴又回到黑暗，對當事人而言，帶來兩重的困惑。首先，離開洞穴的囚犯，眼睛已經習慣了黑暗，勢必爲洞穴外的景致目眩神迷。再者，當他重回黑暗，又得經過一層身體與心理的調整。柏拉圖的洞穴寓言是哲學史最著名的比喻之一；只是，當絕大多數的討論集中在洞穴外之理念世界以及洞穴內之感官世界的對比，乃至於哲學家作爲引路人的重要性，凱斯在意的是那位囚犯以及他曾經歷的雙重困惑。

與凱斯一般，鮑爾斯同樣致力於描寫柏拉圖所言的雙重困惑。如果說《獻給阿爾吉儂的花束》是從「智商」的角度切入，《困惑的心》的重點則是「情商」。故事的主人翁拜恩是個天文生物學者，以太空望遠鏡收得的資料，配合電腦模型，探索外星生物的可能性。他跟一位動物權倡議者與環境運動者艾莉莎相愛，有了一名孩子，名叫羅賓。羅賓是個極爲特殊的孩子；對於蟲魚鳥獸，他有極高的敏感度與同理心，但對於人際關係，卻有相當的障礙。羅賓七歲時，艾莉莎車禍身亡；拜恩強忍心中悲痛，獨力撫養羅賓。失去母親的羅賓，反覆看著在Youtube上的媽媽，一再跟拜恩確認媽媽是愛他的。羅賓在學校中的行爲開始日益脫節；老師們越來越相信這個沒有媽媽的小孩「有病」，得及早接受接受藥物治療。拜恩無法接受此結論。他吶喊：「他只是個孩子！他的大腦還在發育！」他也自行發展一套理論：「生命不需要我們事事校正。我的兒子是一個我想都不敢想要看透的袖珍宇宙。我們每個人都是個實驗，而我們甚至不知道自己受到怎樣的測試。」艾莉莎可能會說，「沒有人是完美的」，拜恩則說：「老天爺啊，我們全都不合格得令人難以置信」。

拜恩帶羅賓至大煙山露營；對著動植物圖鑑，父子兩人試著叫出周遭隻蟲魚鳥獸的名字。羅賓睡前，他說著一個又一個的星際探險與外星生命的故事，讓羅賓了解他對天文學的愛。以自嘲的口吻，他描述他的專業與羅賓思維方式的高度相似：

> 天文學家和孩童其實有許多共通點。兩者都踏上旅程，跨越浩瀚的遠距。兩者都追求超乎他們理解的事實。兩者都做出意想天開的推論，任憑種種可能翻倍加成，沒有極限。兩者都每隔幾星期就銳氣大挫。兩者都可說是憑著愚昧行事。兩者

都對時光感到大惑不解。兩者都出發再出發，永不停歇。

父子兩人也聽著《獻給阿爾吉儂的花束》有聲書。鮑爾斯如此描寫羅賓如何爲這本科幻小說著迷：

> 羅賓前傾，一手搭在儀表板上，甚至忘了凝視窗外。他像查理・高登一樣迅速地擷取資訊——小說中，查理的智商已經晉升到危險的新高——當查理的同事們拒絕接受他，羅賓自始自終皺著眉頭。

當羅賓聽到阿爾吉儂死了，他無法接受。鮑爾斯寫道：「《獻給阿爾吉儂的花束》已經終結羅賓依然心存的純眞，心靈之眼因而面對雙重困惑：如何走出眞理之光的幻影，如何步入眞理之光」。

在學校師長眼中，拜恩的教育方式是錯誤的；只有藥物才能讓這位九歲的孩童步上正軌，而不是帶他接近自然或是講述荒誕無稽的外星生命。無計可施之下，拜恩求助神經科學家，決定讓羅賓接受「解碼神經反饋療法」。鮑爾斯對此的說明如下：

（解碼神經療法）類似昔日的生理反饋，但是藉由神經影像提供即時回饋，人工智慧亦從旁協助。第一組受試者——亦即所謂的「指標受試者」——針對特定的外在刺激提供情緒反應。研究人員第一時間利用磁振造影掃描他們腦中的相關區塊。然後研究人員觀測第二組受試者——亦即所謂的「培訓受試者」——即時掃描他們腦中的同樣區塊。人工智慧監測神經活動，同時傳送視覺和視覺線索，引導「培訓受試者」趨向「指標受試者」先前預錄的神經狀態。藉由這種方式，「培訓受試者」可以模擬「指標受試者」的腦波模式，進而體驗相似的模式……

拜恩與艾莉莎曾擔任指標受試者，因而留下了兩人的神經狀態。於是羅賓躺進了ｆＭＲＩ，以培訓受試者的身分，從艾莉莎預錄的神經狀態，學習如何像個「正常人」。

在這個過程中，羅賓認識了七歲的他從未有機會認識的母親，也體會母親爲何爲那些人以外的生命獻身。如同《獻給阿爾吉儂的花束》，以及帶給該書莫大啓發的洞穴寓言，羅賓彷彿離開了洞穴，看見了光。他的行爲開始趨於「正常」，也越來越能「同理」人類的行爲，以及溫柔且堅定地提出他的訴求。然而，越來越了解「世事」的羅賓，感到日益困惑。他不能理解，對於身邊消失的生物及生態系，大人爲何會如此漠然？他製作標語，在國會大廈旁舉牌，希望能喚起世人對於氣候災難、生物多樣性喪失與動物權益的重視。拜恩驚訝於羅賓的轉變；在孩子身上，他也看到他深愛的艾莉莎，以及他們如何感謝羅賓的誕生，讓他們可以通過羅賓的眼，得知自己的不足，以及環繞在四周的空氣、陽光與水，包括活躍於當中的蟲魚鳥獸，是這世上最大的驚奇。

好景不常。解碼神經反饋療法被政府以「違反實驗倫理」爲由遭到中止，羅賓也因此無法接受治療。可說是第二次失去母親的羅賓，掙扎著留下關於母親的記憶。他沮喪地跟拜恩說：「爸，我一直在退步。我感覺得到。」他說他覺得自己就「像是那隻老鼠，像是阿爾吉儂」。

從《困惑的心》的末尾，讀者得知，羅賓確實活得像是阿爾吉儂，而不是《獻給阿爾吉儂的花束》中查理・高登，也因此在某個程度上免除了第二重的困惑。他死了，得年十歲。

羅賓無從體會的困惑，是鮑爾斯留給讀者的困惑。

鮑爾斯在訪談中自承，他沒有小孩，但有很多帶著孩子認識自然的經驗。他認爲，當代的美國孩子與青少年常被診斷出罹患各種精神官能症，且被要求各種藥物介入，但對於病因，以及各種藥物介入的後遺症，專家常莫衷一是。《困惑的心》便是爲這些孩子而寫，或者說爲這些小孩的父母而寫。鮑爾斯認爲，孩子的「異常」很大程度上是種生態創傷（eco-trauma）。他要說的是，面對生命的消逝，成長中的孩子總要花很久的時間才能調適；因此，當大人可以相對理性地估計每個物種的消失相當於多少經濟損失，又或者以各種方式彌補或轉嫁這些損失，孩子的體會則相當不同。他希望，面對這些「異常」的孩子，大人可以做的不是去「校正」他們，至少不是以餵藥的方式爲之；孩子的異常是人類生活之生態世界出了問題的徵兆；以藥物治療這些孩子，就如同以攔砂壩來治水一般。

孩子需要的或許只是陪伴；不只是父母、同儕或寵物的陪伴，還有森林、草原、溪流、石虎、穿山甲等非人的陪伴。

本文作者為國立臺灣大學地理環境資源學系副教授。

各界好評

「這是一本非常有趣的書，說的便有點像是多重宇宙的故事。陪著主人翁天文生物學家席歐和九歲大的兒子羅賓漫遊幾千公里的美國大地，跟著又陪著他們父子倆造訪彼此相隔幾千萬光年的系外行星的奇異世界，再加上解碼神經反饋。所以可說是一本充滿想像力的科幻小說。但又不是，因爲看下去便知道他們父子二人對生命的困惑和探索，皆來自羅賓母親艾莉源自佛經四無量心的執著和堅持。點出人本智慧和人工智慧最不同的地方。這些哲理使得這本書在今天 ChatGPT 鋪天蓋日的時候，更是非看不可。」

——**葉永烜，國立中央大學國鼎講座教授**

「想像一下，小王子來到地球，但不是來到沙漠，而是來到都市。再想像一下，他遇見的不是欣賞他、願意爲他畫羊的飛行員，而是社會大眾，也就是，我們。我們會喜愛、接受他嗎？還是排斥、拒絕理解他？我認爲這是《困惑的心》想要問的問題之一，但《困惑的心》想問的問題還有很多，它就像是《索拉力星》中的海洋，會讓讀者看見他們想看到、以及不想看到的東西：他們的恐懼、喜悅、悲傷、憤怒、希望、絕望、慾望。身爲科學家之女、文史研究者和特殊兒家長，我在《困惑》中也看見了自己的投射，我是那個憤怒無助的父親，是做出新發現的天文學家／心理學家／動物學家，我也是那個試圖適應社會、讓世界和自己變得更好的媽媽和小孩。《困惑的心》不是一本讀了會讓人開心的小說，很多時候很灰暗，讓人感到困惑、憤怒，但也有一點點希望和救贖，彷彿舒伯特的《降E大調第二號鋼琴三重奏》，巴哈的《第四號E小調三重奏鳴曲，作曲編號五二八》，或是小說中的禱詞：『祈願眾生離苦得樂。』我希望大家都來看這本小說，或許，每個人都可以在其中找到屬於自己的那一塊星辰碎片。」

——林蔚昀，作家

「我們給孩子一個危急且幾近碎片的地球，孩子卻純真地想竭盡己力搶救。亞斯伯格的九歲孩子如同領略天啓般，能夠無師自通地繪出超齡的生物畫作。而獨力養育孩子的天體生物學家試著理解九歲的爆走腦袋，帶著孩子遊蕩於天體生物與地球生物之間；最終，不得不求助一項神經反饋的實驗性治療，孩子和已故母親記錄的腦電波活動連上線天線，母子心念相通串聯出對自然生命的熱切之愛。這是一個充滿天體想像與地球之愛的小說，雖令人心碎，終究燃起苗火般的希望。」

——古碧玲，字耕農、《上下游》副刊總編輯

「在我讀來，這部作品不是單純的環保倡議之作，而是對美國環境主義者的細緻刻劃。面對眼下岌岌可危的藍色星球，人類最大的困境似乎在於無法看見自身以外的世界，然而試圖將他者納入關懷的作爲，卻反過來將許多人溺死在情感的牢籠裡。透過小說中各種探索他者、感受他者的過程，作者敏銳地抓住了『同情』這件事所隱含的希望、危險與政治性。」

——徐振輔，作家

「一部感人至深、極具原創力的小說。」

——布克獎評審推薦語

「理察．鮑爾斯是當代最傑出的作家之一。他寫出我所讀過最優美的文句。我敬畏他的才華。」

——歐普拉

「鮑爾斯希冀挑戰既存的人類中心主義，不僅質疑文學之中的人類至上，同時檢視我們如何抱持這樣的心態過活。」

——《紐約時報》

「卓越非凡……鮑爾斯的書寫極具見地，往往帶著詩意，不但牽引我們深入想像的境地，也讓我們深切感知撼動我們個人和我們星球的迫切關鍵。」

——《紐約時報》書評

「非凡之作……《困惑的心》書寫宇宙的崇高萬象與美國的遼闊地景，承襲梭羅、惠特曼、迪勒、凱魯亞克的傳統，穩固自若。」

——《衛報》

「一個哀悼傷逝的動人故事……鮑爾斯持續提問，質疑世界的現況以及因爲我們種種錯誤而累進造成的傷害。」

——海樂．麥愛萍，美國全國公共廣播電臺

「令人鼻酸……《困惑的心》述說一個眞情懇切的故事，書中一家人受困於哀悼傷逝的朦朧陰影，敘事私密，令人久久無法忘懷。」

——朗恩・查爾斯，《華盛頓郵報》

「震撼人心……一部必讀的小說……言詞迫切，寓意深奧，帶領讀者步上一段獨特的旅程，讓我們質疑自己究竟對這個我們僅有的地球做出了什麼。」

——美聯社

「感同身受，令人震懾……鮑爾斯忠實呈現出一個物種的悲劇，這個物種可以永續存在於萬花筒般的千萬物種之中，但卻可能辦不到。儘管如此，在這個極為吸引人、讀來全不費工夫的故事中，鮑爾斯似乎亦在我們的絕望中尋得振奮人心的詩情。」

——沙爾夫（Caleb Scharf），《鸚鵡螺》科學雜誌

「《困惑的心》描繪動人的父子之愛，書中的父與子承受無形的傷痛，而這樣的傷痛難以言喻，亦難以丈量。」

——《紐約客》

「鮑爾斯是美國最具企圖心、最富想像力的小說家之一……這一年來，世界遭逢前所未見的旱災、火災、水災，此刻閱讀《困惑的心》再適合不過……不管書中的敘事側重家庭或是自然，這本感人至深的小說點醒我們，切勿將一切視為理所當然。」

——《波士頓環球報》

大師名作坊200

困惑的心

作　者—理察・鮑爾斯
譯　者—施清真
編　輯—張瑋庭
美術設計—廖韡
內頁排版—芯澤有限公司

總編輯—嘉世強
董事長—趙政岷
出版者—時報文化出版企業股份有限公司
108019臺北市和平西路三段二四〇號三樓
發行專線—（〇二）二三〇六—六八四二
讀者服務專線—〇八〇〇—二三一—七〇五・（〇二）二三〇四—七一〇三
讀者服務傳真—（〇二）二三〇四—六八五八
郵撥—一九三四四七二四時報文化出版公司
信箱—（一〇八九九）臺北華江橋郵局第九九信箱
時報悅讀網—http://www.readingtimes.com.tw
電子郵件信箱—liter@readingtimes.com.tw
法律顧問—理律法律事務所　陳長文律師、李念祖律師
印　刷—勁達印刷有限公司
初版一刷—二〇二三年六月三十日
定　價—新臺幣四八〇元
（缺頁或破損的書，請寄回更換）

時報文化出版公司成立於一九七五年，
並於一九九九年股票上櫃公開發行，於二〇〇八年脫離中時集團非屬旺中，
以「尊重智慧與創意的文化事業」為信念。

困惑的心/理察・鮑爾斯(Richard Powers) 著；施清真譯．– 初版．–
臺北市：時報文化, 2023.6
面；　公分．–（大師名作坊；200）
譯自：Bewilderment
ISBN 978-626-353-999-0

874.57　　112009379

ISBN 978-626-353-999-0
Printed in Taiwan